FANTASY

Die Welt der DRACHENLANZE
im Goldmann Verlag:

Die Chronik der DRACHENLANZE
1. Drachenzwielicht (24855) • 2. Drachenjäger (24856) • 3. Drachenwinter (24857) • 4. Drachenzauber (24858) • 5. Drachenkrieg (24859) • 6. Drachendämmerung (24860)

Die Legenden der DRACHENLANZE
1. Die Brüder (24861) • 2. Die Stadt der Göttin (24862) • 3. Der Krieg der Brüder (24863) • 4. Die Königin der Finsternis (24864) • 5. Der Hammer der Götter (24865) • 6. Caramons Rückkehr (24866)

Das Heldenlied der DRACHENLANZE
1. Das Ehrenwort (24587) • 2. Verrat unter Rittern (24589) • 3. Das Schwert des Königs (24591) • 4. Heldenblut (24593) • 5. Unter dunklen Sternen (24594) • 6. Die Stunde des Skorpions (24595)

Die Geschichte der DRACHENLANZE
1. Die Zitadelle des Magus (24538) • 2. Der Magische Turm (24539) • 3. Die Jagd des Todes (24540) • 4. Der Zauber des Palin (24541) • 5. Der edle Ritter (24542) • 6. Raistlins Tochter (24543)

Der Bund der DRACHENLANZE
1. Ungleiche Freunde (24867) • 2. Die Erben der Stimme (24868) • 3. Die Stunde der Diebe (24869) • 4. Finstere Pläne (24870) • 5. Das Mädchen mit dem Schwert (24871) • 6. Verspätete Rache (24872) 7. Schattenreiter (24673) • 8. Das Siegel des Verräters (24674) • 9. Stahl und Stein (24675) • 10. Das Schloß im Eis (24676) • 11. Der Zauber des Dunkels (24677) • 12. Die Jäger der Wüste (24678)

Die Krieger der DRACHENLANZE
1. Der Dieb der Zauberkraft (24816) •
2. Die Ritter der Krone (24817)

DRACHENLANZE – Die Neue Generation (24621)

Die Erben der DRACHENLANZE
1. Drachensommer (24708) • 2. Drachenfeuer (24718) • 3. Drachennest (24782) • 4. Die Grube der Feuerdrachen (24783)

Weitere Bände in Vorbereitung.

MARGARET WEIS & TRACY HICKMAN

DIE LEGENDEN DER DRACHENLANZE 5

Der Hammer der Götter

Aus dem Amerikanischen
von Marita Böhm

DRAGONLANCE®

GOLDMANN

Die amerikanische Originalausgabe erschien
unter dem Titel »DRAGONLANCE® Saga, Legends 3:
Test of the Twins« (Books 1 + 2)
bei TSR, Inc., 1801 Lind Ave SW, Renton, WA 98055, USA

Umwelthinweis:
Alle bedruckten Materialien dieses Taschenbuches
sind chlorfrei und umweltschonend.
Das Papier enthält Recycling-Anteile.

Der Goldmann Verlag
ist ein Unternehmen der Verlagsgruppe Bertelsmann

Genehmigte Taschenbuchausgabe

U. S., CANADA,
ASIA, PACIFIC &
LATIN AMERICA
Wizards of the Coast, Inc.
P.O. Box 707
Renton, WA 98057-0707
+ 1-206-624-0933

EUROPEAN HEADQUARTERS
Wizards of the Coast,
Belgium
P.B. 34
2300 Turnhout
Belgium
+32-14-44-30-44

Visit our website at http://www.tsr.com

Published in the Federal Republic of Germany by
Wilhelm Goldmann Verlag, München
Deutschsprachige Rechte beim
Wilhelm Goldmann Verlag, München
Umschlaggestaltung: Design Team München
Umschlagillustration: TSR/Larry Elmore
Innenillustrationen: Valerie Valusek
Satz: IBV Satz- und Datentechnik GmbH, Berlin
Druck: Elsnerdruck, Berlin
Verlagsnummer: 24865
V. B. · Herstellung: SC
Printed in Germany
ISBN 3-442-24865-5

1 3 5 7 9 10 8 6 4 2

Meinem Bruder Gerry Hickman

Tracy Hickman

Für Tracy in Dankbarkeit

Margaret Weis

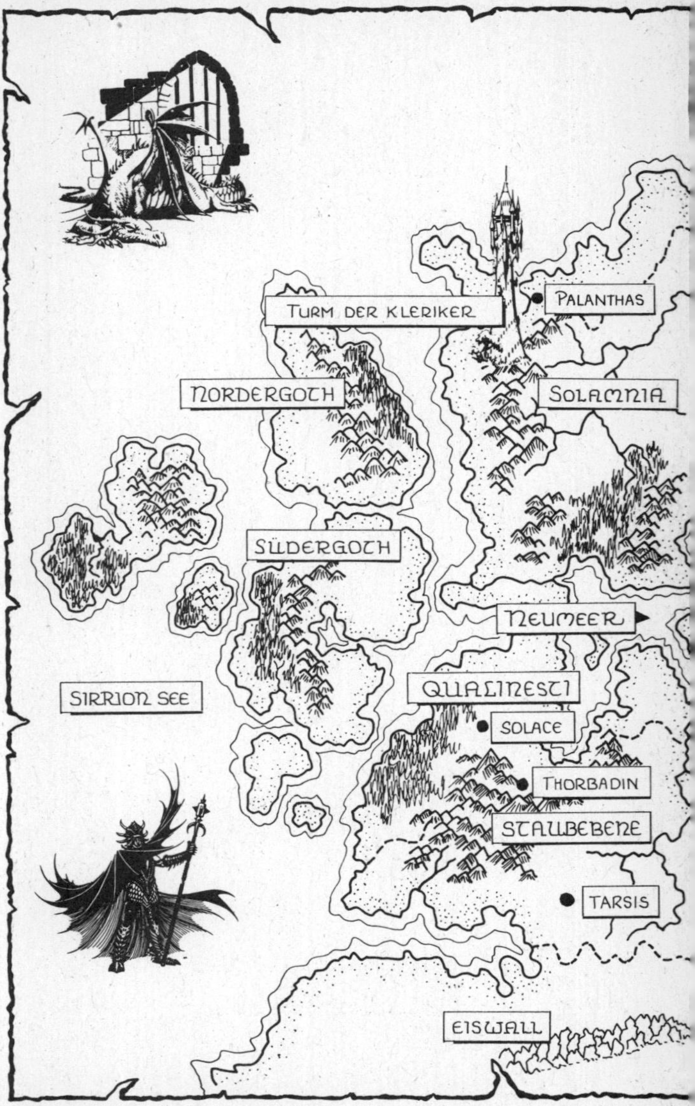

TURM DER KLERIKER
PALANTHAS
NORDERGOTH
SOLAMNIA
SÜDERGOTH
NEUMEER
QUALINESTI
SIRRION SEE
SOLACE
THORBADIN
STAUBEBENE
TARSIS
EISWALL

NORDMAAR
KALAMAN
ESTWILDE
BLUTSEE VON ISTAR
NERAKA
FLOTSAM
KHUR
SANCTION
BALIFOR
SILVANESTI
N
ANSALON

Der Hammer der Götter

Wie scharfer Stahl schnitt der Trompetenruf durch die Herbstluft, als die Zwergenarmee von Thorbadin in die Ebenen von Dergod stürmte, um sich dort mit ihrem Feind zu messen – den eigenen Verwandten. Jahrhunderte voll von Haß und Mißverständnissen zwischen den Hügelzwergen und ihren Bergvettern färbten an jenem Tag die Ebenen blutrot. Wer siegen würde, war ohne Bedeutung – denn danach strebten sie nicht. Das Unrecht zu rächen, das vor langer Zeit von ihren Großvätern begangen worden war, die doch seit langem schon in ihren Gräbern lagen, war das Ziel beider Seiten. Zu töten und zu töten und wieder zu töten – das war der Zwergentorkrieg.

Der Zwergenheld Kharas blieb seinem Wort treu und kämpfte für seinen König unter dem Gebirge. Glattrasiert stand er an der Spitze der Armee, denn seinen Bart hatte er geopfert als Zeichen der Schande, daß er gegen jene, die er stets als Verwandte bezeichnet hatte, jetzt kämpfen mußte. Er weinte sogar beim Töten. Und noch während des Kampfes erkannte er plötzlich, daß das Wort »Sieg« verzerrt worden war und längst nur noch Ausrottung bedeutete. Er hatte die Standarten beider Armeen fallen sehen, nun lagen sie auf dem blutigen Feld zertrampelt und vergessen, während beide Armeen im Wahnsinn der Rache von einer roten Welle überflutet wurden, die Entsetzen verbreitete. Und als er erkannte, daß es längst keine Rolle spielte, wer gewann, daß es schließlich gar keinen Sieger geben würde, warf Kharas seinen Hammer fort – jenen Hammer, der mit Hilfe von Reorx, dem Gott der Zwerge, geschmiedet worden war – und verließ das Schlachtfeld.

Plötzlich erhoben sich Stimmen, die »Feigling« kreischten. Falls Kharas sie hören konnte, schenkte er ihnen keine Beachtung. In sein Herz drangen sie nicht, denn er kannte seinen Wert, kannte ihn besser als irgendein anderer. Er wischte die bitteren Tränen aus dem Gesicht, spülte das Blut seiner Verwandten von den Händen und suchte unter den Toten, bis er die Leichen der beiden geliebten Söhne von König Dunkan gefunden hatte. Kharas warf die zerhackten und verstümmelten jungen Zwerge über zwei Pferderücken, verließ die Ebenen von Dergod und machte sich mit seiner Last auf nach Thorbadin.

Kharas entfernte sich schnell, aber nicht weit genug, um dem Klang heiserer Stimmen zu entkommen, die nach Rache schrien, dem Klirren von Stahl, den Schreien der Sterbenden. Er sah nicht zurück. Er hatte das Gefühl, daß er diese Stimmen bis zum Ende seines Lebens hören müßte.

Kharas hatte gerade die ersten Ausläufer der Kharolisberge erreicht, als er ein unheimliches, leises Poltern vernahm. Sein Pferd schreckte nervös zurück. Der Held zügelte es und hielt an, um das Tier zu beruhigen. Vorsichtig sah er sich um. Was war los? Das war kein Geräusch aus der Schlacht, kein natürliches Geräusch auf seinem Weg.

Kharas drehte sich beklommen um. Das Geräusch kam von dem Feld, das er gerade verlassen hatte, von jenen Ebenen, wo sich seine Verwandten immer noch im Namen der Gerechtigkeit gegenseitig abschlachteten. Es wurde immer lauter, ein leises, dumpfes Dröhnen, das an Stärke stetig zunahm. Kharas glaubte fast sehen zu können, wie dieses Donnern immer näher kam. Der Zwergenheld erschauerte und senkte seinen Kopf, als ein fürchterliches Grollen über die Ebene donnerte.

Das ist Reorx, dachte er in Trauer und Entsetzen. Das ist die Stimme des zornigen Gottes. Wir sind dem Untergang geweiht.

Mit dem Getöse drang eine Druckwelle auf Kharas ein – eine glühendheiße Explosion und ein sengender, übelriechender Wind, der ihn fast aus dem Sattel riß. Wolken aus Sand und Staub und Asche hüllten ihn ein, verwandelten den Tag in grauenvolle Nacht. Bäume krümmten und verbogen sich, seine Pferde wieherten verängstigt auf, gerieten in Panik und wandten sich zur Flucht. Eine Zeitlang war Kharas nur damit beschäftigt, sie zu zügeln.

Kharas wurde von der stechenden Staubwolke geblendet, er mußte würgen und husten. Er bedeckte seinen Mund und versuchte – so gut er das in dieser seltsamen Dunkelheit konnte – auch die Augen seiner Pferde zu schützen. Später konnte er sich nicht mehr erinnern, wie lange er in dieser Wolke aus Sand und Asche und heißem Wind gestanden hatte. Aber so plötzlich, wie sie gekommen war, verschwand sie auch wieder.

Sand und Staub legten sich, und die Bäume richteten sich wieder auf. Die Pferde beruhigten sich. Die Wolke trieb im sanften Herbstwind fort und ließ ein Schweigen zurück, das noch fürchterlicher war als ihr donnerndes Kommen.

Von einer entsetzlichen Ahnung erfüllt, trieb Kharas seine erschöpften Pferde so schnell wie möglich weiter. Er ritt die Hügel hoch und suchte verzweifelt einen Aussichtspunkt. Schließlich fand er einen – einen hervorstehenden Felsen. Kharas band die Packtiere mit ihrer beklagenswerten Last an einen Baum, ritt mit seinem Pferd zu dem Felsen und sah hinab auf die Ebenen von Dergod. Er erstarrte voller Entsetzen.

Nichts Lebendiges rührte sich mehr. Es gab dort überhaupt nichts mehr; nichts als Sand und Gestein, geschwärzt von der Explosion.

Beide Armeen waren vollständig ausgelöscht. So verheerend war die Explosion gewesen, daß auf der mit Asche bedeckten Ebene nicht einmal Leichen zu sehen waren. Selbst die Umrisse der Landschaft hatten sich verändert. Kharas' entsetzter Blick glitt dorthin, wo einst die magische Festung Zaman gestanden und mit ihren hohen, anmutigen Türmen die Ebene beherrscht hatte. Auch sie war zerstört – aber nicht vollständig. Ihre Mauern waren eingestürzt, und wieder packte ihn das Grauen, denn ihre Ruinen ähnelten jetzt einem menschlichen Schädel, der grinsend auf Ödnis und Tod hinabsah.

»Reorx, Vater, göttlicher Schmied, vergib uns«, murmelte Kharas. Tränen verschleierten ihm den Blick. Voll Trauer senkte der Zwergenheld den Kopf, verließ diese Stätte des Grauens und kehrte nach Thorbadin zurück.

Die Zwerge mußten überzeugt sein – denn so sollte Kharas es berichten –, daß die Zerstörung beider Armeen auf den Ebenen von Dergod von Reorx gewollt war. Also hatte der Gott in seinem Zorn seinen Hammer auf das Land geschleudert und seine Kinder erschlagen.

Aber die Chroniken des Astinus berichten wahrheitsgemäß, was sich an jenem Tag in den Ebenen von Dergod wirklich zugetragen hat:

»Als aber der Erzmagier Raistlin, der auch den Namen Fistandantilus führte, auf der Höhe seiner magischen Kräfte stand, begehrte er Zutritt in das Portal, das in die Hölle führt, um dort die Königin der Finsternis herauszufordern und zu bekämpfen. Ihm zur Seite stand Crysania, die weißgekleidete Klerikerin Paladins.

Finstere Verbrechen hatte dieser Erzmagier begangen, um bis hierher zu gelangen – auf den Gipfel seines Ehrgeizes. Die Schwarzen Roben, die er trug, waren mit Blut befleckt, und einiges stammte von ihm selbst. Dennoch kannte dieser Mann auch das menschliche Herz. Er wußte, wie er die Herzen verdrehen und verzerren und jene, die ihn eigentlich verschmähen und verachten mußten, dazu bringen konnte, ihn statt dessen zu bewundern. So geschah es auch Crysania aus dem Haus Tarinius. Diese hochgeehrte Tochter der Kirche verbarg einen schicksalhaften winzigen Sprung im weißen Marmor ihrer Seele. Und diesen Sprung fand Raistlin und vergrößerte ihn, bis sich dieser Spalt über ihr ganzes Sein ausdehnte und schließlich ihr Herz erreichte…

Crysania folgte ihm zu dem Portal des Grauens. Hier rief sie ihren Gott an, und Paladin antwortete, denn sie war wahrhaftig seine Auserwählte. Raistlin rief seine Magie auf und triumphierte, denn nie zuvor hatte es einen solch mächtigen Zauberer wie diesen jungen Mann gegeben.

Das Portal öffnete sich.

Raistlin wollte eintreten… aber im selben Augenblick schickte sich der Zwillingsbruder des Magiers, Caramon, an, mit dem Kender Tolpan Barfuß magisches Gerät für eine Reise durch die Zeit zu nutzen. Ihre Kraft beeinträchtigte den machtvollen Zauber des Erzmagiers. Das magische Feld wurde zerrissen, und die Folgen waren verheerend und unfaßbar.«

»Hoppla«, sagte Tolpan Barfuß kleinlaut.

Caramon warf dem Kender einen strengen Blick zu.

»Es war nicht mein Fehler! Wirklich, Caramon!« kreischte Tolpan.

Aber noch während er sprach, irrte sein Blick in ihrer Umgebung umher, dann zu Caramon und schließlich wieder in die Runde. Tolpans Unterlippe begann zu zittern, und er tastete nach seinem Taschentuch, nur für den Fall, daß er schniefen mußte. Aber sein Taschentuch war nicht da, keiner seiner Beutel war da. Tolpan seufzte. In der Aufregung ihres Aufbruchs hatte er sie vergessen – sie waren alle in den Verliesen von Thorbadin zurückgeblieben.

Und es war wahrhaftig ein Moment voll Hektik gewesen. Einige Minuten zuvor hatten er und Caramon in der magischen

Festung Zaman gestanden und das magische Gerät für Reisen in die Zeit zu nutzen versucht; im nächsten Augenblick hatte Raistlin mit seiner Magie begonnen, und bevor Tolpan wußte, wie ihm geschah, hatte es eine schreckliche Erschütterung gegeben – singende Steine und zerspringende Felsen und ein schreckliches Gefühl, gleichzeitig in sechs verschiedene Richtungen gezogen zu werden, und plötzlich – ZISCH – waren sie hier.

Wo immer dieses Hier auch sein mochte. Aber wo immer es auch war, es schien keineswegs das Hier zu sein, das sie ersehnt hatten.

Er stand neben Caramon auf einem Gebirgspfad in der Nähe eines riesigen Findlings knöcheltief im glitschigen, aschgrauen Schlamm, der die Umrisse des Landes unter ihnen völlig bedeckte, so weit er nur sehen konnte. Hier und dort ragten aus der weichen Aschendecke zerklüftete Spitzen von zerbrochenen Steinen hervor.

Es gab kein Zeichen von Leben. In dieser Ödnis war Leben auch undenkbar. Kein Baum erhob sich; nur feuergeschwärzte Stümpfe wühlten sich durch den dicken Schlamm. So weit das Auge reichte, erstreckte sich bis zum Horizont in jeder Richtung nur absolute Verwüstung.

Selbst der Himmel spendete keinen Trost. Über ihnen spannte er sich grau und leer. Im Westen jedoch war er seltsam veilchenblau verfärbt durch unheimliche, leuchtende Wolken, in denen strahlendblaue Blitze aufzuckten. Außer dem entfernten Grollen des Donners gab es keine Geräusche... keine Bewegung... nichts.

Caramon holte tief Luft und wischte sich mit der Hand übers Gesicht. Es war unfaßbar heiß, und obwohl sie erst vor wenigen Minuten an diesen Ort geraten waren, war seine schweißnasse Haut mit einem feinen Film grauer Asche überzogen.

»Wo sind wir?« fragte er in ruhigem, gefaßtem Ton.

»Ich... ich bin mir sicher, daß ich keine Ahnung habe, Caramon«, murmelte Tolpan. Und nach einer Pause: »Du etwa?«

»*Ich* habe alles so getan, wie du mir gesagt hast«, erwiderte Caramon mit unheilvoll ernster Stimme. »Du hast gesagt, daß Gnimsch erklärt hätte, wir müßten nur daran denken, wohin wir wollen, und dann würden wir dorthin gelangen. Ich weiß, daß ich an Solace gedacht habe...«

»Ich auch!« schrie Tolpan. Als er dem funkelnden Blick von Caramon begegnete, begann er zu stammeln: »Zumindest habe ich die meiste Zeit daran gedacht...«

»Die meiste Zeit?« fragte Caramon.

»Also« – Tolpan schluckte – »ich... ich habe einmal gedacht, nur einen kurzen Moment, wirklich, wie – äh – wie lustig und interessant es wäre und, nun ja, einzigartig, wenn wir einen – uh – besuchen – uh... ähm...«

»Ähm was?« herrschte Caramon ihn an.

»Einen... mmmmmmmm.«

»Einen was?«

»Mmmmmm«, murmelte Tolpan.

Caramon zog scharf die Luft ein.

»Einen Mond!« sagte Tolpan hastig.

»Einen Mond!« wiederholte Caramon ungläubig. »Welchen Mond?« fragte er nach kurzem Zögern, nachdem er sich wieder umgeschaut hatte.

»Oh« – Tolpan zuckte die Achseln – »irgendeinen von den dreien. Ich vermute, einer ist genauso gut wie der andere. Ziemlich gleich, könnte ich mir vorstellen. Außer daß natürlich Solinari überall glitzernde silberne Steine und Lunitari nur strahlendrote Steine hat, denke ich mir, und auf dem anderen ist alles schwarz, obgleich ich das auch nicht mit Sicherheit sagen kann, da ich ihn noch nie gesehen habe...«

Ein unterdrückter Laut von Caramon unterbrach ihn, und Tolpan entschied, daß er wohl besser den Mund halten sollte. Das gelang ihm auch ungefähr drei Minuten lang, während Caramon weiterhin die Umgebung mit todernstem Gesicht musterte. Aber eine größere Macht wäre schon vonnöten gewesen, über die der Kender aber nicht verfügte, um ihn länger als drei Minuten vom Sprechen abzuhalten.

»Caramon«, plärrte er, »glaubst... glaubst du, daß wir es wirklich geschafft haben? Ich meine, auf einem – äh – Mond zu landen? Ich meine, es sieht jedenfalls nicht nach einem Ort aus, an dem ich zuvor schon einmal gewesen bin. Diese Steine sind zwar nicht silbern oder rot oder sogar schwarz. Sie haben eher die Farbe von Gestein, aber...«

»Es wäre dir zuzutrauen«, unterbrach ihn Caramon düster, »immerhin hast du uns schon einmal zu einer Hafenstadt geführt, die sich mitten in einer Wüste befand...«

»Das war damals auch nicht mein Fehler!« widersprach Tolpan beleidigt. »Sogar Tanis hat gesagt...«

»Trotzdem« – Caramons Gesicht legte sich grübelnd in Falten – »sieht dieser Ort gewiß seltsam aus, aber irgendwie scheint er mir vertraut zu sein.«

»Du hast recht«, stimmte ihm Tolpan hastig zu, nachdem er noch einmal einen Blick auf die kahle, aschebedeckte Landschaft geworfen hatte. »Es erinnert mich auch an irgend etwas, jetzt jedenfalls, wo du das erwähnst. Nur« – der Kender erbebte – »ich erinnere mich einfach nicht, daß ich jemals an einem Ort gewesen sein soll, der so schrecklich war wie dieser... außer der Hölle.« Die letzten Worte aber sagte er ganz leise.

Die brodelnden Wolken drängten näher und näher und warfen noch ein Leichentuch über das öde Land, während sich Caramon und Tolpan unterhielten. Ein heißer Wind kam auf, und ein feiner Regen begann zu fallen und vermischte sich mit der

Asche, die in der Luft schwebte. Tolpan wollte gerade eine Bemerkung über diesen merkwürdig glitschigen Regen machen, als plötzlich und ohne Warnung die Welt explodierte.

Zumindest hatte Tolpan diesen Eindruck. Strahlendes, blendendes Licht, ein Zischen, ein Krachen, ein Dröhnen, das den Boden erschütterte, und Tolpan fand sich im grauen Schlamm wieder. Dort saß er und starrte dümmlich auf ein riesiges Loch, das nicht einmal dreißig Meter von ihm entfernt im Gestein aufgebrochen war.

»Im Namen der Götter!« keuchte Caramon. Er griff nach Tolpan und zog ihn auf die Füße. »Bist du in Ordnung?«

»Ich... ich glaub' schon«, stotterte Tolpan etwas mitgenommen. Er beobachtete, wie noch ein Blitz von der Wolke zum Boden raste und Stein und Asche durch die Luft schleuderte. »Du meine Güte! Das war allerdings eine interessante Erfahrung. Obwohl es bestimmt nicht notwendig ist, sie zu wiederholen«, fügte er hastig hinzu, als er sah, daß der Himmel immer dunkler wurde und er fürchten mußte, diese interessante Erfahrung noch mehrmals zu machen.

»Wo immer wir auch sind, wir sollten wohl lieber von dieser Anhöhe verschwinden«, murmelte Caramon. »Zumindest gibt es da einen Weg. Er muß doch irgendwohin führen.«

Als Tolpan auf den schlammigen Pfad sah, der in ein ebenso schlammiges Tal führte, kam ihm flüchtig der Gedanke, daß dieses Irgendwohin wahrscheinlich genauso grau und widerlich wie das Hier sein würde, aber nach einem kurzen Blick auf Caramons grimmiges Gesicht entschied der Kender eilig, diesen Gedanken für sich zu behalten.

Als sie sich auf dem Pfad durch den dicken Schlamm plagten, wehte der heiße Wind immer stärker, trieb Stückchen von geschwärztem Holz und Schlacke und Asche in ihre Haut. Blitze tänzelten zwischen Baumskeletten, ließen sie in leuchtendgrünen und blauen Flammenkugeln explodieren. Der Boden erbebte vom Grollen des Donners. Und immer noch ballten sich Gewitterwolken am Horizont zusammen. Caramon trieb zur Eile an.

Als sie den Fuß des Hügels erreicht hatten, betraten sie ein Tal, das einst wunderschön gewesen sein mußte, wie Tolpan sich noch ausmalen konnte. Früher, vermutete er, hatten hier Bäume gestanden, die in herbstlichen Orange- und Goldtönen oder hellgrün im Frühling geleuchtet hatten.

Hier und dort kräuselten sich Spiralen von Rauch, die sofort vom stürmischen Wind weggepeitscht wurden. Zweifellos hatten hier Blitze gewütet, dachte er. Aber merkwürdigerweise kam auch ihm etwas bekannt vor. Wie Caramon zuvor hatte er das Gefühl, er müsse diese Gegend eigentlich kennen.

Tolpan watete durch den Schlamm und versuchte nicht darauf zu achten, was dieses schleimige Zeug mit seinen grünen Schuhen und leuchtendblauen Hosen anstellte. Dabei entschied er sich dafür, den alten Kendertrick »Hilfe für den Orientierungslosen« auszuprobieren. Er schloß seine Augen und verbannte aus seinem Bewußtsein alles, womit er sich eben beschäftigt hatte, und befahl seinem Gehirn, ihm ein Bild der vor ihm liegenden Landschaft zu machen. Die Kenderlogik bei diesem Trick bestand darin, daß mit hoher Wahrscheinlichkeit irgendein Familienmitglied von Tolpan diesen Ort einmal besucht und die Erinnerung daran irgendwie an die Nachkommen weitergereicht hatte. Obwohl dies Verfahren wissenschaftlich bisher nicht erforscht ist (die Gnome arbeiten daran und haben ihre Untersuchungen dem Komitee vorgelegt), ist jedoch eindeutig belegt, daß sich – bis zum heutigen Tage – niemals ein Kender auf Krynn verlaufen hat.

Auf jeden Fall stand Tolpan mit geschlossenen Augen bis zum Knie im Schlamm und versuchte, ein Bild seiner Umgebung hervorzurufen. Und plötzlich tauchte tatsächlich ein Bild auf, so klar und deutlich, daß es ihn ziemlich verblüffte – eigentlich waren die geistigen Landkarten seiner Vorfahren niemals so perfekt. Er sah Bäume – gigantische Bäume –, und am Horizont erstreckten sich Berge, und da war ein See...

Als Tolpan seine Augen wieder öffnete, stöhnte er auf. Da war ein See! Bisher war er ihm nicht aufgefallen, wahrscheinlich weil ihn die gleiche graue, matschige Asche bedeckte wie den Boden. Enthielt er noch Wasser, oder war er nur mit Schlamm gefüllt?

Ich frage mich, sinnierte Tolpan, ob Onkel Fallenspringer eigentlich jemals einen Mond besucht hat. Denn das könnte die Tatsache erklären, warum ich diesen Ort wiedererkenne. Aber sicherlich hätte er dann von diesem Besuch erzählt... Vielleicht wollte er das auch, aber er fand keine Gelegenheit dazu, bevor ihn die Goblins verspeisten. Wenn wir schon beim Essen sind, erinnert mich das...

»Caramon«, schrie Tolpan gegen den starken Wind und den dröhnenden Donner an. »Hast du Wasser mitgenommen? Ich nicht. Auch nichts zu essen. Ich habe einfach nicht gedacht, daß wir Proviant bräuchten. Schließlich wollten wir zurück nach Hause. Aber...«

Tolpan entdeckte plötzlich etwas, das alle Gedanken an Essen und Wasser und Onkel Fallenspringer aus seinem Bewußtsein vertrieb. »O Caramon!« Er klammerte sich an den großen Krieger und zeigte auf den Himmel. »Schau mal, glaubst du, das ist die Sonne?«

»Was sollte es sonst sein?« schnappte Caramon mürrisch. Sein Blick war auf die wäßrige, grünlichgelbe Scheibe gerichtet, die durch einen Riß in den Gewitterwolken aufgetaucht war. »Übrigens nein, ich habe kein Wasser mitgebracht. Also sprich nicht mehr davon!«

»Nun, du brauchst nicht so grob…«, begann Tolpan. Als er Caramons Gesicht sah, verstummte er jedoch schnell.

Sie hatten im Schlamm haltgemacht, nachdem sie den halben Weg auf dem Pfad rutschend hinter sich gebracht hatten. Der heiße Wind blies um sie, ließ Tolpans Haarzopf wie ein Banner flattern und peitschte durch Caramons Umhang. Der große Krieger starrte auf den See – auf den gleichen See, den auch Tolpan bemerkt hatte. Caramons Gesicht war blaß, und seine Augen wirkten beunruhigt. Nach kurzer Pause ging er weiter und schleppte sich mühsam den Pfad hinunter. Mit einem Seufzer stapfte Tolpan hinter ihm her. Er hatte eine Entscheidung getroffen.

»Caramon«, sagte er, »laß uns hier verschwinden. Laß uns diesen Ort schnell verlassen. Selbst wenn es ein Mond ist, den Onkel Fallenspringer besucht haben muß, bevor die Goblins ihn aufaßen, ist es einfach nicht lustig. Ich meine den Mond hier und nicht, daß er von Goblins aufgegessen worden ist, was vermutlich auch nicht lustig war, wenn ich darüber nachdenke. Um die Wahrheit zu sagen: Dieser Mond ist fast genauso langweilig wie die Hölle, und auf alle Fälle stinkt es hier genauso schlecht. Außerdem war ich dort nicht durstig… Nicht, daß ich jetzt durstig wäre«, fügte er hastig hinzu, weil er sich zu spät erinnerte, daß er ja darüber nicht sprechen durfte, »aber meine Zunge ist irgendwie ausgetrocknet, wenn du verstehst, was ich meine, und dann fällt das Reden schwer. Wir haben übrigens noch das magische Gerät.« Er hielt den mit Juwelen übersäten, zepterförmigen Gegenstand in seiner Hand hoch, nur für den Fall, daß Caramon im Laufe der vergangenen halben Stunde vergessen haben sollte, wie er aussah. »Und ich verspreche – ich schwöre es sogar feierlich… daß ich dieses Mal mit meinem ganzen Gehirn an Solace denken werde, Caramon. Ich… Caramon?«

»Pst, Tolpan«, sagte Caramon.

Sie hatten das Tal erreicht, und Caramon steckte nun bis zu den Knöcheln im Schlamm und Tolpan bis zu den Knien. Caramons Knie, das er in der magischen Festung Zaman verstaucht hatte, machte ihm wieder zu schaffen, so daß er hinkte. Außer Beunruhigung fand der Kender jetzt auch noch Zeichen von Schmerz in Caramons Gesicht.

Aber da war noch ein anderer Ausdruck. Ein Ausdruck, der Tolpan irgendwo in seinem Innern erschauern ließ – ein Ausdruck echter Angst. Erschreckt sah sich Tolpan schnell um und fragte sich, was Caramon wohl gesehen hatte. Es ist hier genauso wie auf dem Hügel, dachte er – grau und eklig und entsetzlich. Nichts war anders, nur dunkler. Die Gewitterwolken hatten zu seiner großen Erleichterung wieder die Sonne ausgelöscht, eine verderbt aussehende Sonne, die die öde graue Landschaft nur schlimmer aussehen ließ. Der Regen war stärker geworden, als die Gewitterwolken näher zogen. Aber sonst wirkte nichts irgendwie beängstigend.

Der Kender versuchte ernsthaft zu schweigen, aber die Worte hüpften irgendwie aus seinem Mund, bevor er sie aufhalten konnte. »Was ist los, Caramon? Ich sehe nichts. Macht dir dein Knie Ärger? Ich...«

»Sei ruhig, Tolpan!« herrschte ihn Caramon mit angespannter, unnatürlicher Stimme an. Er starrte um sich, seine Augen waren weit aufgerissen, und seine Fäuste öffneten und schlossen sich nervös.

Tolpan seufzte und schlug eine Hand vor den Mund, um die Worte zu unterdrücken. Er war entschlossen, tatsächlich zu schweigen, auch wenn es ihn töten würde. Aber als er selbst ruhig blieb, kam es ihm plötzlich in den Sinn, wie sehr ruhig es ringsum war. Wenn der Donner nicht gerade rollte, war es völlig still, es gab nicht einmal das übliche Geräusch wie sonst, wenn der Regen fällt – Wasser, das von Baumblättern tröpfelt und auf den Boden schlägt, Wind, der in den Zweigen rauscht, Vögel, die ihre Regenlieder singen und sich über ihre nassen Federn beschweren...

Tolpan spürte in seinem Inneren ein seltsames Beben. Er betrachtete die Stümpfe der verbrannten Bäume genauer. Selbst verbrannt waren sie riesig, bestimmt die größten Bäume, die er in seinem Leben gesehen hatte, außer denen in...

Tolpan schluckte. Blätter, Herbstfarben, der Rauch von Kochfeuern, der sich aus dem Tal emporschlängelt, der See – blau und glatt wie Kristall...

Blinzelnd rieb er sich über die Augen, um sie von dem klebrigen Film aus Schlamm und Regen zu befreien. Er starrte umher, sah zurück auf den Pfad und auf den riesigen Findling... Er starrte zum See, den er auf einmal deutlich durch die verbrannten Baumstümpfe erkennen konnte. Er starrte auf das Gebirge mit seinen scharfen, zerklüfteten Gipfeln.

Es war nicht Onkel Fallenspringer, der hier zuvor gewesen war...

»O Caramon!« flüsterte er entsetzt.

»Was ist?« Caramon drehte sich um und sah Tolpan so merkwürdig an, daß der Kender spürte, wie sich sein inneres Erstaunen auch nach außen ausdehnte. Am ganzen Körper bebte er.

»N... nichts«, stammelte Tolpan. »Nur meine Phantasie! Caramon«, fügte er drängend hinzu, »laß uns aufbrechen! Jetzt sofort. Wir können doch gehen, wohin wir wollen! Wir können zurück in die Vergangenheit reisen, als wir noch alle zusammen waren, als wir alle glücklich waren! Wir können in die Zeit zurückreisen, wo Flint und Sturm noch gelebt haben, wo Raistlin noch die roten Roben trug und Tika...«

»Halt den Mund, Tolpan«, fauchte Caramon warnend, und seine Worte wurden von einem Blitz untermalt, bei dem sogar der Kender zusammenzuckte.

Der Wind war stärker geworden und pfiff unheimlich durch

die toten Baumstümpfe, als ob jemand durch zusammengebissene Zähne einen bebenden Atemzug holt. Der warme, glitschige Regen hatte sich gelegt. Die Wolken über ihnen wirbelten vorbei und enthüllten die blasse Sonne, die am grauen Himmel schimmerte. Aber am Horizont ballten sich die Wolken immer noch zusammen und wurden schwärzer und schwärzer. Vielfarbene Blitze flackerten zwischen ihnen auf und erfüllten sie mit tödlicher Schönheit.

Caramon biß die Zähne vor Schmerz zusammen, den ihm sein verletztes Bein bereitete, und setzte den Weg auf dem Schlammpfad fort. Aber Tolpan, der auf den Pfad herabschaute, den er doch so gut kannte – obwohl er jetzt erschrekkend anders aussah –, konnte sehen, wo er eine Biegung machte. Er wußte, was sich dahinter befand, und darum rührte er sich jetzt nicht vom Fleck, sondern baute sich entschlossen mitten auf dem Weg auf und starrte Caramon nach.

Nach einigen ungewöhnlichen Momenten voll Schweigen erkannte Caramon, daß etwas nicht stimmte, und sah sich um. Er hielt an. Sein Gesicht war von Schmerz und Erschöpfung gezeichnet. »Nun komm, Tolpan« rief er gereizt.

Tolpan wickelte seinen Haarzopf um die Finger und schüttelte den Kopf.

Caramon funkelte ihn an.

Schließlich platzte Tolpan heraus: »Das sind Vallenholzbäume, Caramon!«

Der strenge Ausdruck auf dem Gesicht des großen Mannes glättete sich. »Ich weiß, Tolpan«, murmelte er müde. »Wir sind tatsächlich in Solace.«

»Nein, das stimmt nicht!« schrie Tolpan. »Es... es ist einfach eine Gegend mit Vallenholzbäumen! Es gibt doch viele Gegenden mit Vallenholzbäumen...«

»Dann gibt es auch viele Gegenden mit dem Krystalmirsee,

Tolpan, oder mit den Kharolisbergen oder jenem Findling dort oben, wo wir beide Flint haben sitzen sehen, wenn er Holz schnitzte, oder diese Straße, die nach...«

»Du weißt es nicht!« kreischte Tolpan wütend. »Es ist möglich!« Plötzlich lief er nach vorne, zumindest versuchte er es, und zog seine Füße so schnell wie möglich durch den sickernden, klebrigen Schlamm. Er stolperte gegen Caramon, ergriff dessen Hand und zog ihn mit sich. »Laß uns gehen! Laß uns hier verschwinden!« Wieder hielt er das magische Gerät hoch. »Wir... wir können nach Tarsis zurückgehen! Wo die Drachen ein Haus auf mich geworfen haben! Das war eine lustige Zeit, wirklich toll. Erinnerst du dich?« Seine schrille Stimme gellte durch die verbrannten Bäume.

Mit grimmigem Gesicht nahm ihm Caramon das magische Gerät aus der Hand. Ohne auf Tolpans hektische Proteste zu achten, drehte und wendete er die Juwelen und verwandelte das funkelnde Zepter in einen schlichten, nichtssagenden Anhänger. Tolpan beobachtete ihn und fühlte sich elend.

»Warum gehen wir denn nicht, Caramon? Dieser Ort ist entsetzlich. Bisher haben wir nichts zu essen oder zu trinken gefunden, und nach allem, was ich bisher gesehen habe, ist es auch so gut wie ausgeschlossen, daß wir etwas finden werden. Außerdem werden wir direkt in unseren Schuhen zerfetzt werden, falls einer dieser Blitze auf uns einschlägt, und dieser Sturm kommt näher und näher, und du weißt, daß dies hier nicht Solace ist...«

»Ich weiß es nicht, Tolpan«, unterbrach Caramon ruhig. »Aber ich werde es herausfinden. Was ist eigentlich los mit dir? Bist du auf einmal nicht mehr neugierig? Seit wann verzichtet ein Kender auf die Chance, Abenteuer zu erleben?« Er fuhr fort, den Pfad hinunterzuhinken.

»Ich bin genauso neugierig wie jeder andere Kender«, murmelte Tolpan, ließ den Kopf hängen und trottete hinter Caramon her. »Aber es ist eine Sache, auf einen Ort neugierig zu sein, an dem man noch nie gewesen ist, und eine ganz andere Sache, neugierig auf sein Zuhause zu sein. Auf sein Zuhause soll man nämlich nicht neugierig sein! Das Zuhause darf sich einfach nicht verändern. Es bleibt nämlich hier und wartet auf dich, bis du zurückkommst. Zuhause ist ein Ort, von dem man sagt: ›Du meine Güte, es sieht ja genauso aus wie damals, als ich es verlassen habe!‹ und nicht: ›Meine Güte, es sieht hier aus, als ob sechs Millionen Drachen eingeflogen wären und den Laden zertrümmert hätten!‹ Das Zuhause ist wirklich kein Ort für Abenteuer, Caramon!«

Tolpan warf einen Blick in Caramons Gesicht, um zu sehen, ob sein Argument Eindruck auf ihn gemacht hatte. Wenn das der Fall war, verriet es sich nicht in seinem Gesicht. Denn dort war außer Schmerz ein Ausdruck ernster Entschlossenheit erschienen, der Tolpan ziemlich überraschte, ja nicht nur überraschte, sondern gleichzeitig erschreckte.

Caramon hat sich verändert, erkannte Tolpan plötzlich. Und das liegt nicht nur daran, daß er keinen Zwergenspiritus mehr trinkt. Da ist noch etwas anderes – er ist ernster und ... nun ja, er sieht verantwortlich aus, denke ich. Aber da ist noch etwas. Tolpan grübelte. Stolz, das ist es, entschied er nach einer Minute tiefen Nachdenkens, Stolz auf sich selbst, Stolz und Entschlossenheit.

Das ist kein Caramon, der schnell nachgibt, dachte Tolpan mit wehem Herzen. Das ist kein Caramon mehr, der einen Kender braucht, damit der ihn aus vielerlei Ärger und etlichen Tavernen herausholt. Tolpan seufzte düster. Auf einmal vermißte er den alten Caramon sehr.

Sie erreichten die Wegbiegung. Beide erkannten sie sie wieder, obgleich beide schwiegen – Caramon, weil es nichts zu sagen gab, und Tolpan, weil er sich standhaft weigerte, zuzugeben, daß er sie erkannte. Aber ihre Schritte wurden schleppend.

Wenn man diese Kurve erreicht hatte, konnte man auf das im Licht erstrahlende Wirtshaus zur Letzten Bleibe schauen. Man konnte Otiks Würzkartoffeln riechen und Gelächter und Lieder hören, wenn sich die Tür öffnete, um einen Wanderer oder einen Bewohner von Solace einzulassen. Caramon und Tolpan hielten in unausgesprochenem Einverständnis an, bevor sie um diese letzte Wegkrümmung bogen.

Sie sagten immer noch nichts, aber beide sahen die Verwüstung entsetzt an, sahen auf die verbrannten und gesprengten Baumstümpfe, auf den aschebedeckten Boden, auf die geschwärzten Steine. In ihren Ohren wurde das Schweigen lauter und beängstigender als dröhnender Donner. Denn beide wußten, sie hätten Solace hören müssen, noch bevor sie es sehen konnten. Sie hätten die Geräusche der Stadt hören müssen – die Geräusche der Schmiede, den Lärm des Markttages, die Geräusche der Hausierer und der Kinder und der Händler, die Geräusche des Wirtshauses.

Aber es gab nichts dergleichen, nur Schweigen. Und weit, weit entfernt das unheilvolle Rollen des Donners.

Schließlich seufzte Caramon tief auf. »Laß uns gehen«, sagte er und hinkte weiter.

Tolpan folgte langsam. Seine Schuhe waren so stark mit Schlamm überzogen, daß er glaubte, eisenbesohlte Zwergenstiefel zu tragen. Aber seine Schuhe waren bei weitem nicht so schwer wie sein Herz. Immer wieder murmelte er sich zu: »Das ist nicht Solace, das ist nicht Solace, das ist nicht Solace«, bis es sich wie eine magische Zauberformel von Raistlin anhörte.

Als Tolpan endlich die Biegung hinter sich gebracht hatte, hob er ängstlich seine Augen und stieß einen riesigen Seufzer der Erleichterung aus. »Was habe ich dir gesagt, Caramon?« schrie er durch den jammernden Wind. »Schau doch, hier ist nichts, überhaupt nichts. Kein Wirtshaus, keine Stadt, nichts.« Er ließ seine kleine Hand in Caramons Riesenpranken gleiten und versuchte ihn zurückzuziehen. »Jetzt laß uns gehen. Ich habe eine Idee. Wir können doch einfach in die Zeit zurückreisen, als Fizban die goldene Brücke aus dem Himmel kommen ließ…«

Aber Caramon schüttelte den Kender ab und hinkte mit grimmigem Gesicht weiter. Dann blieb er plötzlich stehen und starrte auf den Boden. »Und was ist das da, Tolpan?« herrschte er ihn mit einer Stimme an, die vor Angst angespannt war.

Nervös kaute der Kender am Ende seines Haarzopfes, als er bei Caramon anlangte. »Was ist was?« fragte er dickköpfig.

Caramons Hand beschrieb einen Bogen.

Tolpan zog die Nase hoch. »Also, dieser Platz ist gerodet. Na schön, vielleicht war hier mal etwas. Vielleicht war hier tatsächlich ein großes Gebäude. Aber es ist nicht mehr da, warum soll man sich also Gedanken machen? Ich… O Caramon!«

Das verletzte Knie des großen Mannes gab plötzlich nach. Er taumelte und wäre gefallen, wenn Tolpan ihn nicht gestützt hätte. Mit dessen Hilfe schaffte Caramon es, den ungewöhnlich großen Stumpf eines Vallenholzbaumes am Rand des leeren, schlammbedeckten Platzes zu erreichen. Er lehnte sich dagegen, das Gesicht war blaß vor Schmerzen und triefend vor Schweiß, und er rieb sein verletztes Knie.

»Wie kann ich dir bloß helfen?« fragte Tolpan eifrig und rang seine Hände. »Ich weiß! Ich suche dir eine Krücke! Hier müssen massenweise zerbrochene Äste herumliegen. Ich schaue mich schnell mal um.«

Caramon sagte nichts, sondern nickte nur erschöpft.

Tolpan flitzte davon. Seine scharfen Augen stöberten über

den grauen, glitschigen Boden, voller Erleichterung, beschäftigt zu sein und keine Fragen über dumme gerodete Plätze beantworten zu müssen. Er fand bald, wonach er gesucht hatte – das Ende eines Astes, das aus dem Schlamm aufragte. Er bekam ihn zu fassen und zog daran. Seine Hände glitten an dem nassen Ast ab, und er stolperte nach hinten. Sofort rappelte er sich wieder auf, starrte gequält auf die klebrige Masse an seiner blauen Hose und versuchte erfolglos, sie wegzuwischen. Dann seufzte er auf und griff grimmig wieder nach dem Ast. Dieses Mal gab der ein wenig nach.

»Ich habe ihn fast, Caramon!« rief er. »Ich...«

Ein ganz ungewöhnlicher Kenderschrei ertönte durch den kreischenden Wind. Caramon schaute besorgt auf und sah Tolpans Haarzopf in einem riesigen, klaffenden Loch verschwinden, das sich offenbar eben erst unter seinen Füßen geöffnet hatte.

»Ich komme, Tolpan!« rief Caramon und stolperte zu ihm hinüber. »Halt durch...«

Aber beim Anblick von Tolpan, der aus dem Loch zurückkroch, blieb er abrupt stehen. So hatte Caramon das Gesicht des Kenders noch nie gesehen. Es war aschgrau, die Lippen weiß, die Augen weit aufgerissen und starr vor Schrecken.

»Komm nicht näher, Caramon«, flüsterte Tolpan und winkte ihn mit einer kleinen, schmuddeligen Hand zurück. »Bitte, bleib da, wo du bist!«

Aber es war zu spät. Caramon hatte den Rand des Loches schon erreicht und starrte hinab. Tolpan, der neben ihm am Boden kauerte, begann zu beben und zu schluchzen. »Sie sind alle tot«, wimmerte er. »Alle tot.« Er vergrub das Gesicht in den Armen, schaukelte hin und her und weinte bitterlich.

Am Boden des steinumsäumten Loches, das mit einer dicken Schlammschicht bedeckt gewesen war, lagen Leichen, Berge von Leichen, Leichen von Männern, Frauen und Kindern. Vom Schlamm konserviert, waren sie immer noch erschreckend erkennbar – so schien es zumindest Caramons fiebrigem Blick. Seine Gedanken wanderten zum letzten Massengrab, das er gesehen hatte – in dem von der Pest heimgesuchten Dorf, das Crysania gefunden hatte. Er erinnerte sich auch an das zornige, kummervolle Gesicht seines Bruders. Er erinnerte sich, daß Raistlin Blitze herbeibeschworen hatte, die alles vernichteten und das ganze Dorf zu Asche verbrannten.

Caramon biß seine Zähne zusammen und zwang sich, in dieses Grab zu schauen – zwang sich, nach roten Locken zu suchen...

Er wandte sich bebend mit einem Schluchzen der Erleichterung ab. Als er sich verstört umgeschaut hatte, begann er dorthin zurückzulaufen, wo das Wirtshaus gestanden hatte. »Tika!« schrie er.

Tolpan hob seinen Kopf und sprang beunruhigt auf. »Caramon!« kreischte er, rutschte im Schlamm aus und stürzte.

»Tika!« Caramons Stimme gellte heiser über den heulenden Wind und den entfernten Donner. Offenbar hatte er den Schmerz in seinem verletzten Bein vergessen, denn er taumelte zu einer großen, gerodeten, von Baumstümpfen freien Fläche an dem Weg. Dort hat die Straße an dem Wirtshaus vorbeigeführt, fiel Tolpan ein, obgleich er nicht klar denken konnte. Er hatte sich wieder aufgerappelt und eilte Caramon nach, aber der große Mann bewegte sich schnell. Hastig stolperte er durch den Schlamm, und Angst und Hoffnung verliehen ihm neue Kräfte.

Tolpan verlor ihn zwischen den geschwärzten Stümpfen bald aus den Augen, aber er konnte seine Stimme hören. Immer noch schrie er Tikas Namen. Auf einmal wußte Tolpan, worauf der große Mann zusteuerte. Seine eigenen Schritte verlangsamten sich. Sein Kopf schmerzte von der Hitze und den widerlichen Gerüchen des Ortes, sein Herz schmerzte von dem, was er gerade gesehen hatte. Er schleppte sich weiter, voller Angst, auf was er stoßen würde.

Tatsächlich stand Caramon auf einer öden Fläche neben einem Vallenholzstumpf. In seiner Hand hielt er etwas. Und der Blick, mit dem er darauf starrte, verriet, daß er schließlich doch besiegt war.

Schlammüberzogen, verdreckt, verzweifelt trat der Kender zu ihm. »Was hast du da?« fragte er mit zitternden Lippen und zeigte auf den Gegenstand in der Hand des großen Mannes.

»Einen Hammer«, sagte Caramon mit erstickter Stimme. »Meinen Hammer.«

Tolpan sah genau hin. Es war ein Hammer, das stimmte. Oder zumindest schien es einmal einer gewesen zu sein. Ungefähr drei Viertel des Holzgriffs waren abgebrannt. Lediglich ein verkohltes Stück Holz und der geschwärzte Metallkopf waren übriggeblieben.

»Wieso... wieso bist du dir sicher?« stammelte er. Immer noch rang er mit sich und weigerte sich zu glauben, was er sah.

»Ich bin sicher«, sagte Caramon bitter. »Sieh dir das an.« Bei seiner Berührung wackelte der Kopf am Griff. »Ich habe ihn hergestellt, als ich... ich noch getrunken habe.« Er wischte sich mit einer Hand über die Augen. »Er ist nicht gut geworden. Der Kopf ist ungefähr jedes zweite Mal abgefallen. Aber andererseits« – er würgte – »habe ich auch nicht viel damit gearbeitet.«

Vom Laufen geschwächt, gab Caramons verletztes Bein plötzlich nach. Diesmal versuchte er nicht einmal, sich selbst aufzufangen, sondern ließ sich einfach in den Schlamm fallen. Er saß auf der gerodeten Fläche, wo einst sein Haus gestanden hatte, hielt den Hammer krampfhaft in seiner Hand und begann zu weinen.

Tolpan wandte seinen Kopf ab. Die Trauer des großen Mannes war heilig, zu privat selbst für seine Augen. Auf seine eigenen Tränen, die an seiner Nase herabtröpfelten, achtete er nicht, sondern starrte düster um sich. Er hatte sich noch nie so hilflos, so verloren und einsam gefühlt. Was war geschehen? Was war schiefgelaufen? Es mußte doch irgendwo einen Hinweis, eine Antwort geben.

»Ich… ich sehe mich mal um«, murmelte er zu Caramon, der ihn aber gar nicht hörte.

Mit einem Seufzer trottete Tolpan davon. Er wußte jetzt natürlich, wo er sich befand. Er konnte sich nicht länger weigern, diese Tatsache abzustreiten. Caramons Haus hatte in der Nähe der Stadtmitte gestanden, nicht weit vom Wirtshaus entfernt. Tolpan stolperte dort entlang, wo einst eine Straße zwischen den Häuserreihen verlaufen war. Obgleich nichts mehr übriggeblieben war – keine Häuser, keine Straße, keine Vallenholzbäume, auf denen die Häuser ruhten –, wußte er genau, wo er war. Er wünschte nur, er müßte es nicht wissen. Hier und dort sah er Zweige aus dem Schlamm emporragen, und er zitterte. Denn sonst gab es nichts. Nichts außer…

»Caramon!« rief Tolpan, dankbar, etwas zum Untersuchen gefunden zu haben, das vielleicht auch Caramon von seiner Trauer ablenken würde. »Caramon, ich meine, du solltest dir das ansehen!«

Aber der große Mann hörte nicht auf ihn, so daß Tolpan allein weitergehen mußte, um den Gegenstand zu untersuchen. Am Ende der Straße, wo einst ein kleiner Park gewesen war, erhob sich ein Steinobelisk. Tolpan erinnerte sich an den Park, aber er erinnerte sich nicht an den Obelisken. Bei seinem letzten Besuch in Solace hatte der jedenfalls nicht dort gestanden, erinnerte er sich, als er ihn näher betrachtete.

Hoch, grob gemeißelt, hatte er die Verheerungen durch

Feuer und Wind und Sturm überstanden. Seine Oberfläche war geschwärzt und verkohlt, aber Tolpan erkannte eingemeißelte Buchstaben, Buchstaben, die er glaubte lesen zu können, wenn er erst den Schmutz entfernt hätte.

Tolpan wischte den Ruß und den schmuddeligen Film weg, der über dem Stein lag, starrte einen langen Moment darauf und rief dann leise: »Caramon.«

Der merkwürdige Ton in der Stimme des Kenders drang durch Caramons Schleier der Trauer. Er hob den Kopf. Als er den seltsamen Obelisken und Tolpans ungewöhnlich ernstes Gesicht sah, schob sich der große Mann schmerzgequält hoch und hinkte auf ihn zu. »Was ist denn?« fragte er.

Tolpan konnte nicht antworten, sondern nur mit dem Kopf schütteln und mit dem Finger auf etwas zeigen.

Caramon kam zu ihm und stand da. Schweigend las er die grob eingemeißelten Buchstaben der unfertigen Inschrift: »Heldin der Lanze Tika Waylan Majere. Todesjahr 358. Dein Lebensbaum wurde zu früh gefällt. Ich fürchte, in meinen Händen wird die Axt gefunden.«

»Es... es tut mir leid, Caramon«, murmelte Tolpan und ließ seine Hand in die schlaffen, kraftlosen Finger des großen Mannes gleiten.

Caramons Kopf neigte sich. Er legte seine Hand auf den Obelisken und strich über dessen kalte, nasse Oberfläche, während der Wind um sie peitschte. Einige Regentropfen klatschten gegen den Stein. »Sie ist allein gestorben«, sagte er. Er ballte seine Faust und schlug damit gegen den Stein. An den scharfen Ecken schnitt er sich die Hand auf. »Ich habe sie allein gelassen! Ich hätte hier sein sollen! Verdammt, ich hätte hier sein sollen!«

Er schluchzte. Tolpan, der zu den Sturmwolken aufsah und erkannte, daß sie sich wieder bewegten und näher rückten, hielt Caramons Hand fest.

»Ich glaube nicht, daß du etwas hättest tun können, Caramon, wenn du hier gewesen wärst...«, begann der Kender aufrichtig.

Plötzlich brach er ab, dabei biß er sich fast auf die Zunge. Er zog seine Hand aus Caramons Faust – der große Mann bemerkte es nicht einmal – und kniete sich in den Schlamm. Seine flinken Augen hatten etwas erhascht, das in den krankhaften Strahlen der blassen Sonne glänzte. Er griff mit einer zitternden Hand nach unten und schaufelte den Schlamm beiseite.

»Im Namen der Götter«, murmelte er voller Ehrfurcht und lehnte sich auf seine Fersen zurück. »Caramon, du warst hier!«

»Was?« knurrte der andere.

Tolpan zeigte es ihm.

Caramon hob den Kopf und sah nach unten.

Dort, vor seinen Füßen, lag seine eigene Leiche.

Zumindest schien es seine Leiche zu sein. Sie trug die Rüstung, die Caramon in Solamnia erworben hatte – die Rüstung, die er während des Zwergentorkrieges getragen hatte, die Rüstung, die er getragen hatte, als er und Tolpan Zaman verlassen hatten, die Rüstung, die er jetzt trug...

Aber darüber hinaus gab es keine weiteren Anhaltspunkte an der Leiche. Anders als die anderen, die unter den Schlammschichten konserviert gewesen waren, lag diese dicht an der Oberfläche und hatte sich zersetzt. Übriggeblieben war nur das Skelett eines offensichtlich großen Mannes, das am Fuß des Obelisken lag. Eine Hand mit einem Meißel ruhte direkt unter dem Steindenkmal, als ob seine letzte Tat das Einschneiden dieses letzten schrecklichen Satzes gewesen wäre.

Es war nicht ersichtlich, wie der Mann gestorben war.

»Was ist hier los, Caramon?« fragte Tolpan mit bebender Stimme. »Wenn du das bist und wenn du tot bist, wie kannst du dann zur gleichen Zeit hier stehen?« Ein neuer Gedanke kam ihm plötzlich in den Sinn. »O nein! Was ist, wenn du nicht hier bist?« Er umklammerte seinen Haarzopf und drehte ihn immer wieder herum. »Wenn du nicht hier bist, dann habe ich dich erfunden. Du meine Güte!« Tolpan schluckte. »Ich habe es nicht für möglich gehalten, daß ich eine derart lebhafte Phantasie habe. Du siehst wirklich real aus.« Er streckte zitternd eine Hand aus und berührte Caramon. »Du fühlst dich real an, und wenn es dich nicht stört, was ich sage: Du riechst sogar real!« Tolpan rang seine Hände. »Caramon! Ich werde verrückt«, schrie er wild. »Wie einer von diesen Dunkelzwergen in Thorbadin!«

»Nein, Tolpan«, murmelte Caramon. »Das ist alles real. Alles ist wirklich real.« Er starrte auf die Leiche, dann auf den Obelisken, der inzwischen im schnell schwindenden Licht kaum noch erkennbar war. »Und allmählich ergibt das alles einen Sinn. Wenn ich nur...« Er hielt inne und musterte eingehend den Obelisken. »Das ist es! Tolpan, sieh dir doch das Datum auf dem Denkmal an!«

Mit einem Seufzer hob Tolpan seinen Kopf. »Dreihundertachtundfünfzig«, las er mit teilnahmsloser Stimme. Dann riß er seine Augen weit auf. »Dreihundertachtundfünfzig?« wiederholte er. »Caramon – es war dreihundertsechsundfünfzig, als wir Solace verlassen haben!«

»Wir sind zu weit gereist, Tolpan«, murmelte Caramon voller Entsetzen. »Wir sind in unsere eigene Zukunft geraten.«

Die brodelnden schwarzen Wolken, die sie beobachtet hatten, ballten sich am Horizont wie eine Armee zusammen, die sich für einen Angriff in voller Stärke sammelt, drängten kurz vor

Einbruch der Dunkelheit herein und löschten gnädig die letzten kurzen Strahlen der geschrumpften Sonne aus.

Der Sturm schlug schnell und mit unglaublicher Heftigkeit zu. Eine Explosion aus heißem Wind blies Tolpan vom Boden hoch und warf Caramon gegen den Obelisken. Dann setzte der Regen ein und prasselte mit Tropfen wie geschmolzenes Blei auf sie nieder. Der Hagel schlug schmerzhaft auf ihre Köpfe und Körper.

Doch noch entsetzlicher als Wind oder Regen waren die tödlichen vielfarbigen Blitze, die von den Wolken zum Boden hüpften, auf die Baumstümpfe einschlugen und sie in leuchtenden Flammenkugeln zerfetzten, die meilenweit zu sehen waren. Der Donner grollte dröhnend und unablässig, erschütterte den Boden und betäubte ihre Sinne.

Verzweifelt versuchten sie, Schutz vor dem heftigen Sturm zu finden. Tolpan und Caramon kauerten sich unter einen umgestürzten Vallenholzbaum und krochen dann in ein Loch, das Caramon im grauen, sickernden Schlamm gegraben hatte. Von dieser dürftigen Zuflucht aus beobachteten sie ungläubig, wie der Sturm an dem ohnehin toten Land seine Zerstörungswut ausließ. Feuer fegten über die Gebirgshänge, und sie konnten den Gestank von brennendem Holz riechen. Blitze schlugen in der Nähe ein, Bäume explodierten, große Erdstücke flogen durch die Luft. Der Donner quälte ihre Ohren.

Der einzige Segen, den der Sturm brachte, war das Regenwasser. Caramon hielt seinen Helm auf und sammelte schnell genügend Trinkwasser ein. Aber es roch entsetzlich – wie verfaulte Eier, schrie Tolpan und hielt beim Trinken die Nase zu –, und es half wenig, ihren Durst zu lindern.

Keiner von ihnen sprach aus, woran sie beide dachten, daß sie nämlich keine Möglichkeit hatten, Wasser zu lagern, und daß sie nichts zu essen hatten.

Allmählich fühlte sich Tolpan wieder normal, da er nun wußte, wo er sich befand und in welcher Zeit (auch wenn ihm nicht ganz klar war, warum er hier gelandet oder wie er hierher gekommen war); daher genoß er in der ersten Stunde den Sturm sogar. »Ich habe noch nie Blitze in dieser Farbe gesehen«, schrie er über den dröhnenden Donner und beobachtete sie mit entzücktem Interesse. »Es ist so gut wie die Vorstellung eines Straßenkünstlers!« Aber schon bald begann ihn das Spektakel zu langweilen.

»Wie auch immer«, kreischte er, »sogar die Beobachtung, wie Bäume direkt aus dem Boden zerfetzt werden, ist nach dem fünften Mal nicht mehr so interessant. Wenn du dich nicht zu einsam fühlst, Caramon«, fügte er mit einem kieferkrachenden Gähnen hinzu, »würde ich gern ein kleines Nickerchen halten. Es stört dich doch nicht, Wache zu halten, oder?«

Caramon schüttelte den Kopf und wollte gerade eine Antwort geben, als ihn das Krachen einer erneuten Explosion aufschreckte. Ein Baumstumpf verschwand keine dreißig Meter von ihnen entfernt in einer blaugrünen Flammenkugel.

Das hätten auch wir sein können, dachte Caramon, starrte auf die glühende Asche und zog seine Nase gegen den Schwefelgestank kraus. Wir können die nächsten sein! Ein wilder Wunsch, plötzlich loszurennen, schoß ihm durch den Kopf, ein Wunsch, der so stark war, daß seine Muskeln zuckten und er sich zwingen mußte, zu bleiben, wo er war.

Dort draußen wartete der sichere Tod. Zumindest hier in diesem Loch waren sie unterhalb des Bodens. Aber während er noch darüber nachdachte, sah er einen Blitz ein riesiges Loch in den Boden schlagen und lächelte bitter. Nein, nirgendwo gab es Sicherheit. Sie mußten einfach abwarten und den Göttern vertrauen.

Er warf Tolpan einen flüchtigen Blick zu und wollte dem

Kender etwas Tröstendes sagen. Die Worte erstarben ihm auf den Lippen. Seufzend schüttelte er den Kopf. Einige Dinge würden sich niemals verändern – unter anderem Kender. Zu einer Kugel eingerollt, unberührt von dem um ihn tobenden Entsetzen, schlief Tolpan tief und fest.

Caramon kauerte sich tiefer in das Loch und hielt seine Augen auf die aufschäumenden, von Blitzen umränderten Wolken gerichtet. Um sich von seiner Angst abzulenken, begann er, seine Gedanken über das, was geschehen war, zu ordnen und darüber nachzudenken, wie sie in diese mißliche Lage geraten waren. Er schloß die Augen vor den blendenden Blitzen und sah wieder einmal seinen Zwillingsbruder vor dem entsetzlichen Portal stehen. Er konnte Raistlins Stimme hören, wie er die fünf Drachenköpfe anrief, die das Portal bewachten, sie sollten es öffnen und ihm Zugang in die Hölle gewähren. Er sah Crysania, Klerikerin Paladins, wie sie zu ihrem Gott betete, verloren in der Ekstase ihres Glaubens und blind gegenüber dem Bösen in seinem Bruder.

Caramon erschauerte und hörte Raistlins Worte so deutlich, als ob der Erzmagier neben ihm stünde.

»Sie wird die Hölle mit mir betreten. Sie wird vor mir gehen und meine Schlachten austragen. Sie wird dunklen Klerikern gegenübertreten, dunklen Zauberkundigen, Geistern der Toten, die verdammt sind, in diesem verfluchten Land zu streifen, und jeder erdenklichen Folter, die sich meine Königin nur ausdenken kann. All dies wird ihren Körper verletzen, ihren Geist verschlingen und ihre Seele zerstören. Schließlich, wenn sie es nicht mehr ertragen kann, wird sie auf den Boden sinken und vor meinen Füßen liegen… blutend, erbärmlich, sterbend.

Sie wird mit der letzten ihr noch verbleibenden Kraft ihre Hand nach mir ausstrecken, um Trost zu erhalten. Sie wird mich nicht bitten, sie zu retten. Dafür ist sie zu stark. Sie wird mir ihr Leben freiwillig und freudig geben. Sie wird lediglich darum bitten, daß ich bei ihr bleibe, wenn sie stirbt...

Aber ich werde an ihr vorbeigehen, ohne sie eines Blickes zu würdigen und ohne ein Wort zu verlieren. Warum? Weil ich dann keine Verwendung mehr für sie habe...«

Spätestens bei diesen Worten hatte Caramon endlich eingesehen, daß sein Bruder unwiderruflich verloren war. Und endlich hatte er ihn verlassen.

Soll er doch in die Hölle gehen, hatte Caramon bitter gedacht. Soll er doch die Dunkle Königin herausfordern. Soll er doch ein Gott des Bösen werden. Es interessiert mich nicht mehr. Ich kümmere mich nicht mehr darum, was ihm passiert. Endlich bin ich von ihm befreit – so wie er von mir frei ist.

Caramon hatte mit Tolpan das magische Gerät ergriffen und den Vers aufgesagt, den Par-Salian ihn gelehrt hatte. Er hatte die Steine singen hören können, so wie er sie auch während der vorhergehenden zwei Male singen gehört hatte, bei denen er an einem Zeitreisezauber teilgenommen hatte.

Aber dann war irgend etwas Unvorhergesehenes geschehen. Irgend etwas war anders gewesen. Und jetzt, wo er Zeit zum Denken und Überlegen hatte, fiel ihm ein, daß er sich in plötzlicher Panik gefragt hatte, ob irgend etwas nicht in Ordnung war. Aber er wußte nicht mehr, was es gewesen war.

Nicht, daß ich etwas dagegen hätte unternehmen können, dachte er verbittert. Ich habe die Magie niemals verstanden – und ihr auch niemals vertraut.

Ein erneuter Blitz, der ganz in ihrer Nähe einschlug, unterbrach seine Konzentration und ließ sogar Tolpan aus dem Schlaf aufspringen. Gereizt murmelte der Kender etwas Unverständliches, dann legte er die Hände über die Augen und schlief weiter. Er sah aus wie eine in ihrer Höhle eingerollte Schlafmaus.

Mit einem Seufzer zwang sich Caramon, nicht mehr an Stürme und Schlafmäuse zu denken, sondern an die letzten kurzen Augenblicke, bevor sie den Zauber mit dem magischen Gerät begonnen hatten.

Ich erinnere mich, daß ich das Gefühl hatte, ich würde gezogen, aus der Form gezogen, als ob eine Kraft versuchte, mich in eine Richtung zu zerren, während eine andere mich in die entgegengesetzte Richtung zog. Was hatte denn Raistlin in demselben Moment gemacht? Caramon kämpfte um seine Erinnerung. Ein verschwommenes Bild seines Bruders kam ihm in den Sinn. Er sah Raistlin, das Gesicht war vor Entsetzen verzerrt, wie er schockiert auf das Portal starrte. Er sah Crysania im Portal stehen, aber sie betete nicht mehr zu ihrem Gott. Ihr Körper krümmte sich vor Schmerzen, und ihre Augen waren vor schrecklicher Angst weit aufgerissen.

Caramon erschauerte und leckte an seinen Lippen. Das Wasser hatte einen bitteren Geschmack in seinem Mund zurückgelassen, und es kam ihm vor, als hätte er an rostigen Nägeln gekaut. Er spuckte und wischte sich mit einer Hand über den Mund. Erschöpft lehnte er sich zurück. Eine weitere Explosion ließ ihn zusammenzucken. Und auch eine plötzliche Erkenntnis.

Sein Bruder hatte versagt.

Raistlin war das Gleiche widerfahren, was zuvor Fistandantilus widerfahren war. Er hatte die Kontrolle über seine Magie verloren. Das magische Feld ihres Zeitreisegerätes hatte seinen Zauberspruch irregeleitet. Das war die einzige wahrscheinliche Erklärung...

Caramon runzelte die Stirn. Nein, Raistlin mußte diese Möglichkeit doch vorausgesehen haben. Und dann hätte er niemals zugelassen, daß sie das Gerät benutzten, er hätte sie getötet, so wie er zuvor Tolpans Freund, den Gnom, getötet hatte.

Caramon schüttelte den Kopf, um klarer zu sehen, und begann noch einmal von vorne. Er arbeitete sich durch das Problem, so wie er sich durch das verhaßte Alphabet gearbeitet hatte, das seine Mutter ihm als Kind beigebracht hatte. Das magische Feld war beeinträchtigt worden, das war klar. Es hatte ihn und den Kender zu weit voraus in die Zeit geworfen und sie in ihre eigene Zukunft geschickt.

Und das bedeutete sicher auch, daß sie nur das Gerät erneut nutzen mußten, um zurück in die Gegenwart zu gelangen, zurück zu Tika, zurück nach Solace...

Er öffnete die Augen und sah sich um. Aber würden sie dann die Zukunft genauso erleben, wenn sie zurückkehrten?

Caramon erschauerte. Er war von dem sintflutartigen Regenfall völlig durchnäßt. Die Nacht war eisig, aber es war nicht die Kälte, die ihn peinigte. Er wußte, was es bedeutete, mit dem Wissen zu leben, was in der Zukunft geschehen würde. Er wußte, wie quälend es sein würde, ohne Hoffnung zu leben. Würde er zurückgehen und Tika und seinen Freunden in die Augen sehen können, mit dem Wissen, was auf sie alle zukommen würde? Er dachte an die Leiche unter dem Denkmal. Wie nur sollte er mit dem Wissen zurückgehen, was auf ihn zukommen würde?

Wenn er das wirklich gewesen war. Er erinnerte sich an die letzte Unterhaltung mit seinem Bruder. Tolpan hatte die Zeit verändert – hatte Raistlin gesagt. Weil Kender, Zwerge und Gnome zufällig entstanden und nicht vorgesehen waren, fügten sie sich auch nicht in den Fluß der Zeit wie die Menschen, die Elfen und die Oger. Folglich war den Kendern das Reisen in die Vergangenheit nicht erlaubt, denn es lag ja in ihrer Macht, die Zeit zu verändern.

Aber Tolpan war zufällig in die Vergangenheit geraten, weil er in das magische Feld gesprungen war, gerade als Par-Salian, das Oberhaupt des Turmes der Erzmagier, den Zauber geworfen hatte, mit dem Caramon und Crysania zurückgeschickt werden sollten. Tolpan hatte die Zeit verändert. Darum wußte Raistlin auch, daß er nicht das gleiche Schicksal wie Fistandantilus erleiden mußte. Er verfügte über die Macht, das Ergebnis zu ändern. Während Fistandantilus gestorben war, konnte Raistlin leben.

Caramons Schultern sackten zusammen. Ihm war plötzlich übel und schwindelig. Was bedeutete das? Was tat er hier? Wie konnte er gleichzeitig tot und lebendig sein? War das überhaupt seine Leiche? Weil Tolpan die Zeit verändert hatte, konnte es sich auch um eine andere Person handeln. Aber was war mit Solace geschehen? Das mußte er zuerst erfahren.

»Hat Raistlin das verursacht?« murmelte Caramon zu sich, nur um den Klang seiner Stimme inmitten der strahlenden Blitze und dröhnenden Explosionen zu hören. »Hat das etwas mit ihm zu tun? Hat er dies geschehen lassen, weil er versagt hat, oder...«

Caramon hielt seinen Atem an. Neben ihm bewegte sich Tolpan im Schlaf, wimmerte und schrie. Caramon tätschelte ihn geistesabwesend. »Ein böser Traum«, sagte er und spürte den kleinen Körper des Kenders unter seiner Hand zucken. »Ein böser Traum, Tolpan. Schlaf weiter.«

Tolpan rollte sich auf die andere Seite und schmiegte seinen kleinen Körper eng an Caramon. Seine Hände hielten immer noch seine Augen bedeckt. Caramon tätschelte ihn weiter beruhigend.

Ein böser Traum. Er wünschte, daß es wirklich weiter nichts wäre. Er wünschte ganz verzweifelt, daß er in seinem eigenen Bett aufwachen und sein Schädel vom übermäßigen Alkohol brummen würde. Er wünschte, er könnte Tika hören, wie sie die Teller durch die Küche schleuderte und ihn einen faulen, versoffenen Herumtreiber nannte, während sie gleichzeitig sein Lieblingsfrühstück bereitete. Er wünschte, er hätte dieses erbärmliche, alkoholdurchtränkte Leben einfach so weiterführen können, denn dann wäre er gestorben, ohne zu wissen...

O bitte, laß es einen Traum sein! flehte Caramon, senkte seinen Kopf zwischen seine Knie und spürte bittere Tränen unter seinen geschlossenen Augenlidern hervorkriechen.

So saß er da, nicht einmal vom Sturm in Mitleidenschaft gezogen, sondern erschlagen von dem Gewicht seines plötzlichen Verstehens. Tolpan seufzte und bebte, schlief aber ruhig weiter. Caramon rührte sich nicht. Er schlief nicht. Er konnte nicht schlafen. Der Traum, durch den er ging, war ein Wachtraum, ein Alptraum im Wachsein. Ihm fehlte nur noch eins, um seiner Erkenntnis sicher zu sein, eine Bestätigung, die sein Herz nicht mehr nötig hatte.

Der Sturm legte sich allmählich und verzog sich weiter in den Süden. Caramon konnte deutlich spüren, wie er sich entfernte. Der Donner ging wie mit den Füßen eines Riesen durch das Land. Als alles vorbei war, tönte dann das Schweigen lauter in seinen Ohren als die Explosionen der Blitze. Der Himmel würde bald klar sein. Klar bis zum nächsten Sturm. Er würde die Monde sehen und die Sterne...

Die Sterne...

Er mußte nur den Kopf heben und in den Himmel schauen, in den klaren Himmel, dann würde er seine Bestätigung gleich bekommen.

Und wieder ließ er Zeit verstreichen, saß da und wünschte sich, den Geruch von Würzkartoffeln riechen zu können, wünschte sich, Tikas Lachen zu hören, das die Stille vertrieb, wünschte sich, nur Kopfschmerzen von zuviel Alkohol spüren und nicht den entsetzlichen Schmerz in seinem Herzen aushalten zu müssen.

Aber seine Wünsche erfüllten sich nicht. Um ihn war nur die Totenstille des verwüsteten Landes, unterbrochen von dem weit, weit entfernten Rollen des Donners.

Mit einem kleinen Seufzer, den er selbst kaum hören konnte, hob Caramon seinen Kopf und sah in den Himmel hoch.

Er schluckte den bitteren Speichel in seinem Mund hinunter, der ihn fast erstickte. Tränen stachen in seine Augen, aber er drängte sie zurück, damit er deutlich sehen konnte.

Da war sie – die Bestätigung seiner Befürchtungen, das Zeichen seines Untergangs.

Eine neue Konstellation am Himmel.

Ein Stundenglas...

»Was bedeutet das?« fragte Tolpan, rieb sich die Augen und starrte verschlafen zu den Sternen hoch.

»Es bedeutet, daß Raistlin Erfolg hatte«, antwortete Caramon mit einer merkwürdigen Mischung aus Angst, Kummer und Stolz in seiner Stimme. »Es bedeutet, daß er die Hölle betreten und die Königin der Finsternis herausgefordert und – sie besiegt hat!«

»Er hat sie nicht besiegt, Caramon«, widersprach Tolpan, studierte aufmerksam den Himmel und zeigte auf die Sterne. »Da ist ihre Konstellation, aber sie ist am falschen Platz. Sie ist dort drüben, obwohl sie doch hier sein sollte. Und da ist Paladin.« Er seufzte. »Armer Fizban. Ich frage mich bloß, ob er gegen Raistlin kämpfen muß. Ich glaube nicht, daß ihm das gefällt. Ich hatte immer den Eindruck, daß er Raistlin versteht, vielleicht besser als wir alle zusammen.«

»Die Schlacht ist vielleicht noch im vollen Gange«, grübelte Caramon. »Vielleicht ist das der Grund für die Stürme.« Er schwieg einen Moment, starrte hoch zu den glitzernden Umrissen des Stundenglases. Vor seinem inneren Auge sah er die Augen seines Bruders, wie sie sich – es war jetzt schon so lange her – nach den schrecklichen Prüfungen im Turm der Erzmagier verändert hatten – ihre Pupillen hatten die Form von Stundengläsern angenommen.

»Mit ihnen wirst du die Zeit sehen, Raistlin, wie sie auf alle Dinge einwirkt«, hatte Par-Salian ihm erklärt. »Und auf diese Weise wirst du hoffentlich Mitgefühl für alles um dich entwikkeln.«

Aber die erhoffte Wirkung war nicht eingetreten.

»Raistlin hat gewonnen«, sagte Caramon mit einem leisen Seufzer. »Er ist geworden, was er immer sein wollte – ein Gott. Und jetzt herrscht er über eine tote Welt.«

»Über eine tote Welt?« fragte Tolpan beunruhigt. »M... meinst du, die ganze Welt sieht so aus? Alles auf Krynn – Palanthas und Haven und Qualinesti? K... kenderheim? Alles?«

»Sieh dich doch mal um«, erwiderte Caramon düster. »Was glaubst du wohl? Hast du denn andere Lebewesen gesehen, seitdem wir hier sind?« Er beschrieb einen weiten Bogen mit seiner Hand, die im blassen Licht von Solinari kaum zu sehen war. Die dahinschwindenden Wolken hatten den Mond freigelegt, der nun wie ein starres Auge am Himmel glänzte. »Du hast das Feuer gesehen, wie es über die Gebirgskette gefegt ist. Du kannst die Blitze immer noch am Horizont sehen.« Er zeigte in den Osten. »Und dort braut sich ein neuer Sturm zusammen. Nein, Tolpan. Hier kann nichts überleben. Und auch wir werden in nicht allzu langer Zeit tot sein – entweder in Stücke zersprengt oder...«

»Oder... oder irgend etwas anderes...«, unterbrach Tolpan klagend. »Ich... ich fühle mich wirklich nicht wohl, Caramon. Und es... es liegt entweder am Wasser, oder ich bekomme wieder die Pest.« Sein Gesicht verzog sich schmerzvoll, und er legte eine Hand auf seinen Bauch. »Mir ist ganz komisch im Bauch, als ob ich eine Schlange verschluckt hätte.«

»Das Wasser«, murmelte Caramon mit einer Grimasse. »Mir geht es genauso. Wahrscheinlich ist in diesen Wolken Gift enthalten.«

»Werden... werden wir dann hier sterben, Caramon?« fragte Tolpan nach einer Minute schweigsamen Nachdenkens. »Denn wenn das der Fall ist, dann glaube ich wirklich, ich würde gerne hinübergehen und mich neben Tika legen, wenn es dich nicht stört. Ich... ich würde mich eher zu Hause fühlen. Bis ich zu Flint und seinem Baum komme.« Seufzend lehnte er seinen Kopf gegen Caramons starken Arm. »Auf alle Fälle habe ich Flint eine Menge zu erzählen, nicht wahr, Caramon? Alles über die Umwälzung und das feurige Gebirge und wie ich dein Leben gerettet habe und Raistlin ein Gott geworden ist. Ich wette, das wird er nicht glauben. Aber vielleicht bist du ja dann bei mir, Caramon, und du kannst ihm ja sagen, daß ich wirklich nicht, nun – äh – übertreibe.«

»Sterben wäre sicherlich am einfachsten«, murmelte Caramon und sah sehnsüchtig zum Obelisken hinüber.

Lunitari ging nun auf, und sein blutrotes Licht vermischte sich mit dem leichenblassen Licht von Solinari, um einen unheimlichen, purpurroten Glanz auf das aschebedeckte Land zu werfen. Der vom Regen benetzte Steinobelisk glitzerte im Mondschein, und seine grob geschnitzten schwarzen Buchstaben waren auf der hellen Oberfläche deutlich sichtbar.

»Sterben wäre sicherlich am einfachsten«, wiederholte Caramon, eher zu sich als zu Tolpan. »Es wäre einfach, wenn ich mich hinlegen und mich der Dunkelheit überlassen könnte.« Dann biß er die Zähne zusammen und kam taumelnd auf die Füße. »Witzig«, fügte er grimmig hinzu, als er sein Schwert zog und begann, einen Zweig des umgestürzten Vallenholzbaumes abzuhacken, unter dem sie Zuflucht gesucht hatten. »Raist hat mich einmal gefragt: ›Würdest du mir in die Dunkelheit folgen?‹ «

»Was machst du da?« fragte Tolpan und starrte Caramon neugierig an.

Aber Caramon antwortete nicht. Er hackte einfach an dem Zweig weiter.

»Du machst dir eine Krücke!« stellte Tolpan fest und sprang auf einmal in plötzlicher Berunruhigung auf die Füße. »Caramon! Du kannst das doch nicht wirklich denken! Das... das ist Wahnsinn! Ich erinnere mich, daß Raistlin dir diese Frage gestellt hat, und ich erinnere mich auch an seine Antwort, als du ihm deine Hilfe zugesagt hattest! Er sagte, es würde deinen Tod bedeuten, Caramon! So stark, wie du auch bist, es würde dich umbringen!«

Caramon antwortete immer noch nicht. Nasse Holzspäne flogen, als er an dem Zweig schnitzte. Gelegentlich warf er einen Blick nach hinten auf die Sturmwolken, die sich langsam näherten, sich vor die neue Konstellation schoben und auf die Monde zukrochen.

»Caramon!« Tolpan ergriff den Arm des großen Mannes. »Selbst wenn du gehen würdest... dorthin« – der Kender wagte das Wort nicht auszusprechen – »was willst du denn dort machen?«

»Etwas, was ich schon vor langer Zeit hätte tun sollen«, antwortete Caramon entschlossen.

»Du willst ihm nachgehen, nicht wahr?« schrie Tolpan und krabbelte aus dem Loch – eine Bewegung, die ihn auf Augenhöhe mit Caramon brachte, der immer noch an dem Ast herumhackte. »Das ist Wahnsinn, einfach Wahnsinn! Wie willst du denn dorthin kommen? Wo ist dorthin überhaupt? Du weißt doch nicht einmal, wohin du gehen mußt! Du weißt doch nicht, wo er ist!«

»Ich kenne eine Möglichkeit, dorthin zu kommen«, antwortete Caramon kühl und steckte sein Schwert wieder in seine Scheide zurück. Er nahm den Zweig in seine kräftigen Hände, zog und drehte daran, und schließlich gelang es ihm, ihn abzubrechen. »Gib mir mal dein Messer«, bat er Tolpan.

Der Kender reichte es ihm seufzend und wollte seinen Protest fortsetzen, während Caramon kleine Zweige abschnitt, aber der große Mann fiel ihm ins Wort.

»Ich habe das magische Gerät. Und was das dort angeht« – er beäugte Tolpan streng – »da kennst du dich doch aus!«

»Die… die Hölle?« stammelte Tolpan.

Ein dumpfes Donnergrollen ließ beide besorgt zu den näherrückenden Sturmwolken hochschauen, dann wandte sich Caramon mit erneuter Energie seiner Arbeit zu, während Tolpan immer neue Einwände hervorstieß. »Das magische Gerät brachte Gnimsch und mich da heraus, Caramon, aber ich bin fest überzeugt, daß es dich nicht hineinbringt. Du wirst dort sowieso nicht sein wollen«, fügte der Kender entschlossen hinzu. »Es ist kein netter Ort.«

»Vielleicht kann es mich nicht hineinbringen«, begann Caramon, dann winkte er Tolpan zu sich. »Bevor der nächste Sturm beginnt, laß uns mal ausprobieren, ob diese Krücke funktioniert. Wir gehen zu Tika hinüber – zu dem Obelisken.«

Der Krieger schnitt ein Stück von seinem schmuddeligen, nassen Umhang mit dem Schwert ab, band es an der Spitze des Astes fest, schob diesen unter seinen Arm und lehnte sein Gewicht versuchsweise darauf. Die grob geschnitzte Krücke versank einige Zentimeter im Schlamm. Caramon riß sie heraus und machte einen weiteren Schritt. Er sank wieder ein, aber er schaffte es, sich mühsam fortzubewegen, und konnte sein Gewicht von seinem verletzten Knie verlagern. Tolpan half ihm, und langsam humpelten sie im Schneckentempo über den nassen, glitschigen Boden.

Wohin gehen wir? hätte Tolpan gerne gefragt, aber er hatte Angst vor der Antwort. Unglücklicherweise schien Caramon seine Gedanken hören zu können, denn er antwortete auf seine unausgesprochene Frage.

»Vielleicht kann mich das Gerät nicht in die Hölle bringen«, erklärte Caramon schwer atmend, »aber ich kenne jemanden, der das kann. Das Gerät wird uns bestimmt zu ihm führen.«

»Wer?« fragte der Kender ungläubig.

»Par-Salian. Er wird in der Lage sein, uns zu erzählen, was geschehen ist. Er wird in der Lage sein, mich dorthin zu schikken... wohin ich auch gehen muß.«

»Par-Salian?« Tolpan sah fast genauso beunruhigt aus, als wenn Caramon von der Königin der Finsternis gesprochen hätte. »Das ist ja noch verrückter!« wollte er sagen, aber statt dessen wurde ihm plötzlich ganz übel. Caramon hielt an, um auf ihn zu warten. Auch er sah im Mondlicht blaß und krank aus.

Überzeugt, daß er aus seinem Inneren vom Haarzopf bis zu seinen Socken alles herausgelassen hatte, fühlte sich Tolpan etwas besser. Er nickte Caramon zu, zu müde, um zu reden. Er konnte kaum noch weiterstolpern.

Mühsam stampften sie durch den glitschigen Schlamm und erreichten schließlich den Obelisken. Hier ließen sie sich auf den Boden fallen und lehnten sich gegen das Denkmal, erschöpft von der anstrengenden Wanderung, obwohl es sich nur um ungefähr zwanzig Schritte gehandelt hatte. Der heiße Wind wurde stärker, und das Rollen des Donners kam näher. Schweiß bedeckte Tolpans Gesicht, und um seine Lippen lag ein grünlicher Schatten, aber er schaffte es trotzdem, Caramon mit einer, wie er hoffte, unschuldigen Miene anzulächeln.

»Wir gehen also Par-Salian besuchen?« fragte er lässig und wischte sich mit seinem Haarzopf über das Gesicht. »Oh, ich glaube nicht, daß das wirklich eine gute Idee ist. Du bist nicht in der Verfassung, den ganzen Weg zu laufen. Wir haben weder Wasser noch Proviant und...«

»Ich werde nicht laufen.« Caramon nahm den Anhänger aus seiner Tasche und begann, ihn in ein wunderschönes, juwelenbesetztes Zepter zu verwandeln.

Als Tolpan das sah, schluckte er leicht und redete schneller.

»Ich bin überzeugt, daß Par-Salian sehr... sehr beschäftigt ist. Beschäftigt! Das ist es!« Er gab ein verzerrtes Grinsen von sich. »Viel zu beschäftigt, um uns jetzt zu empfangen. Hat wahrscheinlich eine Menge zu tun, bei diesem ganzen Chaos, das um ihn passiert. Laß uns das also vergessen und zu einem Ort zurückreisen, wo wir Spaß hatten. Wie wäre es, wenn wir in die Zeit zurückreisen, wo Raistlin den Liebeszauber auf Bupu warf und sie sich in ihn verliebte? Das war doch wirklich lustig! Diese ekelhafte Gossenzwergin folgte ihm...«

Caramon antwortete nicht. Tolpan wickelte das Ende seines Haarzopfes um seinen Finger.

»Tot«, sagte er plötzlich und gab einen trauernden Seufzer von sich. »Armer Par-Salian. Wahrscheinlich tot wie ein Türknopf. Immerhin«, dem Kender fiel schon wieder etwas Erfreuliches ein, »er war alt, als ich ihn damals im Jahr 356 gesehen habe. Er sah auch nicht besonders gesund aus. Das muß für ihn wahrhaftig ein Schock gewesen sein – daß Raistlin ein Gott geworden ist und das alles. Wahrscheinlich zuviel für sein Herz. Peng – das hat ihn wahrscheinlich sofort umgehauen.«

Tolpan spähte zu Caramon hinüber. Auf dessen Lippen lag ein leichtes Lächeln, aber er sagte nichts, sondern drehte und wendete die einzelnen Teile des Anhängers. Ein heller Blitz ließ ihn zusammenzucken. Er sah zu dem Sturm hinauf, und sein Lächeln verschwand.

»Ich wette, der Turm der Erzmagier wird nicht einmal mehr da sein!« schrie Tolpan verzweifelt. »Wenn es stimmt, was du gesagt hast, und die ganze Welt ist... so wie hier...« – er beschrieb mit seiner Hand hastig einen kleinen Kreis, während der stinkende Regen wieder einsetzte – »Bestimmt hat der Turm als erstes daran glauben müssen! Vom Blitz getroffen! Bum! Immerhin war der Turm höher als die meisten Bäume, die ich gesehen habe...«

»Der Turm wird noch stehen«, unterbrach Caramon grimmig und nahm die letzte Einstellung an dem magischen Gerät vor. Er hielt es hoch. Die Juwelen wurden von den Strahlen Solinaris erfaßt, und einen Augenblick glänzten sie auf. Dann fegten Sturmwolken über den Mond und verschlangen ihn. Die Dunkelheit war jetzt undurchdringlich und wurde lediglich von leuchtenden, wunderschönen, tödlichen Blitzen unterbrochen.

Caramon biß voller Schmerz die Zähne zusammen, ergriff die Krücke und rappelte sich auf. Tolpan folgte langsamer und sah immer noch flehend zu Caramon hoch.

»Verstehst du, Tolpan, ich habe Raistlin jetzt erkannt«, fuhr Caramon fort, ohne auf die kummervolle Miene des Kenders zu achten. »Zu spät vielleicht, aber ich habe ihn jetzt durchschaut. Er haßte den Turm, so wie er dessen Magier haßte für alles, was sie ihm angetan haben. Aber so wie er den Turm haßte, so liebte er ihn gleichzeitig – weil der einen Teil seiner Kunst darstellt, Tolpan. Und seine Kunst, seine Magie, bedeutet ihm mehr als das Leben selbst. Nein, der Turm wird noch stehen.«

Caramon hob das Gerät in seinen Händen und begann den Vers aufzusagen: »Deine Zeit gehört dir allein, auch wenn du quer durch sie reist...«

Aber er wurde unterbrochen.

»O Caramon!« plärrte Tolpan und umklammerte ihn. »Bring mich nur nicht zurück zu Par-Salian! Er wird etwas Schreckliches mit mir anstellen! Ich weiß das! Er wird mich in eine... eine Fledermaus verwandeln!« Tolpan hielt inne. »Und selbst wenn ich glauben könnte, daß es interessant ist, eine Fledermaus zu sein, bin ich mir nicht sicher, ob ich mich daran gewöhnen kann, verkehrt herum zu schlafen, nur an meinen Füßen hängend. Und ich bin liebend gern ein Kender, fällt mir jetzt ein, wenn ich darüber nachdenke, und...«

»Was redest du da überhaupt?« Caramon funkelte ihn an und sah hastig zu den Sturmwolken hoch. Der Regen nahm an Stärke zu, und die Blitze schlugen immer näher ein.

»Par-Salian!« schrie Tolpan hektisch. »Ich... ich habe seinen magischen Zeitreisezauber durcheinandergebracht! Ich sollte nicht mitkommen! Und dann habe ich einen magischen Ring gestoh... äh... gefunden, den jemand liegengelassen hatte, und mich damit in eine Maus verwandelt! Ich bin mir sicher, daß er darüber noch immer ziemlich sauer ist! Und dann habe ich... das magische Gerät zerbrochen, Caramon. Erinnerst du dich! Also, es war zwar nicht direkt meine Schuld, Raistlin ließ es mich zerbrechen! Aber eine wirklich strenge Person könnte die unglückselige Einstellung haben, daß das alles nicht passiert wäre, wenn ich von vornherein die Finger davon gelassen hätte – schließlich wußte ich auch, daß ich das hätte tun sollen. Und Par-Salian scheint eine schrecklich strenge Person zu sein, findest du nicht? Und obgleich ich Gnimsch veranlaßt habe, es zu reparieren, hat er es nicht richtig repariert, weißt du...«

»Tolpan«, murmelte Caramon müde, »halt den Mund.«

»Ja, Caramon«, antwortete Tolpan ergeben und begann zu schniefen.

Caramon sah unter den hellen Blitzen auf die kleine Gestalt, die niedergeschlagen neben ihm kauerte, und seufzte. »Sieh mal, Tolpan. Ich werde es doch nicht zulassen, daß Par-Salian dir etwas antut. Das verspreche ich dir. Zuerst muß er mich in eine Fledermaus verwandeln.«

»Wirklich?« fragte Tolpan eifrig.

»Mein Wort«, sagte Caramon mit einem Blick auf den Sturm. »Jetzt gib mir deine Hand und laß uns hier verschwinden.«

»Sicher«, rief Tolpan fröhlich und steckte seine kleine Hand in Caramons Riesenpranke.

»Und, Tolpan...«

»Ja, Caramon?«

»Dieses Mal – denk bitte an den Turm der Erzmagier in Wayreth! Keine Monde!«

»Ja, Caramon«, murmelte Tolpan mit einem tiefen Seufzer. Dann lächelte er wieder. »Weißt du«, flüsterte er, während Caramon schon wieder seinen Vers aufsagte. »Ich wette, Caramon, du wirst eine Mordsfledermaus abgeben...«

Sie fanden sich am Rand eines kleinen Waldes wieder.

»Es ist nicht meine Schuld, Caramon!« kreischte Tolpan. »Ich habe mit meinem ganzen Herzen und meiner ganzen Seele an den Turm gedacht. Ich habe bestimmt keine Sekunde an einen Wald gedacht.«

Caramon musterte aufmerksam die Bäume. Es war immer noch Nacht, aber der Himmel war klar, obgleich noch immer Sturmwolken am Horizont sichtbar waren. Lunitari brannte in einem matten Rot. Solinari ließ sich in den Sturm fallen. Und über ihnen glühte das Stundenglas.

»Na ja, die Zeitperiode ist jedenfalls richtig. Aber wo im Namen der Götter sind wir?« brummte Caramon, stützte sich auf seine Krücke und funkelte gereizt das magische Gerät an. Sein Blick glitt zurück zu den dunklen Bäumen, deren Stämme im hellen Mondschein schimmerten. Plötzlich glättete sich sein Gesicht. »Es ist in Ordnung, Tolpan«, sagte er erleichtert. »Erinnerst du dich nicht? Das ist der Wald von Wayreth – der magische Wald, der den Turm der Erzmagier bewacht!«

»Bist du dir sicher?« fragte Tolpan voller Zweifel. »Er sieht aber nicht so aus wie beim letzten Mal, als ich hier war. Damals war alles häßlich, und diese toten Bäume, die da lauerten und mich anstarrten, als ich versuchte hineinzugehen, haben mich nicht durchgelassen, und als ich versuchte, den Wald zu verlassen, haben sie mich auch wieder festgehalten und...«

»Er ist es«, murmelte Caramon, faltete das Zepter zurück in einen unscheinbaren Anhänger.

»Was ist dann aber mit ihm passiert?«

»Das Gleiche, was mit der ganzen Welt passiert ist, Tolpan«, erwiderte Caramon und ließ behutsam den Anhänger in seinen Lederbeutel gleiten.

Tolpans Gedanken wanderten zurück zu jenen Tagen, als er das letzte Mal den magischen Wald von Wayreth gesehen hatte. Es war ein seltsamer und unheimlicher Ort, der die Aufgabe hatte, den Turm der Erzmagier vor unwillkommenen Eindringlingen zu schützen. Erstens fand niemand den magischen Wald – denn dieser fand die Person, die ihn suchte. Und er hatte damals Tolpan und Caramon gefunden, gleich nachdem Lord Soth den Todeszauber auf Crysania geworfen hatte. Tolpan war aus tiefem Schlaf erwacht und hatte festgestellt, daß auf einmal ein Wald dort stand, wo in der Nacht kein Wald gewesen war!

Die Bäume hatten damals tot ausgesehen. Ihre Zweige waren nackt und verdreht, ein eisiger Nebel schwebte an ihren Stämmen hinauf. In seinem Inneren wohnten dunkle und schattige Formen. Aber die Bäume waren nicht tot gewesen. Gewiß hatten sie die unheimliche Angewohnheit, einer Person zu folgen. Tolpan erinnerte sich daran, wie er versucht hatte, aus dem Wald zu entkommen, aber gleichgültig, in welche Richtung er sich bewegt hatte, immer war er wieder in den Wald hineingelaufen.

Das war schon gespenstisch genug gewesen, aber als Caramon in den Wald gelaufen war, hatte der sich von Grund auf verändert. Die toten Bäume hatten zu wachsen begonnen und sich zu Vallenholzbäumen entwickelt! Der Wald hatte sich von einem dunklen und abstoßenden und vom Tod erfüllten Gehölz in einen wunderschönen, grünen und goldenen, mit Leben erfüllten Hain verwandelt. Vögel sangen süß in den Zweigen der Vallenholzbäume und luden zum Eintreten ein.

Und jetzt hatte der Wald schon wieder eine Verwandlung durchgemacht. Tolpan starrte ihn verwirrt an. Die Bilder schienen sich nun vermischt zu haben – und doch fand er keine seiner Erinnerungen vollständig wieder. Die Bäume wirkten tot, ihre verbogenen Zweige waren kahl und nackt. Aber als er sie näher betrachtete, schien es Tolpan, als ob sie sich geheimnisvoll bewegten, als ob sie lebendig wären! Sie langten hinaus wie greifende Arme...

Er drehte dem gespenstischen Wald von Wayreth den Rükken zu und beäugte seine Umgebung. Alles andere war genauso wie in Solace. Hier wuchsen keine Bäume mehr. Er war lediglich von geschwärzten, zerfetzten Stümpfen umgeben. Der Boden war mit dem gleichen glitschigen, grauen Schlamm überzogen. So weit er sehen konnte, gab es nichts weiter als Verwüstung und Tod...

»Caramon«, schrie Tolpan plötzlich und deutete auf einen Baumstumpf.

Caramon wandte sich in die angegebene Richtung. Dort drüben lag eine zusammengekauerte Gestalt.

»Eine Person!« schrie Tolpan in wilder Aufregung. »Hier ist doch noch jemand!«

»Tolpan!« rief Caramon warnend, aber bevor er ihn aufhalten konnte, war der Kender weggeflitzt.

»He!« kreischte er. »Hallo! Schläfst du? Wach auf!« Er griff nach unten und schüttelte die Gestalt. Aber bei seiner Berührung rollte sie zur anderen Seite und blieb steif und starr liegen.

»Oh!« Tolpan trat einen Schritt zurück und hielt dann inne. »O Caramon«, sagte er leise. »Es ist Bupu!«

Vor langer Zeit hatte sich Raistlin der Gossenzwergin angenommen. Jetzt starrte sie mit leeren, blicklosen Augen in den sternenklaren Himmel. Ihr kleiner, mitleiderregend dünner Körper war in schmuddelige, zerrissene Lumpen gehüllt, ihr schmutziges Gesicht ausgezehrt und hager. Um den Hals trug sie einen Lederriemen. Und am Ende des Riemens war eine steife, tote Echse befestigt. Mit einer Hand hielt sie eine tote Ratte umklammert, in der anderen ein vertrocknetes Hühnerbein. Als der Tod an sie herangetreten war, hat sie noch sämtliche Magie, über die sie verfügte, aufgerufen, dachte Tolpan traurig, aber es hat ihr nicht geholfen.

»Sie ist noch nicht lange tot«, sagte Caramon. Er hinkte hinüber und kniete sich neben den schäbigen, kleinen Leichnam. »Sieht aus, als wäre sie verhungert.« Er streckte seine Hand aus und schloß behutsam die starren Augen. Dann schüttelte er den Kopf. »Ich frage mich, wie sie so lange überleben konnte? Die Leichen, die wir in Solace sahen, waren einige Monate alt.«

»Vielleicht hat Raistlin sie beschützt«, sagte Tolpan, ohne nachzudenken.

Caramon schüttelte finster den Kopf. »Pah! Es ist reiner Zufall, sonst nichts«, sagte er barsch. »Du kennst doch Gossenzwerge, Tolpan. Sie können von nichts leben. Ich vermute, daß sie die letzten Überlebenden waren. Bupu, der klügsten in dieser Gesellschaft, muß es gelungen sein, länger als die anderen durchzuhalten. Aber am Ende stirbt selbst ein Gossenzwerg in diesem gottverfluchten Land.« Er zuckte die Schultern. »Hilf mir mal beim Aufstehen.«

»Was... was werden wir mit ihr machen, Caramon?« fragte Tolpan düster. »Wollen... wollen wir sie etwa so liegen lassen?«

»Was könnten wir denn für sie tun?« brummte Caramon mürrisch. Der Anblick der Gossenzwergin und die Nähe des Waldes brachten schmerzhafte Erinnerungen zurück. »Möchtest du sie im Schlamm begraben?« Er bebte und sah sich um.

Die Sturmwolken rasten immer näher; er konnte die Blitze sehen, die den Boden streiften, und das Rollen des Donners hören. »Außerdem haben wir nicht viel Zeit, so wie diese Wolken sich bewegen.«

Tolpan starrte ihn weiter kummervoll an.

»Es gibt kein Lebewesen mehr, das sie stören könnte, Tolpan«, knurrte er gereizt. Als er aber den traurigen Gesichtsausdruck des Kenders sah, zog Caramon langsam seinen Umhang aus und breitete ihn sorgfältig über die ausgemergelte Leiche. »Laß uns jetzt lieber gehen«, sagte er.

»Auf Wiedersehen, Bupu«, murmelte Tolpan leise. Er tätschelte die steife kleine Hand, die so fest die tote Ratte umklammert hielt, und wollte gerade die Ecke des Umhangs darüberziehen, als er etwas in Lunitaris rotem Licht aufleuchten sah. Tolpan hielt den Atem an, weil er glaubte, den Gegenstand wiederzuerkennen. Behutsam öffnete er die starren Finger der Gossenzwergin. Die tote Ratte fiel auf den Boden und – mit ihr – ein Edelstein.

Tolpan hob das Juwel auf. In seinem Geist wanderte er zurück... wo hatte er es gesehen? In Xak Tsaroth?

Sie hatten sich damals in einem Abflußrohr vor den Drakoniersoldaten versteckt. Raistlin war von einem Hustenanfall ergriffen worden...

Bupu sah ihn besorgt an, dann schob sie die Hand in ihren Beutel, suchte eine Zeitlang und hielt dann einen Gegenstand ans Licht. Sie blinzelte, seufzte und schüttelte den Kopf. »Das nicht, was ich will!«

Tolpan hatte den aufblitzenden farbenprächtigen Brillanten erblickt und kroch näher. »Was ist das?« fragte er, obwohl er es bereits wußte. Auch Raistlin starrte mit aufgerissenen, glänzenden Augen auf jenen Gegenstand.

Bupu zuckte mit den Schultern. »Schöner Stein«, murmelte sie uninteressiert und suchte weiter in ihrer Tasche.

»Ein Edelstein!« zischte Raistlin.

Bupu strahlte ihn an. »Du magst?« fragte sie Raistlin.

»Sehr gern!« Der Magier keuchte.

»Du behalten.« Bupu legte das Juwel in Raistlins Hand. Dann holte sie mit einem triumphierenden Aufschrei hervor, was sie eigentlich gesucht hatte. Tolpan, der noch näher gekommen war, um das neue Wunder zu sehen, zog sich voller Ekel zurück. Es war eine tote – sehr tote – Echse. Um den steifen Hals der Echse war ein abgekautes Lederband geschlungen. Bupu hielt sie Raistlin entgegen.

»Du um Hals«, sagte sie. »Gegen Husten.«

»Raistlin ist also hier gewesen«, murmelte Tolpan. »Er gab ihr den Stein zurück, er muß es getan haben! Aber warum? Ein Zauber... ein Geschenk?« Er schüttelte den Kopf, seufzte und erhob sich. »Caramon...«, begann er, dann sah er den großen Mann in den Wald von Wayreth starren. Er sah sein blasses Gesicht und ahnte, woran Caramon dachte, woran er sich erinnerte.

Tolpan ließ den Edelstein in die Tasche gleiten.

Der Wald von Wayreth schien so tot und verlassen wie die restliche Welt. Aber für Caramon war er mit lebendigen Erinnerungen erfüllt. Nervös starrte er auf die seltsamen Bäume, ihre nassen Stämme und verfaulenden Äste, die in Lunitaris Licht von Blut zu glitzern schienen.

»Beim ersten Mal, als ich hier war, hatte ich Angst«, sagte Caramon zu sich. Seine Hand ruhte am Knauf seines Schwertes. »Ich wäre nie hineingegangen, wenn ich es nicht wegen Raistlin hätte tun müssen. Beim zweiten Mal hatte ich sogar noch mehr

Angst, wie wir Crysania mitgebracht hatten und versuchen wollten, Hilfe für sie zu erhalten. Um nichts auf der Welt wäre ich hineingegangen, wenn diese Vögel mich nicht mit ihrem süßen Lied gelockt hätten.« Er lächelte grimmig. »›Friedlich der Wald, friedlich seine vollkommenen Häuser. Wo wir wachsen und nicht länger verfallen‹, haben sie gesungen. Ich dachte, sie würden mir Hilfe versprechen. Ich dachte, sie würden mir auf alles eine Antwort versprechen. Aber jetzt erkenne ich, was das Lied wirklich bedeutet. Tod, das ist das einzige vollkommene Haus, der einzige Wohnort, wo wir wachsen und nicht länger verfallen.«

Als er so in den Wald starrte, erbebte Caramon trotz der drückenden Hitze der Nachtluft. »Jetzt habe ich noch mehr Angst als je zuvor«, murmelte er. »Irgend etwas stimmt hier nicht.« Ein strahlender Blitz erleuchtete den Himmel und den Boden taghell, gefolgt von einem dumpfen Aufschlag und aufspritzendem Regen an seiner Wange. »Aber zumindest steht er noch«, sagte er. »Seine Magie muß stark sein – um diesen Sturm zu überdauern.« Sein Magen zog sich schmerzhaft zusammen. Plötzlich erinnerte er sich an seinen Durst und leckte die trokkenen, aufgesprungenen Lippen. »Friedlich der Wald«, murmelte er.

»Was hast du gesagt?« fragte Tolpan, der neben ihm auftauchte.

»Ich sagte, ein Tod ist so gut wie jeder andere«, antwortete Caramon schulterzuckend.

»Weißt du, ich bin schon dreimal gestorben«, verkündete Tolpan feierlich. »Das erste Mal in Tarsis, als die Drachen ein ganzes Gebäude auf mich schleuderten. Das zweite Mal in Neraka, wo ich mich an einer Falle vergiftet hatte und Raistlin mich rettete. Und das letzte Mal, als die Götter das feurige Gebirge auf mich warfen. Und alles in allem« – er überlegte einen

Moment – »kann ich wohl sagen, daß deine Aussage zutrifft. Ein Tod ist genauso gut wie jeder andere. Verstehst du, das Gift war sehr schmerzhaft, aber es ging ziemlich schnell vorbei. Während auf der anderen Seite das Gebäude...«

»O komm« – Caramon grinste erschöpft – »spar dir das für Flint auf.« Er zog sein Schwert. »Bereit?«

»Bereit«, antwortete Tolpan beherzt. »›Spare das Beste immer für den Schluß auf‹, pflegte mein Vater zu sagen. Obwohl« – der Kender hielt inne – »ich glaube, er meinte das in bezug auf das Abendessen, nicht auf das Sterben. Aber vielleicht kann man es in beiden Situationen anwenden.«

Tolpan zog sein kleines Messer und folgte Caramon in den Zauberwald von Wayreth.

Sie wurden sofort von der Dunkelheit verschluckt. Weder das Licht der Monde noch das der Sterne konnte die Nacht des Waldes von Wayreth durchdringen. Selbst die Helligkeit der tödlichen, magischen Blitze blieb hier kraftlos. Und obgleich der dröhnende Donner durch die Bäume drang, schien er lediglich ein entferntes Echo seiner selbst zu sein. Hinter ihnen konnte Caramon auch das Prasseln des Regens und das Trommeln des Hagels hören. Im Wald jedoch war es trocken.

»Nun, das ist ja eine Erleichterung!« rief Tolpan fröhlich. »Wenn wir jetzt noch Licht hätten. Ich…«

Sein Satz wurde von einem würgenden Gurgeln abgeschnitten. Caramon hörte etwas aufschlagen, dann das Knacken von Holz und ein Geräusch, als ob etwas über den Boden geschleift würde.

»Tolpan!« schrie er.

»Caramon!« kreischte Tolpan. »Es ist ein Baum! Ein Baum hat mich erwischt! Hilfe, Caramon! Hilfe!«

»Soll das ein Witz sein, Tolpan?« fragte Caramon streng. »Lustig ist das hier wirklich nicht...«

»Nein!« kreischte Tolpan. »Er hat mich erwischt und zieht mich jetzt irgendwohin!«

»Was... wo?« rief Caramon. »Ich kann in dieser verdammten Dunkelheit nichts erkennen! Tolpan?«

»Hier! Hier!« jaulte Tolpan wild. »Er hat mich am Fuß erwischt und versucht jetzt, mich in zwei Teile zu zerreißen!«

»Schrei weiter, Tolpan!« rief Caramon und stolperte in der rauschenden Dunkelheit umher. »Ich glaube, ich bin in deiner Nähe...«

Ein riesiger Ast prallte gegen Caramons Brust, warf ihn zu Boden und schlug ihm die Luft aus dem Körper. Er lag da, versuchte Luft zu schnappen, als er zu seiner Rechten wieder ein Knacken vernahm. Während er blindlings mit seinem Schwert in diese Richtung schlug, rollte er sich zur Seite. Etwas Schweres stürzte direkt dorthin, wo er eben noch gelegen hatte. Er rappelte sich auf, aber ein anderer Ast krachte gegen sein Kreuz und ließ ihn mit dem Gesicht auf den trockenen Waldboden aufschlagen.

Der Schlag auf seinen Rücken traf seine Nieren und ließ ihn vor Schmerz aufkeuchen. Er versuchte, sich wieder aufzurappeln, aber sein Knie pochte schmerzhaft, und sein Kopf drehte sich. Er konnte Tolpan nicht mehr hören. Er konnte außer den knackenden, raschelnden Geräuschen der Bäume, die immer näher rückten, überhaupt nichts mehr hören. Irgend etwas kratzte an seinem Arm. Caramon zuckte zusammen und kroch außer Reichweite, nur um zu spüren, daß etwas nach seinem Fuß griff. Verzweifelt hackte er mit dem Schwert danach. Fliegende Holzspäne stachen in sein Bein, aber offenbar hatte er seinem Angreifer keinen Schaden zugefügt.

Die Kraft von Jahrhunderten lag in den massiven Ästen der Bäume. Die Magie hatte sie mit Verstand und Absicht ausgerüstet. Caramon hatte widerrechtlich Land betreten, das sie beschützten, Land, das dem Nichteingeladenen verboten war. Sie würden ihn umbringen, das wußte er.

Ein anderer Ast packte Caramons Oberschenkel. Zweige schlängelten sich um seine Arme und suchten festen Halt. Innerhalb von Sekunden würde er entzweigerissen werden... Er hörte Tolpan voll Schmerz aufschreien...

Caramon hob seine Stimme und schrie verzweifelt: »Ich bin Caramon Majere, Bruder von Raistlin Majere! Ich muß mit Par-Salian sprechen oder mit dem, der jetzt der Herr des Turmes ist!«

Einen Augenblick herrschte Schweigen. Caramon spürte das Zögern und sah den Willen der Bäume schwanken. Die Zweige lösten leicht ihren Griff.

»Par-Salian, bist du da? Par-Salian, du kennst mich! Ich bin sein Zwillingsbruder! Ich bin deine einzige Hoffnung!«

»Caramon?« kam ein zittrige Stimme.

»Pst, Tolpan!« zischte Caramon.

Das Schweigen war so dicht wie die Dunkelheit. Und dann spürte Caramon ganz langsam, daß die Zweige ihn losließen. Er hörte wieder das Knacken und Rascheln, aber dieses Mal entfernte es sich von ihm. Vor Erleichterung stöhnte er auf, geschwächt von Angst und Schmerz und der zunehmenden Übelkeit, und legte seinen Kopf auf den Arm. Er versuchte Atem zu holen. »Tolpan, bist du in Ordnung?« gelang es ihm zu rufen.

»Ja, Caramon«, ertönte die Stimme des Kenders dicht neben ihm. Caramon streckte seine Hand aus, bekam den Kender zu fassen und zog ihn eng an sich.

Obwohl er die Bewegung in der Dunkelheit spürte und hörte, daß sich die Bäume zurückzogen, hatte er trotzdem das Gefühl, daß die Bäume jeden seiner Schritte beobachteten und auf jedes Wort lauschten. Langsam und vorsichtig steckte er sein Schwert in die Scheide.

»Ich bin wirklich dankbar, daß dir noch rechtzeitig einfiel, Par-Salian mitzuteilen, wer du bist, Caramon«, sagte Tolpan und japste nach Luft. »Ich hatte mir gerade vorgestellt, wie ich Flint erklären würde, daß mich ein Baum umgebracht hat. Ich bin mir nicht sicher, ob man im Leben nach dem Tod lachen darf, aber ich wette, er hätte gebrüllt...«

»Pst«, unterbrach ihn Caramon erschöpft.

Tolpan hielt inne, dann flüsterte er: »Geht es dir gut?«

»Ja, ich muß nur wieder zu Atem kommen. Ich habe meine Krücke verloren.«

»Sie liegt dort drüben. Ich bin darüber gestolpert.« Tolpan kroch fort und kam einen Moment später zurück. Den gepolsterten Ast zerrte er hinter sich her. »Hier.« Er half Caramon beim Aufstehen.

»Caramon«, fragte er nach kurzem Zögern, »wie lange, glaubst du, brauchen wir zum Turm? Ich... ich bin schrecklich durstig, und meinem Bauch geht es zwar besser, seitdem ich mich übergeben habe, aber ich habe manchmal immer noch dieses schlängelnde Gefühl.«

»Ich weiß es nicht, Tolpan.« Caramon seufzte. »Ich kann in dieser verdammten Dunkelheit nichts erkennen. Ich weiß nicht einmal, in welche Richtung wir gehen müssen und wo der richtige Weg ist und wie wir uns bewegen müssen, ohne direkt in irgend etwas hineinzulaufen...«

Das Rascheln setzte plötzlich wieder ein, als ob ein Gewitterwind die Zweige der Bäume durchschüttelte. Caramon spannte sich an, und selbst Tolpan erstarrte besorgt, als die Bäume sie wieder einschließen wollten. Tolpan und Caramon standen hilflos in der Dunkelheit, während die Bäume näher und näher rückten. Zweige berührten ihre Haut, und tote Blätter strichen durch ihre Haare und flüsterten seltsame Worte in ihre Ohren. Caramons zitternde Hand fuhr zu seinem Schwertknauf, wenn er auch wußte, daß er wenig ausrichten konnte. Aber dann, als sich die Bäume eng an sie aufgestellt hatten, hörten die Bewegung und das Geflüster auf. Die Bäume standen wieder still.

Caramon streckte seine Hand aus und berührte zu seiner Linken und Rechten massive Baumstämme. Er konnte spüren, wie sie sich hinter ihm sammelten. Und plötzlich kam ihm ein Einfall. Er streckte seinen Arm in der Dunkelheit aus und tastete. Alles war leer.

»Bleib dicht bei mir, Tolpan«, befahl er, und zum ersten Mal in seinem Leben erhob der Kender keine Einwände. Gemeinsam schritten sie durch die Öffnung, die die Bäume ihnen aufgetan hatten.

Zuerst bewegten sie sich vorsichtig und voller Angst, über eine Wurzel oder einen gefallenen Ast zu stolpern oder sich in einem Busch zu verheddern oder in ein Loch zu stürzen. Aber allmählich erkannten sie, daß der Waldboden eben und trocken war, von allen Hindernissen geräumt und frei von Unterholz. Sie hatten keine Ahnung, welche Richtung sie einschlagen mußten. Sie liefen in absoluter Dunkelheit und hielten sich auf dem Weg, der sich vor ihnen zwischen den Bäumen zeigte und der sich hinter ihnen gleich wieder schloß. Jegliche Abweichung von diesem Weg brachte sie an eine Mauer von Stämmen und verhedderten Zweigen und toten, flüsternden Blättern.

Die Hitze war drückend. Keine Brise regte sich, und kein Regen fiel. Ihr Durst, den sie zuvor in ihrer Angst vergessen hatten, kehrte quälend zurück. Caramon wischte sich den Schweiß vom Gesicht und wunderte sich über die seltsame, intensive

Hitze, denn hier war sie stärker als außerhalb des Waldes. Es schien, als würde der Wald selbst die Hitze erzeugen. Der Wald war noch lebendiger, als ihm bei den letzten beiden Besuchen aufgefallen war. Er war sicherlich lebendiger als die restliche Welt. Unter dem Rascheln der Bäume konnte er die Bewegungen von Tieren und das Schlagen von Vogelflügeln hören – oder zumindest glaubte er es, und manchmal erhaschte er einen Blick auf Augen, die in der Dunkelheit glänzten. Aber der Gedanke, wieder unter Lebewesen zu sein, brachte Caramon keinen Trost. Er spürte ihren Haß und ihren Zorn, und noch während er das empfand, erkannte er, daß diese Aggression nicht auf ihn gerichtet war. Sie war auf sich selbst gerichtet.

Und dann hörte er wieder die Vögel singen, so wie er sie zuletzt gehört hatte, als er diesen unheimlichen Ort betreten hatte. Hoch und süß und rein ertönte das Lied einer Lerche und erhob sich über Tod und Dunkelheit und Gefahr. Caramon hielt an, um zuzuhören, er spürte, wie der Schmerz in seinem Herzen nachließ.

Aber noch während das Lied der Lerche mit ihrer Süße in sein Herz drang, ließ ihn häßliches Kreischen zusammenzukken. Schwarze Flügel flatterten um ihn, und seine Seele füllte sich mit Schatten.

»Was bedeutet das, Caramon?« fragte Tolpan voll Furcht, als sie ihren Weg durch den Wald fortsetzten, geleitet von den zornigen Bäumen.

»Es bedeutet, die Magie ist außer Kontrolle«, flüsterte Caramon. »Was auch immer den Wald jetzt in Schach hält, es schafft das gerade mit Mühe und Not.« Er erbebte. »Ich frage mich, was wir im Turm vorfinden werden.«

»Falls wir den Turm erreichen«, murmelte Tolpan. »Wie sollen wir wissen, daß diese schrecklichen, alten Bäume uns nicht in einen Abgrund führen?«

Caramon hielt an und keuchte unter der entsetzlichen Hitze. Seine Krücke grub sich schmerzhaft in die Armhöhle. Sein Knie hatte angefangen steif zu werden, seit er es nicht mehr belastete. Sein Bein war entzündet und angeschwollen, und er wußte, daß er nicht mehr lange laufen konnte. Auch ihm war übel gewesen, und er hatte seinen Körper von dem Gift gereinigt, und jetzt fühlte er sich etwas besser. Aber der Durst quälte ihn entsetzlich. Und als Tolpan ihn daran erinnert hatte, war auch ihm nicht klar, wohin die Bäume sie führen würden.

Seine Kehle war völlig ausgedörrt, als er seine Stimme erhob und schrie: »Par-Salian! Antworte mir, oder ich gehe nicht weiter! Antworte mir!«

Die Bäume brachen in einen Tumult aus, Zweige schüttelten und regten sich wie in starkem Wind, obgleich keine Brise Caramons fiebrige Haut kühlte. Die Vogelstimmen erhoben sich in fürchterlichen Mißklängen. Sie vermischten sich, gingen ineinander über, die Töne verzerrten sich zu entsetzlichen, lieblosen Melodien, die ihren Geist mit Entsetzen und schlimmen Ahnungen erfüllten.

Selbst Tolpan war darüber verblüfft und kroch näher an Caramon heran (für den Fall, daß der große Mann Trost brauchte), aber Caramon stand entschlossen da, starrte in die ewige Nacht und achtete nicht auf den Aufruhr um ihn herum. »Par-Salian!« rief er noch einmal.

Dann hörte er die Antwort – einen dünnen, hohen Aufschrei.

Der fürchterliche Ton ließ Caramon frösteln. Der Schrei drang gellend zu ihm durch Dunkelheit und Hitze. Er erhob sich über den seltsamen Gesang der Vögel und übertönte das Aufschlagen der Bäume. Es schien Caramon, als ob das Entsetzen und das ganze Leid der sterbenden Welt in diesem furchterregenden Schrei eingefroren sei und jetzt endlich herausgelassen werde.

»Im Namen der Götter!« flüsterte Tolpan furchtsam und ergriff Caramons Hand (für den Fall, daß der große Mann Angst bekommen sollte). »Was ist hier los?«

Caramon antwortete nicht. Er spürte, daß der Zorn des Waldes wuchs und sich nun mit überwältigender Angst und Traurigkeit mischte. Die Bäume schienen sie jetzt voranzutreiben, zu hetzen und zu drängen. Der Schrei hielt an, bis der Atem aufgebraucht war, dann verstummte er für die Zeit, die man braucht, um die Lungen wieder mit Luft zu füllen, und setzte wieder ein. Caramon spürte, wie der Schweiß an seinem Körper gefror.

Er ging weiter, Tolpan dicht an seiner Seite. Sie kamen nur langsam voran und wurden von düsteren Ahnungen gequält, weil sie keine Vorstellung hatten, ob sie überhaupt vorankamen. Sie konnten weder ihr Ziel erkennen, noch wußten sie, ob sie wirklich auf ihr Ziel zusteuerten. Der einzige Führer zum Turm war dieser schrille, unmenschliche Schrei.

Weiter und weiter stolperten sie, und obwohl Tolpan ihm half, so gut er konnte, bedeutete für Caramon jeder Schritt neue Qual. Der Schmerz seiner Verletzung überwältigte ihn, und bald hatte er jegliches Zeitgefühl verloren. Er vergaß, warum sie eigentlich hier waren, und sogar, wohin sie wollten. Caramons einziger Gedanke war, vorwärts zu taumeln, in dieser Dunkelheit einen Schritt nach dem anderen zu setzen, die eine Dunkelheit des Geistes und der Seele geworden war.

Er ging weiter... und ging... und ging...

Er tat einen Schritt, einen Schritt, einen Schritt...

Und die ganze Zeit über schrillte in seinen Ohren dieser entsetzliche, nicht endenwollende Schrei...

»Caramon!«

Nur allmählich drang die Stimme in sein erschöpftes, von Schmerzen taubes Gehirn. Er glaubte auch, daß er sie schon eine Zeitlang über dem Schrei gehört hatte, aber wenn das so war, hatte sie nicht den schwarzen Nebel durchschnitten, der ihn einhüllte.

»Was?« murmelte er, und erst jetzt wurde ihm bewußt, daß er von Händen gehalten wurde, die ihn schüttelten. Er hob seinen Kopf und sah sich um. »Was?« fragte er wieder und rang mit sich, wieder in die Wirklichkeit zurückzukehren. »Tolpan?«

»Schau mal, Caramon!« Die Stimme des Kenders erreichte ihn wie durch eine Wand, und er bewegte verzweifelt den Kopf, um den Nebel von seinem Denken abzustreifen.

Und dann stellte er plötzlich fest, daß er wieder sehen konnte. Licht – Mondlicht! Er blinzelte mit den Augen und starrte um sich. »Der Wald?«

»Hinter uns«, wisperte Tolpan, als ob diese Frage den Wald unverzüglich wieder näherrufen würde. »Immerhin hat er uns irgendwohin geführt. Ich bin mir nur nicht sicher, wohin. Sieh dich mal um. Kommt es dir bekannt vor?«

Caramon betrachtete die Umgebung. Die Schatten des Waldes waren verschwunden. Tolpan und er standen auf einer Lichtung. Ängstlich und eilig blickte er sich um.

Vor seinen Füßen gähnte ein dunkler Abgrund.

Hinter ihnen wartete der Wald. Caramon brauchte sich nach ihm nicht umzudrehen, er wußte, daß er da stand, so wie er wußte, daß er sie niemals wieder eintreten und lebend herauskommen lassen würde. Er hatte sie hergebracht, und hier würde er sie verlassen. Aber wo waren sie? Die Bäume standen hinter ihnen, aber vor ihnen war nichts – nur eine unermeßliche, dunkle Leere. Vielleicht wollten das die Bäume, wie Tolpan zuvor gesagt hatte.

Gewitterwolken verdunkelten den Horizont, aber über ihnen war der Himmel klar. Caramon konnte die Monde und

Sterne erkennen. Lunitari brannte in einem Feuerrot, und Solinaris silbernes Licht glimmte in strahlender Helligkeit, wie Caramon es nie zuvor erlebt hatte. Und jetzt, vielleicht wegen des starken Unterschieds zwischen Dunkel und Licht, konnte er auch Nuitari – den schwarzen Mond – sehen, den Mond, der bisher nur für die Augen seines Bruders sichtbar gewesen war. Um die Monde funkelten grell die Sterne, doch keiner heller als die seltsame Stundenglaskonstellation.

Die einzigen Geräusche waren das zornige Gemurmel des Waldes hinter ihm und der schrille, entsetzliche Schrei vor ihm.

Es blieb ihnen keine andere Wahl, dachte Caramon erschöpft. Es gab keine Umkehr. Der Wald würde das nicht zulassen. Und was bedeutete der Tod überhaupt, außer daß er seinem Schmerz ein Ende bereiten würde, seinem Durst, dem bitteren Schmerz in seinem Herzen.

»Bleib hier, Tolpan«, begann er und versuchte sich von der kleinen Hand des Kenders zu lösen, um einen Schritt in die Dunkelheit zu wagen. »Ich gehe ein Stück voraus und kundschafte...«

»O nein!« schrie Tolpan. »Ohne mich gehst du nirgendwohin!« Die Hand des Kenders schloß sich noch fester um seine. »Nun, denk doch mal nach, in was für einen Schlamassel du dich während des Zwergenkrieges gesetzt hast!« fügte er hinzu und versuchte, dieses ärgerlich erstickende Gefühl in seiner Kehle loszuwerden. »Und als ich dort ankam, mußte ich erst einmal dein Leben retten.« Tolpan sah in die Dunkelheit, die sich vor seinen Füßen ausbreitete, dann biß er entschlossen seine Zähne zusammen und hob seinen Kopf, um dem Blick des großen Mannes zu begegnen. »Ich... ich glaube, ohne dich ist es furchtbar einsam im Leben nach dem Tod, und außerdem kann ich mir schon Flints Sprüche vorstellen: ›Nun, du Türknopf, was hast du dieses Mal wieder angestellt? Dir ist es also tatsächlich gelungen, diesen großen, schwerfälligen Fleischbrocken zu verlieren, oder nicht? Typisch. Und jetzt muß ich wohl meinen netten, weichen Sitzplatz hier unter dem Baum aufgeben und mich auf die Suche nach diesem von Muskeln zusammengehaltenen Idioten begeben. Der hat noch nie gewußt, wie man sich selbst aus der Patsche hilft...‹«

»Na schön, Tolpan«, unterbrach ihn Caramon mit einem Lächeln und hatte plötzlich auch eine Vision von dem mürrischen alten Zwerg. »Wir sollten Flint wirklich nicht stören. Du brauchst nichts weiter zu sagen.«

»Abgesehen davon«, fuhr Tolpan jetzt fröhlicher fort, »warum sollten sie uns den ganzen Weg hierherbringen, nur um uns in eine Grube plumpsen zu lassen?«

»Ja, warum sollten sie?« erwiderte Caramon grübelnd. Er ergriff zuversichtlicher seine Krücke und machte einen Schritt in die Dunkelheit. Tolpan folgte ihm.

»Es sei denn«, fügte der Kender hinzu und schluckte, »Par-Salian ist immer noch sauer auf mich...«

Der Turm der Erzmagier ragte undeutlich vor ihnen auf – eine düstere Erscheinung, die sich als Silhouette gegen das Licht der Monde und der Sterne abhob, so unwirklich, als wäre sie von der Nacht selbst geschaffen. Seit Jahrhunderten stand er da, ein Bollwerk der Magie, ein Bewahrer der seit Jahren gesammelten Bücher und Kunstwerke.

Hierher waren die Magier gezogen, als der Königspriester sie aus dem Turm der Erzmagier in Palanthas vertrieben hatte, hierher hatten sie ihre wertvollsten Gegenstände gebracht, die sie vor den angreifenden Heeren retten konnten. Hier lebten sie in Frieden, bewacht von dem Wald von Wayreth. Junge Zauberkundige in der Ausbildung unterwarfen sich hier ihren Prüfungen, jenen greulichen Prüfungen, die für denjenigen, der versagte, den Tod bedeutete.

Hier war Raistlin gewesen und hatte seine Seele an Fistandantilus verloren. Hier hatte Caramon zusehen müssen, wie Raistlin eine Illusion von ihm, seinem Zwillingsbruder, umgebracht hatte.

Hierhin waren Caramon und Tolpan mit der Gossenzwergin Bupu zurückgekehrt, als sie die ohnmächtige Crysania in Sicherheit bringen mußten. Hier hatten sie der Versammlung der Drei Roben beigewohnt – der Schwarzen, Roten und Weißen. Hier hatten sie von Raistlins Ehrgeiz erfahren, die Königin der Finsternis herauszufordern. Hier hatten sie seinen Lehrling und den Spion der Versammlung kennengelernt – Dalamar. Hier hatte der große Erzmagier Par-Salian einen Zeitreisezauber auf Caramon und Crysania geworfen, um sie in die Vergangenheit nach Istar zu schicken, bevor dort das Gebirge zusammengestürzt war.

Hier hatte Tolpan ohne Absicht den Zauber gestört, indem er hinzugesprungen war, um Caramon zu begleiten. Durch die Anwesenheit eines Kenders – die in allen Gesetzen der Magie streng verboten war – wurde es folglich möglich, die Zeit zu verändern.

Jetzt waren Caramon und Tolpan wieder zurückgekehrt – und was würden sie finden?

Caramon starrte auf den Turm. Sein Herz war schwer von Vorahnungen und Entsetzen. Sein Mut verließ ihn auf einmal. Er konnte nicht eintreten, nicht zu diesem mitleiderregenden, unaufhörlichen Schrei, der in seinen Ohren hallte. Lieber zurückgehen, lieber einen schnellen Tod im Wald auf sich nehmen. Außerdem hatte er die Tore aus Silber und Gold vergessen. Standhaft blockierten sie noch immer den Zutritt zum Turm. Sie schienen dünn wie Spinnweben und sahen aus wie schwarze Streifen, die aus dem sternenbeleuchteten Himmel gemalt worden waren. Eine kleine Kenderhand hätte sie öffnen können. Dennoch waren magische Zaubersprüche in ihnen verwoben, so mächtige Zaubersprüche, daß sich eine ganze Ogerarmee an diesen so zerbrechlich wirkenden Toren hätte verletzen können, ohne weiter etwas auszurichten.

Und immer noch dieser Schrei, der lauter wurde und aus der Nähe zu kommen schien. Von so nah, als ob er aus...

Mit gerunzelter Stirn trat Caramon einen weiteren Schritt nach vorne. Und jetzt sah er das Tor deutlich vor sich.

Und erkannte den Ursprung des Schreis...

Die Tore waren weder verschlossen noch verriegelt. Ein Tor stand unbeweglich, als ob es noch verzaubert wäre. Aber das andere war zerbrochen und schwang an einer Angel hin und her, hin und her im heißen, unablässigen Wind. Und wie es langsam von der Brise vor und zurück geschlagen wurde, gab es ein schrilles, hohes Kreischen von sich.

»Er ist nicht verschlossen«, stellte Tolpan enttäuscht fest. Seine kleine Hand hatte bereits seinen Dietrich ertastet.

»Nein«, sagte Caramon und starrte auf die quietschende Angel. »Und das ist die Stimme, die wir gehört haben – nur eine Stimme von rostigem Metall.« Er dachte, er müßte eigentlich erleichtert sein, aber all das verstärkte nur noch die Rätselhaftigkeit. »Wenn es nicht Par-Salian war oder ein anderer« – seine Augen glitten am Turm hoch, der sich schwarz und offenbar leer vor ihnen erhob – »wer hat uns durch den Wald geführt, wer war es dann?«

»Vielleicht keiner«, antwortete Tolpan hoffnungsvoll. »Wenn keiner hier ist, Caramon, können wir dann gehen?«

»Jemand muß hier sein«, murmelte Caramon. »Etwas hat diesen Bäumen befohlen, uns passieren zu lassen.«

Tolpan seufzte, das kleine Gesicht blaß und schmutzig. Unter seinen Augen lagen dunkle Ränder, seine Unterlippe bebte, und eine Träne schlich sich an seiner kleinen Nase entlang.

Caramon tätschelte ihn an der Schulter. »Nur noch ein wenig«, sagte er sanft. »Halt nur noch ein wenig länger aus, bitte, Tolpan!«

Tolpan sah schnell auf, verschluckte ein paar verräterische Tränen, die gerade in seinen Mund getröpfelt waren, und grinste fröhlich. »Sicher, Caramon«, sagte er. Nicht einmal die Tatsache, daß seine Kehle vor Durst brannte und ausgetrocknet war, konnte ihn abhalten, seine Wünsche zu äußern. »Du kennst mich doch – immer für Abenteuer bereit. Es gibt doch sicherlich viele magische, wunderschöne Dinge hier, nicht wahr?« fragte er mit einem Blick auf den stummen Turm. »Dinge, die niemand vermissen wird. Keine magischen Ringe natürlich. Mit magischen Ringen bin ich fertig. Der erste brachte mich in das Schloß eines Zauberers, wo ich auf einen ekelhaften, bösartigen Dämon traf, und der zweite verwandelte mich in eine Maus. Ich...«

Caramon ließ Tolpan weiterreden, erleichtert, daß der Kender sich offensichtlich wieder wohl fühlte. Er hinkte weiter und wollte das schwingende Tor aufschieben. Zu seiner Verwunderung brach es ab – die geschwächte Angel gab schließlich nach. Das Tor klapperte mit einem Klirren auf die grauen Pflastersteine, so daß Tolpan und Caramon zusammenzuckten. Das Echo prallte gegen die schwarzpolierten Turmmauern, hallte durch die heiße Nacht und zerschlug die Stille.

»Also, jetzt wissen wenigstens alle, daß wir angekommen sind«, sagte Tolpan.

Caramons Hand schloß sich wieder um seinen Schwertknauf, aber er zog die Waffe noch nicht. Das Echo verhallte. Das Schweigen setzte wieder ein. Nichts geschah. Niemand kam. Keine Stimme ließ sich hören.

Tolpan wandte sich zu Caramon, um ihm beim Laufen zu helfen. »Zumindest brauchen wir dieses schreckliche Geräusch nicht mehr zu hören«, sagte er und trat über das zerbrochene Tor. »Jetzt kann ich es ja ruhig sagen, aber dieses Gekreische ist mir ganz schön auf den Nerv gegangen. Es klang auf jeden Fall sehr untormäßig, wenn du verstehst, was ich meine. Es klang genau wie... genau wie...«

»Wie das«, flüsterte Caramon.

Der Schrei zerriß die Luft, zerschlug die mondbeleuchtete Dunkelheit, aber dieses Mal war er anders. In diesem Schrei waren Worte enthalten – Worte, die man hören, aber nicht verstehen konnte.

Caramon wandte unwillkürlich seinen Kopf um, obwohl er wußte, was er sehen würde, und starrte auf das Tor. Es lag auf den Steinen – tot, stumm.

»Caramon«, murmelte Tolpan schluckend. »Es... es kommt von dort... der Turm...«

»Mach ein Ende damit!« schrie Par-Salian. »Mach ein Ende mit dieser Folter! Zwinge mich nicht, es länger zu ertragen!«

»Wieviel hast du mich gezwungen zu ertragen, Großer der Weißen Roben?« ertönte eine leise, höhnische Stimme in Par-Salians Denken.

Der Zauberer krümmte sich vor Qualen, aber die Stimme war hartnäckig und schonungslos und peitschte seine Seele wie eine Geißel.

»Du hast mich hierhergebracht und mich ihm übergeben – Fistandantilus! Du hast da gesessen und zugesehen, wie er die Lebenskraft aus mir gerissen und sie entleert hat, so daß er wieder auf dieser Ebene leben konnte.«

»Du warst es, der auf diesen Handel eingegangen ist«, schrie Par-Salian, und seine uralte Stimme hallte durch die leeren Korridore des Turmes. »Du hättest dich ihm verweigern können...«

»Und dann? Ehrenhaft sterben?« Die Stimme lachte. »Welche Wahl blieb mir denn? Ich wollte leben! In meiner Kunst wachsen! Und ich habe gelebt. Und du in deiner Verbitterung hast mir diese Stundenglasaugen gegeben – diese Augen, die nichts als den Tod und den Verfall um mich herum sehen. Jetzt schau, Par-Salian! Was siehst du um dich? Nichts als den Tod... Tod und Zerfall... Jetzt sind wir quitt.«

Par-Salian stöhnte.

Die Stimme fuhr fort, gnadenlos, mitleidlos: »Quitt, ja. Und jetzt will ich dich zu Staub zermahlen. Denn in deinen letzten qualvollen Momenten wirst du, Par-Salian, meinen Triumph miterleben. Meine Konstellation strahlt bereits am Himmel. Die Königin schwindet. Bald wird sie schwächer werden und dann für immer verschwinden. Mein letzter Feind, Paladin, erwartet mich jetzt. Ich sehe ihn näher kommen. Aber er ist keine Herausforderung – ein alter Mann, gebückt, sein Gesicht voller Trauer und Kummer, und das wird sein Untergang sein. Denn er ist schwach, schwach und verletzt jenseits aller Heilung, so wie Crysania, seine arme Klerikerin, die auf den wechselnden Ebenen der Hölle gestorben ist. Du wirst zusehen, wie ich ihn zerstöre, Par-Salian, und wenn diese Schlacht beendet ist, wenn die Konstellation des Platindrachen vom Himmel fällt, wenn Solinaris Licht ausgelöscht ist, wenn du die Macht des Schwarzen Mondes gesehen hast und sie anerkennst und mir als dem neuen und einzigen Gott deine Huldigung erwiesen hast, dann werde ich dich freigeben, Par-Salian, damit du deinen Trost im Tod finden magst, was immer er sein mag.«

Astinus von Palanthas zeichnete diese Worte auf, so wie er Par-Salians Schrei aufgezeichnet hatte: in einer klaren, schwarzen, kühnen Handschrift, langsam und gemächlich. Er saß vor dem großen Portal im Turm der Erzmagier und starrte in die schattigen Tiefen des Portals, wo er in den Tiefen eine Gestalt sah, die noch schwärzer war als die ihn umgebende Dunkelheit. Nur zwei goldene Augen waren erkennbar, ihre Pupillen hatten die Form von Stundengläsern, die zu ihm und dem weißgekleideten Zauberer, der neben ihm gefangen war, hinaufstarrten.

Denn Par-Salian war ein Gefangener in seinem eigenen Turm. Von der Hüfte aufwärts war er ein lebender Mensch – sein weißes Haar floß über seine Schultern, seine weißen Roben bedeckten einen dünnen, ausgemergelten Körper, seine dunklen Augen waren auf das Portal gerichtet. Was er gesehen hatte, war fürchterlich gewesen und hatte vor langer Zeit fast seine geistige Gesundheit zerstört. Aber er konnte seinen Blick nicht abwenden. Von der Hüfte aufwärts war Par-Salian ein lebender Mensch. Von der Hüfte abwärts war er eine Marmorsäule. Von Raistlin verflucht, war Par-Salian gezwungen, im obersten Raum seines Turmes zu stehen und in bitterem Schmerz das Ende der Welt zu beobachten.

Neben ihm saß Astinus, Historiker der Welt, jener Chronist, der das letzte Kapitel über Krynns kurze, glänzende Geschichte schrieb. Von Palanthas der Schönen, wo Astinus gelebt und wo die Große Bibliothek gestanden hatte, waren nur noch ein Haufen Asche und verkohlte Leichen übriggeblieben. Astinus war zu diesem Ort gekommen, dem einzigen und letzten Ort mit Leben auf Krynn, um die endgültigen entsetzlichen Stunden der Welt zu bezeugen und aufzuzeichnen. Wenn alles vorbei war, würde er das geschlossene Buch nehmen und auf den Altar von Gilean legen, dem Gott der Neutralität. Und das wäre dann das Ende.

Astinus spürte, wie sich der Blick der schwarzgekleideten Gestalt im Portal auf ihn richtete, als er die Sätze niedergeschrieben hatte. Er hob seinen Blick, um den goldenen Augen der Gestalt zu begegnen.

»So wie du der erste warst, Astinus«, sagte die Gestalt, »wirst du auch der letzte sein. Wenn du meinen endgültigen Sieg aufgezeichnet hast, wird das Buch geschlossen werden. Dann werde ich unangefochten herrschen.«

»Das ist wahr, du wirst unangefochten herrschen. Du wirst über eine tote Welt herrschen. Eine Welt, die deine Magie zerstört hat. Du wirst allein herrschen. Und du wirst allein sein, allein in dieser formlosen, ewigen Leere«, erwiderte Astinus sachlich und schrieb weiter, noch während er sprach. Neben ihm stöhnte Par-Salian und riß an seinen weißen Haaren.

Sehend, so wie er alles sah – scheinbar ohne zu sehen –, beobachtete Astinus, wie die schwarzgekleidete Gestalt ihre Hände zusammenballte.

»Das ist eine Lüge, alter Freund! Ich werde erschaffen! Neue Welten werden mir gehören. Neue Völker werde ich erzeugen – neue Rassen, die mich ehren werden!«

»Das Böse kann nichts erschaffen«, erklärte Astinus ruhig, »es kann nur zerstören. Es wendet sich gegen sich selbst und zernagt sich selbst. Du spürst doch bereits, wie es dich verschlingt. Du spürst bereit, wie deine Seele schrumpft. Sieh in Paladins Gesicht, Raistlin. Sieh es so an, wie du es damals in der Ebene von Dergod gesehen hast, als du von der Schwertwunde des Zwergs im Sterben gelegen hast und Crysania ihre heilenden Hände auf dich legte. Du hast die Trauer und den Kummer des Gottes gesehen, so wie du ihn jetzt siehst, Raistlin. Und du wußtest damals wie auch jetzt, auch wenn du dich weigerst, das zuzugeben, daß Paladin nicht um sich selbst trauert, sondern um dich.

Für uns wird es leicht sein, in unseren traumlosen Schlaf zurückzugleiten. Für dich, Raistlin, wird es keinen Schlaf geben. Nur endloses Wachsein, endloses Lauschen nach Geräuschen, die niemals ertönen werden. Endlos wirst du in die Leere starren, die weder Licht noch Dunkelheit enthält, endlos kreischende Worte wirst du hören, die niemand sonst hören kann, die niemand beantworten wird, endloses Planen, das keine Früchte tragen wird, so daß du dich immer wieder um dich selbst drehen wirst. Schließlich wirst du in deinem Wahnsinn und deiner Verzweiflung den Schwanz deiner Existenz ergreifen, und wie eine verhungernde Schlange wirst du dich selbst vollständig verschlingen in dem Versuch, Nahrung für deine Seele zu finden.

Aber du wirst nichts als Leere finden. Und du wirst für alle Ewigkeit innerhalb dieser Leere weiterexistieren – ein winziger Fleck im Nichts, das alles um sich einsaugt, um deinen endlosen Hunger zu stillen...«

Das Portal schimmerte. Astinus sah von seinem Schreiben auf und spürte den Willen hinter diesen goldenen Augen schwanken. An ihren spiegelgleichen Oberflächen sah er vorbei, schaute tief in ihre Abgründe und sah – für den Moment eines Herzschlags – die Qual und die Folter, die er beschrieben hatte. Er sah eine Seele, verängstigt, einsam, gefangen in ihrer eigenen Falle, die einen Ausweg suchte. Zum ersten Mal in seiner Existenz spürte Astinus Mitgefühl in sich. Seine Hand markierte die Stelle in seinem Buch, als er sich von seinem Platz halb erhob, seine andere Hand griff in das Portal...

Dann Gelächter... unheimliches, höhnisches, bitteres Gelächter, das nicht ihm galt, sondern der Person, die lachte.

Die schwarzgekleidete Gestalt im Portal war verschwunden.

Mit einem Seufzer nahm Astinus seinen Platz wieder ein, und fast im gleichen Moment flackerten im Portal magische Blitze auf. Sie wurden von einem lodernden weißen Licht beantwortet – die letzte Begegnung zwischen Paladin und dem jungen Mann, der die Königin der Finsternis besiegt und ihren Platz eingenommen hatte.

Auch draußen flackerten Blitze auf, stachen mit blendender Helligkeit in die Augen der beiden Männer, die den Kampf beobachteten. Donner rollte, die Steine des Turmes wackelten, die Grundmauern des Turmes erbebten. Der Wind heulte, und sein Jammern übertönte Par-Salians Stöhnen.

Der uralte Zauberer hob sein angespanntes, hageres Gesicht, wandte den Kopf und starrte mit entsetztem Ausdruck aus den Fenstern. »Das ist das Ende«, murmelte er, und seine schwieligen, abgezehrten Hände griffen schwach in die Luft. »Das Ende aller Dinge.«

»Ja«, stimmte Astinus zu, der verärgert seine Stirn runzelte, weil er wegen des plötzlichen Schlingerns des Turmes einen Fehler gemacht hatte. Er griff fester um sein Buch, seine Augen auf das Portal gerichtet, und schrieb und zeichnete die letzte Schlacht auf, so wie sie sich ereignete.

Innerhalb weniger Augenblicke war alles vorüber. Das weiße Licht flackerte eine Sekunde wunderschön auf. Dann erstarb es. Das Portal war wieder mit Dunkelheit erfüllt.

Par-Salian weinte. Seine Tränen fielen auf den Steinboden, und unter ihrer Berührung erbebte der Turm wie ein Lebewesen, als ob auch er seinen Untergang voraussähe und vor Entsetzen schauderte.

Ohne auf die herabfallenden Steine und die sich aufbäumenden Felsen zu achten, schrieb Astinus kühl die letzten Worte: »Am vierten Tag im fünften Monat des Jahres 358 endet die Welt.«

Dann wollte Astinus mit einem Seufzer das Buch schließen.

Doch eine Hand schlug die Seiten wieder auf.

»Nein«, sagte eine entschlossene Stimme, »sie wird jetzt nicht enden.«

Astinus' Hände zitterten, und sein Federhalter ließ einen Tintenklecks auf das Papier fallen, der die letzten Worte auslöschte.

»Caramon... Caramon Majere!« schrie Par-Salian und streckte mitleiderregend seine schwachen Hände dem Mann entgegen. »Du also warst es, den ich im Wald gehört habe!«

»Hast du an mir gezweifelt?« knurrte Caramon. Obgleich er schockiert und entsetzt war über den Anblick des erbarmungswürdigen Zauberers und seiner Qual, fand er es schwierig, Mitgefühl für den Erzmagier zu empfinden. Als er Par-Salian ansah, dessen untere Hälfte in Marmor verwandelt war, erinnerte er sich nur allzu deutlich an die Qualen seines Bruders im Turm und an seine eigenen Qualen, als er mit Crysania nach Istar zurückgeschickt wurde.

»Nein, ich habe nicht an dir gezweifelt!« Par-Salian rang seine Hände. »Ich habe an meiner eigenen geistigen Gesundheit gezweifelt! Kannst du das nicht verstehen? Wie kannst du überhaupt hier sein? Wie kannst du die magischen Schlachten überlebt haben, die die Welt zerstörten?«

»Er hat sie nicht überlebt«, erklärte Astinus streng. Nachdem er seine Beherrschung wiedergewonnen hatte, legte er das offene Buch vor seinen Füßen auf den Boden und erhob sich. Wütend funkelte er Caramon an und zeigte mit anklagendem Finger auf ihn. »Was ist das für ein Trick? Du bist gestorben! Was soll das bedeuten...«

Ohne ein Wort zu sagen, zog Caramon Tolpan hinter sich hervor. Tief beeindruckt von der Feierlichkeit und dem Ernst der Situation, kuschelte sich Tolpan eng an ihn, seine aufgerissenen Augen mit flehendem Blick auf Par-Salian gerichtet.

»Möchtest... möchtest du, daß ich es erkläre, Caramon?« fragte Tolpan mit leiser, höflicher Stimme, kaum hörbar über dem Donner. »Ich... ich habe wirklich das Gefühl, daß ich erklären sollte, warum ich den Zeitreisezauber beeinträchtigt habe, und dann ist da noch die Sache, daß mir Raistlin die falschen Anweisungen gab und mich das magische Gerät zerbrechen ließ, obgleich es teilweise meine Schuld war, vermute ich, und wie ich in der Hölle geendet habe, wo ich den armen Gnimsch kennenlernte.« Tolpans Augen füllten sich mit Tränen. »Und wie Raistlin ihn getötet hat...«

»All das ist mir bekannt«, unterbrach ihn Astinus. »Wegen des Kenders warst du also in der Lage, hierher zu gelangen. Unsere Zeit ist knapp. Was ist dein Begehr, Caramon Majere?«

Der große Mann wandte sich an Par-Salian. »Ich empfinde keine Liebe für dich, Zauberer. In dieser Hinsicht bin ich eins mit meinem Zwillingsbruder. Vielleicht hattest du deine Gründe dafür, was du mir und Crysania angetan hast, als du uns nach Istar schicktest. Wenn ja« – Caramon hob seine Hand, um Par-Salian aufzuhalten, der anscheinend etwas erwidern wollte – »wenn ja, dann bist du es, der damit leben muß, nicht ich. Denn wisse, daß ich jetzt über die Macht verfüge, die Zeit zu ändern. So wie Raistlin mir sagte, wegen des Kenders können wir alles verändern, was geschehen ist... Ich habe das magische Gerät. Ich kann zu jedem Punkt in der Zeit zurückreisen. Sage mir, wann und was geschehen ist und wie es zu dieser Zerstörung gekommen ist, und ich werde es in die Hand nehmen, sie zu verhindern, wenn mir das möglich ist.«

Caramons Blick glitt von Par-Salian zu Astinus. Der Historiker schüttelte den Kopf. »Sieh mich nicht an, Caramon Majere. Ich bin darin wie auch in allen anderen Dingen neutral. Ich kann dir keine Hilfe geben. Ich kann dir nur diese Warnung geben: Du kannst wohl zurückkehren, aber vielleicht findest du lediglich heraus, daß du nichts verändern kannst. Ein Kieselstein in einem schnell fließenden Fluß, das ist vielleicht alles, was du bist.«

Caramon nickte. »Wenn das alles ist, dann werde ich zumindest mit dem Wissen sterben, daß ich versucht habe, mein Versagen wiedergutzumachen.«

Astinus musterte Caramon mit einem scharfen, durchdringenden Blick. »Welches Versagen meinst du, Krieger? Du hast dein Leben riskiert, um deinem Bruder zu folgen. Du hast dein Bestes getan, du hast dich bemüht, ihn zu überzeugen, daß dieser Weg der Dunkelheit, den er gewählt hat, nur zu seinem eigenen Untergang führen wird.« Astinus zeigte zum Portal. »Hast du gehört, wie ich zu ihm gesprochen habe? Du weißt, was ihn erwartet?«

Caramon nickte wieder wortlos, sein Gesicht war blaß und gequält.

»Dann sag es mir«, sagte Astinus kühl.

Der Turm schwankte. Wind schlug gegen die Mauern, Blitze verwandelten die schwindende Nacht der Welt in einen grellen, blendenden Tag. Das kleine, kahle Turmzimmer, in dem sie standen, erbebte und zitterte. Obwohl sie allein in diesem Raum waren, glaubte Caramon, ein Weinen zu hören, und allmählich wurde ihm bewußt, daß es die Steine des Turmes selbst waren. Er sah sich um.

»Du hast Zeit«, sagte Astinus. Er setzte sich wieder auf seinen Schemel und nahm sein Buch in die Hände. Aber er schloß es nicht. »Vielleicht nicht lange, aber du hast noch Zeit. Wobei hast du versagt?«

Caramon holte zitternd Luft. Dann zogen sich seine Brauen zusammen. Zorn verfinsterte seinen Blick, als er sich an Par-Salian wandte: »Ein Trick, nicht wahr, Zauberer? Ein Trick, um mich dazu zu bringen, was ihr Magier nicht vermochtet – Raistlin in seinem entsetzlichen Vorhaben aufhalten. Aber ihr habt versagt. Du hast Crysania zum Sterben zurückgeschickt, weil ihr Angst vor ihr hattet. Aber ihr Wille und ihre Liebe waren stärker, als ihr angenommen habt. Sie blieb am Leben, und blind durch ihre Liebe und ihre Wünsche folgte sie Raistlin in die Hölle. Ich verstehe Paladin nicht, der ihre Gebete erhörte und ihr die Macht verliehen hatte, dorthin zu gehen...«

»Es ist dir nicht bestimmt, die Wege der Götter zu verstehen, Caramon Majere«, unterbrach ihn Astinus nüchtern. »Wer bist du, daß du über sie urteilen willst? Es mag wohl sein, daß auch sie zuweilen versagen. Oder daß sie sich entscheiden, das Beste zu riskieren, getrieben von der Hoffnung, daß es noch besser wird.«

»Auf jeden Fall«, fuhr Caramon fort, das Gesicht düster und kummervoll, »haben die Magier Crysania zurückgeschickt und gaben somit meinem Bruder einen der Schlüssel, die er zum Betreten des Portals benötigte. Sie haben versagt. Die Götter haben versagt. Und ich habe versagt!« Caramon fuhr mit einer zitternden Hand durch sein Haar.

»Ich dachte, ich könnte Raistlin mit Worten überzeugen, sich von dem tödlichen Weg abzuwenden, auf dem er sich befand. Ich hätte es besser wissen müssen.« Der große Mann lachte bitter. »Haben meine Worte jemals etwas bei ihm bewirkt? Als er vor dem Portal stand und bereit war, die Hölle zu betreten, als er mir sagte, was er beabsichtigte, verließ ich ihn. Es war alles so einfach. Ich habe mich einfach umgedreht und bin weggegangen.«

»Pah!« schnaufte Astinus. »Was hättest du denn tun wollen? Er war damals stark, mächtiger, als einer von uns sich überhaupt vorstellen kann. Er hielt das magische Feld mit der bloßen Kraft seines Willens und seiner Stärke zusammen. Du hättest ihn nicht töten können...«

»Nein«, sagte Caramon, und sein Blick bewegte sich von den Anwesenden im Zimmer fort, hinaus in den Sturm, der immer heftiger wütete, »aber ich hätte ihm folgen können – ihm in die

Dunkelheit folgen –, auch wenn es meinen Tod bedeutet hätte. Um ihm zu zeigen, daß ich bereit war, mich aus Liebe zu opfern, so wie er bereit war, sich für seine Magie und seine Pläne zu opfern.« Caramon richtete wieder seinen Blick auf die Anwesenden im Zimmer. »Dann hätte er mich respektieren müssen. Dann hätte er zugehört. Und darum will ich zurück. Ich will die Hölle betreten« – Caramon ignorierte Tolpans entsetzten Aufschrei – »und dort will ich tun, was getan werden muß.«

»Was getan werden muß«, wiederholte Par-Salian fieberhaft. »Dir ist nicht klar, was das bedeutet! Dalamar...«

Ein lodernder, blendender Blitz explodierte im Raum und schleuderte die Anwesenden gegen die Steinmauern. Keiner konnte etwas sehen oder hören, als der Donner über sie stürzte. Dann ertönte über dem Rollen des Donners ein gequälter Aufschrei.

Erschüttert von dem abgerissenen, schmerzerfüllten Schrei, öffnete Caramon seine Augen, nur um sich zu wünschen, daß er sie für ewig vor diesem schauerlichen Anblick verschlossen hätte.

Par-Salian hatte sich von einer Marmorsäule in eine Flammensäule verwandelt! Gefangen in Raistlins Zauber, war der Magier hilflos. Er konnte nur noch schreien, während die Flammen langsam an seinem unbeweglichen Körper hochkrochen.

Voller Entsetzen bedeckte Tolpan sein Gesicht mit beiden Händen und kauerte sich wimmernd in eine Ecke. Astinus erhob sich von der Stelle, wo er auf den Boden geschleudert wurde. Seine Hände hielten immer noch das Buch. Er wollte schreiben, aber seine Hand wurde schlaff, und der Federhalter glitt aus seinen Fingern. Und wieder wollte er das Buch schließen...

»Nein!« schrie Caramon. Er streckte die Hände aus und legte sie auf die Blätter.

Astinus sah ihn an, und Caramon zögerte unter dem Blick dieser unsterblichen Augen. Seine Hände zitterten, aber sie blieben entschlossen auf das weiße Pergament des ledergebundenen Bandes gepreßt. Der sterbende Zauberer jammerte in entsetzlichem Todeskampf.

Astinus ließ das offene Buch los.

»Halt das«, befahl Caramon, schloß den wertvollen Band und warf ihn in Tolpans Hände. Betäubt nickte der Kender und klammerte seine Arme um das Buch, das fast so groß war wie er selbst. So blieb er zusammengekauert in seiner Ecke und starrte entsetzt um sich, als Caramon durch den Raum zu dem sterbenden Zauberer eilte.

»Nein!« kreischte Par-Salian. »Komm mir nicht näher!« Seine weißen, fließenden Haare und sein langer Bart knisterten, seine Haut warf Blasen und zischte, der schreckliche, süßliche Gestank brennenden Fleisches vermischte sich mit dem Schwefelgeruch.

»Sag es mir!« schrie Caramon, hob seinen Arm schützend gegen die Hitze und ging so dicht wie möglich zu dem sterbenden Magier. »Sag es mir, Par-Salian! Was muß ich tun? Wie kann ich es verhindern?«

Die Augen des Zauberers schmolzen. Sein Mund war ein klaffendes Loch in einer schwarzen, formlosen Masse, die sein Gesicht gewesen war. Aber seine Worte trafen Caramon wie ein Blitz, der sich für ewig in seinen Geist einbrannte.

»Raistlin darf niemals erlaubt werden, die Hölle wieder zu verlassen!«

Der Ritter der schwarzen Rose

Lord Soth saß auf seinem zerfallenen, feuergeschwärzten Thron in den verwüsteten, verlassenen Ruinen der Burg Dargaard. Seine orangenen Augen flackerten in ihren unsichtbaren Höhlen – das einzig sichtbare Zeichen des verfluchten Lebens, das in der verkohlten Rüstung eines Ritters von Solamnia brannte.

Soth war allein.

Der tote Ritter hatte seine Gefolgsleute entlassen – ehemalige Ritter wie er, die ihm im Leben treu gewesen waren und deshalb verflucht worden waren, ihm auch im Tod die Treue zu halten. Er hatte auch die dunklen Hexen fortgeschickt, die Elfenfrauen, die bei seinem Sturz eine Rolle gespielt hatten und nun verdammt waren, ihr untotes Leben in seinem Dienst zu verbringen. Seit Hunderten von Jahren, seit der schrecklichen Nacht seines Todes, ließ Lord Soth diese unglückseligen Frauen sein Schicksal teilen. Jede Nacht, wenn er auf seinem verkohlten Thron saß, zwang er sie, die Geschichte seiner und ihrer eigenen Schande wieder und wieder zu besingen.

Der Gesang bereitete Soth bitteren Schmerz, aber er begrüßte diesen Schmerz. Zehnmal leichter war er zu ertragen als die Leere, die ansonsten sein unheiliges Leben nach dem Tod erfüllte. Aber in jener Nacht wollte er nicht ihrem Gesang lauschen. Statt dessen vernahm er die Geschichte seines Lebens, die wie der bitterkalte Nachtwind durch das Dachgesims der zerfallenen Burg geflüstert wurde.

»Vor langer, langer Zeit war ich ein Ritter von Solamnia. Damals hatte ich alles – ich war gutaussehend, charmant und tapfer. Verheiratet war ich mit einer Frau, die Vermögen, wenn auch keine Schönheit, in die Ehe brachte. Meine Ritter waren mir treu ergeben. Ja, man beneidete mich – Lord Soth von der Burg Dargaard.

Im Frühling vor der Umwälzung verließ ich Burg Dargaard und ritt mit meinem Gefolge nach Palanthas. In der Runde der Ritter war meine Anwesenheit erforderlich. Das Treffen der Ritter interessierte mich wenig – es würde sich mit endlosen Debatten über Belanglosigkeiten unseres Kodex in die Länge ziehen. Aber auch Trinkgelage, Treffen mit alten Kampfgefährten und Geschichten über Schlachten und Abenteuer würde es geben. Das war der Grund, warum ich dorthin reiste.

Wir ritten langsam und ließen uns Zeit. Die Tage verbrachten wir mit Gesang und Scherzen. In der Nacht machten wir, wo immer es möglich war, in Wirtshäusern halt, und sonst schliefen wir unter den Sternen. Das Wetter war gut, denn jener Frühling war mild. Tagsüber wärmte uns die Sonne, und die Abendbrise kühlte uns. In jenem Frühling war ich zweiunddreißig Jahre alt. Alles in meinem Leben lief hervorragend. Ich kann mich nicht erinnern, je glücklicher gewesen zu sein.

Aber dann, in jener Nacht – der silberne Mond sei verflucht, der sie beleuchtete – hatten wir in der Wildnis unser Lager aufgeschlagen. Ein Schrei schnitt sich durch die Dunkelheit und weckte uns aus unserem Schlummer. Es war der Schrei einer Frau, gefolgt von den Stimmen vieler Frauen und auch den barschen Rufen von Ogern.

Wir griffen nach unseren Waffen und eilten in den Kampf. Es war ein leichter Sieg: nur eine umherstreifende Banditenbande. Die meisten flohen vor uns, aber der Anführer, entweder mutiger oder betrunkener als die anderen, weigerte sich, seine Beute freizugeben. Und ich konnte es ihm wahrhaftig nicht verdenken. Er hatte ein wunderschönes, junges Elfenmädchen gefangengenommen. Ihre Schönheit strahlte im Mondschein, und ihre Angst steigerte noch ihren zarten Liebreiz. Allein forderte ich ihn heraus und ging aus dem Kampf als Sieger hervor. Und es war meine Belohnung – ah, welch bittersüße Belohnung –, das ohnmächtige Elfenmädchen in meinen Armen zu ihren Begleiterinnen zurückzutragen.

Ich sehe immer noch ihr feines, goldfarbenes Haar im Mondlicht glänzen. Ich sehe immer noch ihre Augen, als sie erwachte und in meine Augen schaute, und ich sehe jetzt immer noch – so wie damals – ihre Liebe zu mir in ihnen aufblühen. Und sie sah – in meinen Augen – die Bewunderung, die ich nicht verheimlichen konnte. Gedanken an meine Frau, an meine Ehre, an mein Schloß – all das verflüchtigte sich, als ich auf ihr wunderschönes Gesicht sah.

Sie dankte mir; wie schüchtern sie sprach. Ich brachte sie zu den Elfenfrauen zurück – einer Gruppe von Klerikerinnen, die sich auf einer Pilgerwanderung nach Palanthas befand und dann nach Istar weiterreisen wollte. Sie war noch Meßgehilfin und sollte zu einer Verehrten Tochter Paladins ernannt werden. Ich verließ sie und die Frauen, kehrte mit meinen Männern zu unserem Lager zurück. Ich versuchte zu schlafen, aber ich konnte immer noch ihren geschmeidigen jungen Körper in meinen Armen spüren. Niemals hatte mich so die Leidenschaft für eine Frau verzehrt.

Als ich endlich einschlief, waren Träume meine süße Folter. Als ich erwachte, stieß der Gedanke an Trennung wie ein Messer in mein Herz. Ich stand früh auf und kehrte zu dem Elfenlager zurück. Ich erzählte ihnen erfindungsreich von umherstreifenden Goblinbanden zwischen hier und Palanthas und überzeugte die Elfenfrauen schnell, daß sie auf meinen Schutz angewiesen wären. Meine Männer hegten keine Abneigung gegen diese angenehme Begleitung, und so reisten wir zusammen.

Aber das linderte nicht meinen Schmerz. Vielmehr verstärkte er sich noch. Tag für Tag beobachtete ich sie, wenn sie neben mir ritt – aber nicht nah genug. Nacht für Nacht schlief ich allein – und meine Gedanken gerieten in Aufruhr.

Ich begehrte sie, begehrte sie mehr als alles andere auf der Welt. Und dennoch, ich war ein Ritter, gebunden an die Ritterschwüre, die uns dem Kodex und strengen Regeln verpflichteten, gebunden an das heilige Heiratsgelöbnis, meiner Frau treu zu bleiben mein Leben lang, gebunden an den Eid eines Hauptmanns, meine Männer stets ehrenhaft zu führen. Lange kämpfte ich mit mir, und schließlich war ich überzeugt, den Sieg errungen zu haben. Morgen werde ich sie verlassen, sagte ich mir und spürte den Frieden über mich kommen.

Ich hatte wirklich beabsichtigt, sie zu verlassen, und hätte es auch getan. Aber – verflucht sei das Schicksal – ich ging in den Wäldern auf die Jagd, und dort, weit vom Lager entfernt, traf ich sie. Man hatte sie zum Kräutersammeln geschickt.

Sie war allein. Ich war allein. Unsere Begleiter waren weit entfernt. Die Liebe, die ich in ihren Augen gesehen hatte, leuchtete immer noch. Sie hatte ihr Haar gelöst, und es fiel in einer goldenen Wolke bis zu ihren Füßen. Meine Ehre, mein Entschluß waren in einer Sekunde zerstört, verbrannt in der Flamme der Leidenschaft, die über mich fegte. Sie war leicht zu verführen, das arme Ding. Ein Kuß, dann ein zweiter. Ich zog sie nach unten auf das frische Gras, meine Hände liebkosten sie, und mein Mund brachte ihren Protest zum Schweigen, und ... nachdem sie die meinige geworden war ... küßte ich ihre Tränen fort.

In jener Nacht kam sie in mein Zelt. Ich war in Glückseligkeit verloren. Natürlich versprach ich ihr die Ehe. Was hätte ich sonst auch tun sollen? Anfangs hatte ich das wohl nicht ernst gemeint. Wie konnte ich auch? Ich hatte eine Gattin, eine reiche

Gattin. Ich brauchte ihr Geld. Meine Ausgaben waren hoch. Aber dann, in einer dieser Nächte, als ich das Elfenmädchen in meinen Armen hielt, wußte ich, daß ich sie niemals aufgeben konnte. Ich traf Vorkehrungen, meine Gattin für immer verschwinden zu lassen...

Wir setzten unsere Reise fort. Allmählich wurden auch die Elfenfrauen argwöhnisch. Wie hätte es auch anders sein können! Es fiel uns schwer, uns tagsüber nicht vertraulich anzulächeln und jede Gelegenheit zu vermeiden, zusammenzutreffen.

Als wir Palanthas erreichten, wurden wir zwangsläufig getrennt. Die Elfenfrauen waren in einem der schönsten Häuser untergebracht, das dem Königspriester zur Verfügung stand, wenn er sich in der Stadt aufhielt. Meine Männer und ich gingen zu unseren Unterkünften. Ich war jedoch zuversichtlich, daß sie einen Weg finden würde, zu mir zu gelangen, da ich nicht zu ihr gehen konnte. Die erste Nacht verstrich, und ich war nicht sehr beunruhigt. Aber dann verstrich die zweite und die dritte, und immer noch keine Nachricht.

Endlich klopfte es an meiner Tür. Aber es war nicht sie. Es war der Großmeister der Ritter von Solamnia, begleitet von den Oberhäuptern der drei Ritterorden. Bei ihrem Anblick wurde mir klar, was geschehen war. Sie hatte die Wahrheit herausgefunden und mich verraten.

Doch wie die Dinge lagen, war sie es nicht, die mich verraten hatte, sondern die Elfenfrauen. Meine Geliebte war krank geworden, und als die Frauen sie heilen wollten, fanden sie heraus, daß sie ein Kind erwartete. Sie hatte es niemandem gesagt, nicht einmal mir. Sie erzählten ihr, daß ich verheiratet sei und, was noch schlimmer war, daß in Palanthas Gerüchte über das ›geheimnisvolle‹ Verschwinden meiner Frau aufgekommen seien.

Ich wurde verhaftet. In qualvoller Erniedrigung öffentlich durch die Straßen von Palanthas gezerrt, war ich Gegenstand geschmackloser Witze und schändlicher Beleidigungen durch den Pöbel. Die Einwohner genossen den Anblick durch und durch, daß ein Ritter auf ihre Stufe gesunken war. Damals schwor ich, eines Tages meine Rache an ihnen und ihrer schönen Stadt zu nehmen. Aber dazu schien keine Hoffnung zu bestehen. Mein Verfahren ging schnell zu Ende. Ich wurde zum Tode verurteilt – ein Verräter der Ritterschaft. Meiner Ländereien und meines Titels entledigt, sollte mir die Kehle mit dem eigenen Schwert durchgeschnitten werden. Ich nahm meinen Tod hin. Ich freute mich sogar darauf, immer noch überzeugt, daß sie mich fallengelassen hätte.

Aber in der Nacht vor meiner Hinrichtung befreiten mich meine getreuen Männer aus dem Gefängnis. Sie war bei ihnen. Sie erzählte mir alles, erzählte mir auch, daß sie ein Kind von mir erwartete.

Die Elfenfrauen hätten ihr verziehen, sagte sie, und obgleich sie niemals eine Verehrte Tochter Paladins werden könne, dürfe sie bei ihrem Volk weiterleben – auch wenn Ungnade sie bis zum Ende ihres Lebens verfolgen würde. Aber sie konnte den Gedanken nicht ertragen, mich zu verlassen, ohne sich von mir zu verabschieden. Sie liebte mich, das war offensichtlich. Aber ich erkannte auch, daß sie über die Geschichten beunruhigt war, die sie gehört hatte.

Ich erfand eine Lüge über meine Frau, die sie glauben konnte. Sie hätte mir wohl auch geglaubt, daß schwarz weiß ist. Sie war bald beruhigt und einverstanden, mit mir zu fliehen. Heute weiß ich, daß dies der wirkliche Grund für ihr Kommen war. Meine Männer begleiteten uns, und wir flohen zurück zur Burg Dargaard.

Die Reise war anstrengend, denn wir wurden ständig von den

anderen Rittern verfolgt, aber schließlich erreichten wir das Schloß und verschanzten uns. Wie sie sich hoch über nackte Felsenwände erhob, bot die Burg uns eine problemlose Verteidigungsposition. Uns standen große Mengen von Proviant zur Verfügung, so daß wir mühelos jenen Winter durchhalten konnten, der sich schnell näherte.

Ich hätte glücklich sein sollen über mich, über mein Leben und meine neue Braut – was für ein Possenspiel die Heiratszeremonie war! Aber ich wurde von Schuldgefühlen gequält und, was noch schlimmer war, von dem Verlust meiner Ehre. Ich erkannte, daß ich einem Gefängnis entflohen war, nur um mich in einem anderen wiederzufinden – dem meiner eigenen Wahl. Ich war dem Tod entflohen, nur um ein dunkles und erbärmliches Leben zu führen. Ich wurde launenhaft und mürrisch. Ich war immer schon jähzornig gewesen und schnell bereit, meine Hände im Zorn zu gebrauchen, und jetzt wurde es noch schlimmer. Die Diener flohen, nachdem ich einige verprügelt hatte. Meine Männer gingen mir aus dem Weg. Und in einer Nacht schlug ich auch sie, die einzige Person auf dieser Welt, die mir zumindest einen Funken Trost spenden konnte.

Als ich in ihre tränennassen Augen sah, erkannte ich das Ungeheuer, das ich geworden war. Ich nahm sie in meine Arme und bat um Vergebung. Ihr wundervolles Haar fiel über mich, und ich konnte mein Kind spüren, das in ihrem Leib strampelte. Gemeinsam knieten wir uns nieder und beteten zu Paladin. Ich würde alles unternehmen, gelobte ich dem Gott, um meine Ehre wiederherzustellen. Ich bat lediglich darum, daß mein Sohn oder meine Tochter, wenn sie größer würden, niemals von meiner Schande erfahren sollten.

Und Paladin antwortete mir. Er erzählte mir von dem Königspriester und den arroganten Forderungen, die dieser dumme Mann den Göttern stellen wollte. Er sagte mir, daß die

Welt selbst den Zorn der Götter spüren würde, wenn nicht – so wie Huma es vor mir getan hatte – ein Mensch bereit wäre, sich für die Unschuldigen zu opfern.

Paladins Licht glänzte um mich. Meine gequälte Seele war mit Frieden erfüllt. Welch geringfügiges Opfer schien es mir, mein Leben zu geben, damit mein Kind in Ehre aufwachsen und die Welt gerettet werden könnte. Ich ritt nach Istar, in der vollen Absicht, den Königspriester aufzuhalten, denn ich wußte, daß Paladin bei mir war.

Aber noch jemand begleitete mich auf dieser Reise – die Königin der Finsternis. Auf diese Weise führt sie ihren ewigen Krieg um die Seelen, die sie sich dann gern als Sklaven hält. Wen benutzte sie, um mich zu besiegen? Jene Elfenfrauen – die Klerikerinnen des Gottes, der mich auf diese Mission geschickt hatte.

Diese Frauen hatten seit langer Zeit schon den Namen von Paladin vergessen. Wie der Königspriester waren sie in ihre Rechtschaffenheit eingehüllt und konnten durch den Schleier ihrer Vollkommenheit nichts sehen. Erfüllt von meiner eigenen Rechtschaffenheit ließ ich sie wissen, was ich vorhatte. Ihre Angst war groß. Denn sie glaubten nicht, daß die Götter die Welt bestrafen würden. Sie sahen den Tag kommen, an dem nur das Gute – und damit meinten sie sich, die Elfen – auf Krynn bestehen würde.

Sie mußten mich aufhalten. Und sie waren erfolgreich.

Die Königin der Finsternis ist klug. Sie kennt die dunklen Bereiche im Herzen eines Mannes. Ich hätte eine Armee niedergeritten, wenn mir eine im Weg gestanden hätte. Aber die sanften Worte dieser Elfenfrauen strömten in mein Blut wie Gift. Wie raffiniert sei es von dem Elfenmädchen gewesen, mich so einfach loszuwerden, sagten sie. Jetzt hätte sie mein Schloß, meinen Reichtum und alles für sich, ohne den Unannehmlichkeiten eines menschlichen Ehemannes ausgesetzt zu sein. Wäre ich denn überhaupt sicher, daß das Kind von mir sei? Man hatte sie in der Gesellschaft eines jungen Mannes aus meinem Gefolge gesehen. Wohin war sie gegangen, wenn sie mein Zelt in der Nacht verlassen hatte?

Sie haben niemals offen eine Lüge erzählt. Niemals haben sie direkt etwas gegen sie geäußert. Aber ihre Fragen knabberten an meiner Seele und nagten an mir. Ich erinnerte mich plötzlich an Worte, an Situationen und Blicke. Ich war auf einmal überzeugt, daß ich betrogen wurde. Ich würde sie zusammen erwischen! Ich würde ihn töten! Ich würde sie leiden lassen!

Ich brach meinen Weg nach Istar ab.

Bei meiner Ankunft zertrümmerte ich die Tore meines Schlosses. Meine Frau kam berunruhigt herbei und wollte mich begrüßen. In ihren Armen hielt sie unseren kleinen Sohn. Auf ihrem Gesicht lag ein Ausdruck der Verzweiflung – aber ich hielt ihn für ein Schuldeingeständnis. Ich verfluchte sie, und ich verfluchte ihr Kind. Und in diesem Moment schlug das feurige Gebirge auf Ansalon ein.

Die Sterne fielen vom Himmel. Der Boden bebte und brach entzwei. Ein Kronleuchter mit hundert brennenden Kerzen fiel von der Decke. Von den Flammen wurde meine Frau sofort verschlungen. Sie wußte, daß sie sterben würde, aber sie hielt mir ihr Kind entgegen, um es vor dem Feuer zu retten. Ich zögerte, denn eifersüchtiger Zorn tobte immer noch in meiner Brust, und schließlich wandte ich mich ab.

Mit ihrem letzten Atemzug rief sie den Zorn der Götter auf mich herab. ›Du wirst diese Nacht im Feuer sterben‹, schrie sie, ›so wie auch dein Sohn und ich sterben werden. Aber du wirst auf alle Ewigkeit in Dunkelheit leben. Du wirst für jedes Leben büßen, das durch deine Torheit in dieser Nacht ausgelöscht wurde!‹ So verschied sie.

Die Flammen breiteten sich aus. Bald brannte mein Schloß lichterloh, und alle Versuche, dieses seltsame Feuer zu löschen, mißlangen. Es verbrannte sogar das Gestein. Meine Männer versuchten zu entkommen. Aber auch sie gingen in Flammen auf, wie ich beobachten mußte. Niemand, niemand außer mir blieb lebend auf diesem Berg zurück. Ich stand allein in der riesigen Halle, auf allen Seiten vom Feuer umzingelt, das mich noch nicht berührt hatte. Aber wie ich da stand, sah ich, daß es mich immer näher einschloß, immer näher... näher...

Ich starb langsam in unerträglichen Todesqualen. Als der Tod endlich eintrat, brachte er keinen Trost. Denn ich schloß meine Augen, nur um sie wieder zu öffnen, und schaute in eine Welt der Leere und düsteren Verzweiflung und ewigen Pein. Nacht für Nacht, seit endlosen Jahren, sitze ich auf diesem Thron und höre den Elfenfrauen zu, die meine Geschichte singen.

Aber das hat aufgehört, es hat mit dir aufgehört, Kitiara...

Als die Dunkle Königin mich aufforderte, sie im Krieg zu unterstützen, antwortete ich ihr, ich würde dem ersten Drachenfürsten dienen, der den Mut aufbrächte, die Nacht auf Burg Dargaard zu verbringen. Es gab nur einen – dich, meine Schöne. Dich, Kitiara. Ich bewunderte dich dafür, ich bewunderte deinen Mut und deine skrupellose Entschlossenheit. In dir sehe ich mich. Ich sehe, was ich hätte werden können.

Ich half dir, die anderen Fürsten umzubringen, als wir aus Neraka aus dem Aufruhr nach der Niederlage der Königin flohen, ich half dir dann, Sanction zu erreichen, und dort half ich dir, deine Macht auf diesem Kontinent wieder aufzubauen. Ich half dir bei dem Versuch, die Pläne deines Bruders Raistlin zu vereiteln, als er die Königin der Finsternis herausfordern wollte. Nein, ich war nicht überrascht, daß er dich überlistet hat. Von allen Lebewesen, die ich jemals kennengelernt habe, ist er der einzige, den ich fürchten mußte.

Selbst deine Liebesaffären haben mich amüsiert, meine Kitiara. Wir Tote empfinden keine Lust. Das ist eine Leidenschaft des Blutes, und in diesen eiskalten Adern fließt kein Blut mehr. Ich habe beobachtet, wie du diesem Schwächling, Tanis, dem Halb-Elfen, das Innere nach außen gekehrt hast, und ich genoß jede Einzelheit wie auch du.

Aber jetzt, Kitiara, was ist jetzt aus dir geworden? Die Herrin ist zur Sklavin geworden. Und wofür – für einen Elfen! Oh, ich habe deine Augen brennen gesehen, als du seinen Namen aussprachst. Ich habe deine Hände zittern gesehen, als du seine Briefe hieltest. Du denkst an ihn, obwohl du einen Krieg vorbereiten solltest. Selbst deine Generäle können nicht länger deine Aufmerksamkeit wecken.

Nein, wir Tote können keine Lust empfinden. Aber wir können Haß spüren, wir können Neid spüren, wir können Eifersucht und Gier nach Besitz spüren.

Ich könnte Dalamar töten – dieser Dunkelelf ist stark, aber er stellt keine Herausforderung für mich dar. Sein Meister? Raistlin? Ah, das ist etwas anderes.

Meine Königin in deiner dunklen Hölle – hüte dich vor Raistlin! Deine größte Herausforderung steht dir mit ihm bevor, und du mußt – am Ende – ihm allein entgegentreten. Ich kann dir auf deiner Ebene nicht helfen, Dunkle Majestät, aber vielleicht kann ich dir auf dieser helfen.

Ja, Dalamar, ich könnte dich töten. Aber ich habe erlebt, was es heißt, zu sterben, und der Tod ist eine schäbige, eine wahrhaft jämmerliche Angelegenheit. Der Schmerz des Todes ist qualvoll, aber schnell vorbei. Welch größerer Schmerz ist es dagegen, immer weiter auf der Welt der Lebenden zu verweilen, ihr warmes Blut zu riechen und ihr sanftes Fleisch zu sehen und zu wissen, daß es niemals, niemals wieder deins sein kann. Aber das wirst du noch erfahren, und nur allzu gut, Dunkelelf...

Und was dich betrifft, Kitiara, wisse dies – ich würde eher diesen Schmerz ertragen, ich würde eher ein weiteres Jahrhundert einer gequälten Existenz erleiden, als dich wieder in den Armen eines lebenden Mannes zu sehen!«

Der tote Ritter grübelte und schmiedete Komplotte, sein Geist drehte und krümmte sich wie die Dornenzweige der schwarzen Rosen, die sein Schloß überwucherten. Skelettkrieger schritten über die zerstörten Zinnen, jeder gebannt an den Ort, wo er seinen Tod gefunden hatte. Die Elfenfrauen rangen ihre fleischlosen Hände und stöhnten im bitteren Leid über ihr Schicksal.

Soth hörte nichts und nahm nichts wahr. Er saß auf seinem geschwärzten Thron und starrte blind auf einen dunklen, verkohlten Fleck auf dem Steinboden – einen Fleck, den er seit Jahrhunderten mit all seiner machtvollen Magie vergeblich auszulöschen versucht hatte – und der niemals verschwand, ein Fleck in der Form einer Frau...

Und schließlich lächelten die unsichtbaren Lippen, und die Flammen der orangenen Augen brannten hell in ihrer ewigen Nacht.

Du, Kitiara – du wirst mir gehören – für immer und ewig...

7

Die Kutsche hielt mit einem Ruck. Die Pferde schnauften und schüttelten sich und ließen dabei das Geschirr klimpern. Mit ihren Hufen stießen sie gegen die glatten Pflastersteine, als ob sie erpicht wären, diese Reise zu beenden und zu ihren behaglichen Ställen zurückzukehren. Ein Kopf erschien am Fenster der Kutsche.

»Guten Morgen, Herr. Willkommen in Palanthas. Bitte nennt mir Euren Namen und den Grund Eures Besuches.« Die Aufforderung wurde mit munterer, amtlicher Stimme von einem munteren, amtlichen jungen Mann vorgetragen, der wohl gerade erst seinen Posten angetreten hatte. Als der Wachmann in die Kutsche spähte, blinzelte er in dem Versuch, seine Augen dem kühlen Schatten in ihrem Inneren anzupassen. Die Spätfrühlingssonne strahlte so munter wie das Gesicht des jungen Mannes, auch ihre Dienstzeit hatte wohl gerade erst begonnen.

»Ich bin Tanis, der Halb-Elf«, antwortete der Mann in der Kutsche, »und ich bin hier auf Einladung des Verehrten Sohnes Elistan. Ich habe einen Brief dabei. Wenn du einen Moment warten würdest, kann ich...«

»Lord Tanis!« Das Gesicht im Kutschenfenster nahm die gleiche knallrote Farbe an wie die lächerlich aufgesetzten Schnurbesätze und Schulterstücke seiner Uniform. »Ich bitte um Verzeihung, Herr. Ich... ich habe Euch nicht wiedererkannt... das heißt, ich konnte nicht gut sehen, denn sonst hätte ich Euch sicherlich wiedererkannt...«

»Verdammt, Mann«, erwiderte Tanis gereizt, »entschuldige dich doch nicht für die Ausübung deiner Pflicht. Hier ist der Brief...«

»Das werde ich nicht, Herr. Das heißt, ich werde es doch, Herr. Ich meine, mich entschuldigen. Es tut mir furchtbar leid, Herr. Der Brief? Das ist wirklich nicht notwendig, Herr.«

Der Wachmann stotterte und salutierte, stieß leicht mit seinem Kopf gegen das Kutschenfenster, und der Spitzenärmel seiner Manschette verfing sich an der Tür, er salutierte wieder und taumelte schließlich zu seinem Posten zurück. Er sah aus, als hätte er gerade einen Kampf mit Hobgoblins hinter sich gebracht.

Tanis grinste still vor sich hin, auch wenn es ein gequältes Grinsen war, und lehnte sich wieder zurück, als die Kutsche durch die Tore der alten Stadtmauer fuhr. Diese Wache war seine Idee gewesen. Viele Einwände und Überredungskünste waren vonnöten gewesen, um Amothud, den Herrscher von Palanthas, zu überzeugen, daß diese Stadttore nicht nur verschlossen, sondern auch bewacht sein sollten.

»Aber Besucher könnten das Gefühl bekommen, nicht willkommen zu sein. Sie könnten beleidigt sein«, hatte Amothud matt protestiert. »Und immerhin ist der Krieg vorüber.«

Tanis seufzte wieder. Wann würden sie das je lernen? Niemals, mutmaßte er düster, als er aus dem Fenster die Stadt betrachtete, die wie keine andere auf dem Kontinent Ansalon die Selbstzufriedenheit verkörperte, in die sich die Welt seit dem Ende des Lanzenkrieges vor zwei Jahren hatte zurückfallen lassen. Genaugenommen: seit dem Frühling vor zwei Jahren.

Ein plötzlicher Gedanke ließ Tanis aufseufzen. Verdammt! Er hatte es vergessen! Der Tag des Sieges! Wann fand der statt? In zwei Wochen? Drei? Er würde dieses lächerliche Kostüm anlegen müssen – die zeremonielle Rüstung eines Ritters von Solamnia, die Elfeninsignien, den Zwergenschmuck. Gelage würden stattfinden, und wegen des schweren Essens würde er die halbe Nacht nicht schlafen können, Ansprachen würden ihn nach dem Essen einschläfern, und Laurana...

Tanis seufzte auf. Laurana! *Sie* hatte daran gedacht! Natürlich! Wie konnte er nur so begriffsstutzig sein? Vor wenigen Wochen erst waren sie von dem Begräbnis Solostarans in Qualinesti in ihr Heim in Solanthus zurückgekehrt – in der Zwischenzeit hatte er außerdem auf der Suche nach Crysania eine erfolglose Reise nach Solace unternommen –, und dort hatte Laurana bald einen Brief in der Elfenhandschrift erhalten.

»Deine Anwesenheit ist in Silvanesti dringend erforderlich!«

»Ich werde in vier Wochen zurück sein, mein Lieber«, hatte sie gesagt und ihn zärtlich geküßt. Doch in ihren Augen hatte der Schalk gelegen. In ihren wunderschönen Augen!

Sie hatte ihn im Stich gelassen! Durch ihr Manöver war er gezwungen, diesen verdammten Zeremonien allein beizuwohnen! Und sie würde in ihrer Elfenheimat sein, wo sich die Einheimischen zwar immer noch plagten, dem Entsetzen zu entrinnen, dem Loracs Alptraum sie überantwortet hatte, was aber doch einem Abend mit Herrscher Amothud entschieden vorzuziehen war...

Plötzlich wurde Tanis bewußt, was er da eben gedacht hatte. Vor seinem inneren Auge erschien ein Bild von Silvanesti – die entsetzlich gepeinigten Bäume, die Blut weinten, die verzerrten, qualvollen Gesichter lange verstorbener Elfenkrieger, die aus den Schatten starrten. Und daneben erschien ein Bild von einer der Abendgesellschaften des Herrschers Amothud...

Tanis begann zu lachen. Sogar die untoten Krieger waren ihm lieber!

Was Laurana betraf, ihr konnte er wahrhaftig keine Schuld geben. Die Zeremonien waren für ihn schon hart genug – aber Laurana war der erklärte Liebling der Palanthianer, ihr Goldener General, diejenige, die diese wunderschöne Stadt vor den Verwüstungen des Krieges bewahrt hatte. Sie erfüllten ihr jeden Wunsch, nur nicht ihren sehnlichsten, daß sie zuweilen in Ruhe gelassen werden wollte. Bei der vorjährigen Siegesfeier hatte Tanis seine Frau nach Hause tragen müssen, da sie erschöpfter war, als wenn sie drei ordentliche Tage in der Schlacht zugebracht hätte.

Er stellte sich Laurana in Silvanesti vor, wie sie die Blumen neu pflanzte, wie sie die Träume der gepeinigten Bäume linderte und sie langsam wieder zum Blühen brachte, wie sie Alhana Sternenwind besuchte, jetzt ihre Schwägerin, die auch wieder in Silvanesti sein würde – aber ohne ihren neuen Ehemann Porthios. Sie führten bisher eine eisige, lieblose Ehe, und Tanis fragte sich, ob Alhana nicht aus einem ähnlichen Grund den Zufluchtsort Silvanesti aufgesucht hatte. Die Erinnerung an jene Tage mußte auch für Alhana schwer zu ertragen sein. Tanis' Gedanken wanderten zu Sturm Feuerklinge – dem Ritter, den Alhana geliebt hatte und der nun tot im Turm des Oberklerikers lag, und von ihm wanderten Tanis' Gedanken zu anderen Freunden... und Feinden.

Als hätten seine Erinnerungen ihn heraufbeschworen, strich

ein dunkler Schatten über die Kutsche. Tanis sah aus dem Fenster. Er erhaschte einen flüchtigen Blick auf ein schwarzes Stück Land am Ende einer langen, leeren und verlassenen Straße – den Eichenwald von Shoikan, den Wächterwald und den Turm der Erzmagier, in dem Raistlin residierte.

Selbst aus dieser Entfernung konnte Tanis die Eiseskälte spüren, die diese Bäume ausströmten, eine Eiseskälte, die Herz und Seele gefrieren ließ. Sein Blick wanderte zu dem Turm, der sich über den wunderschönen Gebäuden von Palanthas wie ein schwarzer Eisenstift erhob, der durch das weiße Herz der Stadt getrieben worden war.

Seine Gedanken wanderten zu dem Brief, der ihn nach Palanthas gerufen hatte. Sein Blick glitt auf ihn, und er las noch einmal die knappen Sätze: »Tanis, Halb-Elf, wir müssen dich unverzüglich treffen. Höchste Dringlichkeit. Im Tempel Paladins, wenn die Spätwacht auf 12 ansteigt, am vierten Tag im Jahr 356.«

Das war alles. Keine Unterschrift. Tanis wußte, daß es jetzt der vierte Tag war, und da er diese Einladung erst zwei Tage zuvor erhalten hatte, war er gezwungen gewesen, Tag und Nacht zu reisen, um pünktlich in Palanthas einzutreffen. Die Nachricht war in der Elfensprache geschrieben, auch die Handschrift war elfisch. Das war nicht ungewöhnlich. Elistan verfügte über viele Elfenkleriker, aber warum hatte er die Botschaft nicht unterschrieben? Falls sie wirklich von Elistan stammte. Aber wer sonst sollte ihn so zwanglos zum Tempel Paladins laden?

Tanis zuckte die Achseln und steckte den Brief wieder in seinen Beutel zurück. Er hatte sich diese Frage schon mehr als einmal gestellt, und nicht ein einziges Mal war er zu einem zufriedenstellenden Ergebnis gelangt. Sein Blick wanderte unwillkürlich wieder zum Turm der Erzmagier.

»Ich wette, es hat etwas mit dir zu tun, alter Freund«, murmelte er, runzelte die Stirn und dachte wieder über das seltsame Verschwinden der Klerikerin Crysania nach.

Wieder hielt die Kutsche mit einem Ruck an und riß Tanis aus seinen Grübeleien. Er sah aus dem Fenster und erhaschte einen Blick auf den Tempel, zwang sich aber, geduldig sitzen zu bleiben, bis ein Lakai ihm die Tür öffnen würde. Er lächelte in sich hinein. Er konnte Laurana fast sehen, wie sie ihm gegenübersaß und ihn anfunkelte, er solle sich unterstehen, nach dem Türgriff zu greifen. Es hatte sie Monate gekostet, ihm seine alte, voreilige Angewohnheit abzugewöhnen, die Tür aufzureißen, den Lakai zur Seite zu stoßen und seinen Weg fortzusetzen, ohne einen Gedanken an den Kutscher, die Kutsche, die Pferde, all das zu verlieren.

Es war inzwischen ein heimlicher Spaß zwischen ihnen beiden geworden. Tanis beachtete liebend gern, wie sich Lauranas Augen in vorgetäuschtem Alarm verengten, wenn seine Hand neckend zur Tür griff. Aber im Moment erinnerte ihn dieser Gedanke lediglich daran, wie sehr er sie vermißte. Wo blieb überhaupt der verdammte Lakai? Bei den Göttern, er war allein, zur Abwechslung könnte er es wirklich auf seine Weise machen...

Die Tür flog auf. Der Lakai hantierte mit der Stufe, die unter den Wagenboden geklappt war. »Oh, vergiß das«, schnappte Tanis ungeduldig und sprang von der Kutsche. Er ignorierte den zaghaften, betroffenen Blick des Lakaien und holte erleichtert tief Luft, nachdem er endlich dem stickigen Gefängnis der Kutsche entronnen war.

Tanis sah sich um und ließ das wundervolle Gefühl von Frieden und Wohlbefinden, das vom Tempel Paladins ausstrahlte, in seine Seele strömen. Kein Wald bewachte diesen heiligen Ort. Weite, offene Rasenflächen, so sanft und glatt wie Samt, luden den Reisenden zum Betreten ein, sich zu setzen und auszuruhen. Gärten mit leuchtenden, farbenfrohen Blumen entzückten das Auge, und ihr Duft erfüllte die Luft mit Süße. Hier und dort boten Haine mit sorgfältig beschnittenen Bäumen Zuflucht vor dem strahlenden Sonnenlicht. Reines, kühles Wasser ergoß sich aus Springbrunnen. Weißgekleidete Kleriker wandelten mit gesenkten Köpfen in den Gärten, offenbar in ernsthafte Diskussionen vertieft.

Aus diesem Rahmen von Gärten, schattigen Hainen und Grasteppichen erhob sich der Tempel Paladins und strahlte sanft im morgendlichen Sonnenlicht. Er war ein einfaches, schmuckloses Gebäude aus weißem Marmor, das zu dem Eindruck des Friedens und der Ruhe beitrug, der in seiner ganzen Umgebung vorherrschte.

Tore waren vorhanden, aber keine Wachen. Jeder war eingeladen, hier einzutreten, und viele machten davon Gebrauch. Es war eine Zuflucht für alle Trauernden, Erschöpften und Unglücklichen. Als Tanis den Weg über den gepflegten Rasen nehmen wollte, sah er viele Menschen auf dem Gras sitzen oder liegen, mit einem Ausdruck des Friedens auf ihren von Sorgen und Erschöpfung gezeichneten Gesichtern, die diesen Trost nicht oft erlebt hatten.

Tanis hatte nur wenige Schritte zurückgelegt, als er sich – mit einem weiteren Seufzer – an die Kutsche erinnerte. Er hielt ein und drehte sich um. »Warte auf mich«, wollte er gerade sagen, als eine Gestalt aus dem Schatten eines Espenwaldes trat, der sich am äußersten Rand des Tempelgrundstücks erstreckte.

»Tanis, der Halb-Elf?« fragte die Gestalt.

Als die Gestalt ins Licht trat, zuckte Tanis zusammen. Sie war in schwarze Roben gekleidet. Zahlreiche Beutel und magische Hilfsmittel hingen am Gürtel, silberne Runen waren auf die Ärmel und die Kapuze des schwarzen Umhangs gestickt. Raistlin!

dachte Tanis unvermittelt, da er sich an den Erzmagier nur kurz zuvor erinnert hatte.

Aber nein. Tanis atmete leichter. Dieser Zauberkundige war zumindest um eine Kopf- und Schulterlänge größer als Raistlin. Seine Haltung war aufrecht und sein Körper gut gebaut und muskulös, sein Schritt war jugendlich und kraftvoll. Als Tanis seine Aufmerksamkeit auf ihn richtete, erkannte er, daß die Stimme des Fremden fest und tief war – und nicht wie Raistlins beunruhigendes Flüstern.

Und außerdem, auch wenn es komisch schien, hätte Tanis schwören können, daß der Mann mit einem leichten Elfenakzent gesprochen hatte. »Ja, ich bin Tanis, der Halb-Elf«, antwortete er etwas verspätet.

Obwohl er das Gesicht des Mannes im Schatten der schwarzen Kapuze nicht sehen konnte, hatte Tanis den Eindruck, daß der andere lächelte.

»Ich war überzeugt, ich würde dich wiedererkennen. Du wurdest mir oft genug beschrieben. Du kannst deine Kutsche wegschicken. Sie wird nicht mehr benötigt. Du wirst viele Tage, vielleicht sogar Wochen hier in Palanthas verbringen.«

Der Mann sprach in der Elfensprache! Die Sprache der Silvanesti! Tanis war einen Moment so sprachlos, daß er sein Gegenüber nur anstarren konnte. Im selben Moment räusperte sich jedoch der Kutscher. Die Reise war lang und anstrengend gewesen, und in Palanthas wurde in vielen guten Wirtshäusern ein Bier serviert, das auf ganz Ansalon einen schon fast legendären Ruf genoß...

Aber Tanis war nicht bereit, auf das Wort eines schwarzgekleideten Magiers seine Kutsche zu entlassen. Er öffnete gerade seinen Mund, um eine Frage zu stellen, als der Zauberkundige die Hände aus den Ärmeln seiner Robe zog, in der er sie gefaltet gehalten hatte, und eine schnelle, abweisende Bewegung mit der einen und gleichzeitig eine einladende mit der anderen machte.

»Bitte«, sagte er wieder in der Elfensprache, »willst du mich nicht begleiten? Denn ich bin auf dem Weg zum gleichen Ort wie du. Elistan erwartet uns.«

Uns! Tanis' Gedanken irrten verwirrt umher. Seit wann lud Elistan schwarzgekleidete Zauberkundige in Paladins Tempel ein? Und seit wann setzten schwarzgekleidete Zauberkundige freiwillig ihren Fuß auf diesen heiligen Boden?

Der einzige Weg, das herauszufinden, bestand jedoch wohl darin, diese seltsame Person zu begleiten und alle Fragen aufzusparen, bis sie allein waren. Etwas verwirrt erteilte Tanis also dem Kutscher seine Anweisungen. Die schwarzgekleidete Gestalt stand schweigend neben ihm und beobachtete die Kutsche bei ihrer Abfahrt. Dann drehte sich Tanis zu ihm um.

»Ich kenne deinen werten Namen leider nicht, Herr«, sagte der Halb-Elf in holprigem Silvanesti, einer Sprache, die reiner war als das Qualinesti, das er in seiner Kindheit gelernt hatte.

Der Fremde verbeugte sich und warf dann die Kapuze zurück, so daß das Morgenlicht auf sein Gesicht fiel. »Ich heiße Dalamar«, sagte er und vergrub seine Hände wieder in die Ärmel seiner Robe. Kaum jemand auf Krynn würde einem schwarzgekleideten Magier die Hand reichen.

»Ein Dunkelelf!« rief Tanis erstaunt und schneller, als er gewollt hatte. Dann errötete er. »Es tut mir leid«, fügte er unbeholfen hinzu. »Es ist nur so, daß ich noch nie…«

»Einen dieser Art kennengelernt habe?« ergänzte Dalamar gelassen, und ein schwaches Lächeln erschien auf seinem kalten, gutaussehenden, ausdruckslosen Elfengesicht. »Nein, vermutlich nicht. Wir, die ›vom Licht verstoßen sind‹, wie es heißt, wagen nicht oft, die sonnenüberfluteten Existenzebenen aufzusuchen.« Sein Lächeln wurde plötzlich wärmer, und Tanis bemerkte Sehnsucht in den Augen des Dunkelelfen, als seine Blicke zu dem Espenhain glitten, wo er zuvor gestanden hatte. »Obgleich auch wir manchmal von Heimweh ergriffen werden.«

Auch Tanis' Blick ging zu den Espen – den Bäumen, die die Elfen am meisten liebten. Auch er lächelte und fühlte sich jetzt unbeschwerter. Tanis war auf seinen eigenen dunklen Straßen geschritten und wäre mehrmals beinahe in gähnende Abgründe gestolpert. Er konnte verstehen.

»Die Stunde meiner Verabredung naht«, sagte er. »Und aus dem, was du gesagt hast, schließe ich, daß du etwas damit zu tun hast. Vielleicht sollten wir weitergehen...«

»Gewiß.« Dalamar schien sich wieder gesammelt zu haben. Er folgte Tanis, ohne zu zögern, auf den Rasen. Als Tanis sich zu ihm umwandte, war er daher ziemlich erschrocken, daß ein kurzer Krampf die feinen Gesichtszüge des Elfen vor Schmerz entstellte und er voller Qual zusammenzuckte.

»Was ist los?« Tanis hielt an. »Geht es dir nicht gut? Kann ich helfen...«

Dalamar zwang sein schmerzerfülltes Gesicht zu einem verzerrten Lächeln. »Nein, Halb-Elf«, erwiderte er. »Du kannst mir bestimmt nicht helfen. Ich bin auch nicht krank. Auch du würdest schlimmer aussehen, wenn du den Eichenwald von Shoikan betreten müßtest, der mein Zuhause bewacht.«

Tanis nickte verständnisvoll und sah unwillkürlich in die Ferne, hoch zu dem dunklen, grimmigen Turm, der Palanthas überragte. Als er ihn betrachtete, hatte er auf einmal eine seltsame Vision. Er sah zurück zu dem schlichten weißen Tempel, dann wieder zum Turm. Aber als er sie zusammen sah, schien es ihm, als sähe er beide Gebäude zum ersten Mal. Beide sahen vollständiger, abgeschlossener und ganzheitlicher aus, als wenn man sie einzeln und für sich betrachtete. Dieser Eindruck war flüchtig, und er wollte darüber erst später nachdenken. Jetzt konnte er nur an eins denken...

»Dann lebst du dort? Mit Rai... mit ihm?« Tanis konnte sich noch so sehr anstrengen, aber er wußte, daß er den Namen des Erzmagiers nur mit bitterem Zorn aussprechen konnte, darum vermied er ihn ganz.

»Er ist mein Shalafi«, antwortete Dalamar mit einer Stimme, die vor Schmerzen angespannt war.

»Du bist also sein Lehrling?« fragte Tanis, der sich an dies Elfenwort für »Meister« erinnern konnte. Er runzelte die Stirn. »Was tust du dann hier? Hat er dich geschickt?« Wenn ja, dachte der Halb-Elf, werde ich diesen Ort verlassen, auch wenn ich den ganzen Weg nach Solanthas laufen müßte.

»Nein«, erwiderte Dalamar. Er hatte jetzt jegliche Gesichtsfarbe verloren. »Aber wir werden über ihn sprechen.« Der Dunkelelf zog seine Kapuze über den Kopf. Als er sprach, geschah das offensichtlich nur unter großer Anstrengung. »Und jetzt muß ich dich zur Eile antreiben. Elistan hat mich zwar mit einem Zauber ausgestattet, der mir diese Strapaze erleichtert, aber ich möchte es trotzdem schnell hinter mich bringen.«

Elistan stattete schwarzgekleidete Zauberkundige mit einem Zauber aus? Raistlins Lehrling? In völliger Verwirrung beschleunigte Tanis seinen Schritt.

»Tanis, mein Freund!«

Elistan, Kleriker von Paladin und Oberhaupt der Kirche des Kontinents Ansalon, streckte dem Halb-Elfen die Hand entgegen. Tanis ergriff sie herzlich und versuchte zu übersehen, wie geschwächt und kraftlos der ehemals starke, feste Griff des Klerikers gewesen war. Tanis mußte noch stärker mit sich ringen, sein Gesicht zu kontrollieren und die Gefühle von Schock und das Mitleid zu verbergen, als er auf die zerbrechliche, fast skelettartige Gestalt im Bett schaute, die mit Kissen abgestützt wurde.

»Elistan...«, begann Tanis herzlich.

Einer der weißgekleideten Kleriker, die sich in der Nähe ihres Oberhauptes aufhielten, sah zum Halb-Elfen auf und runzelte die Stirn.

»Ich meine, Verehrter Sohn« – Tanis stolperte über die formelle Anrede – »du siehst gut aus.«

»Und du, Tanis, Halb-Elf, läßt dich neuerdings zu Lügen herab«, bemerkte Elistan und lächelte über den Ausdruck von Betroffenheit, den Tanis verzweifelt aus seinem Gesicht zu verbannen suchte.

Elistan schlug mit seinen mageren weißen Fingern leicht auf Tanis' sonnengebräunte Hand. »Und albere nicht mit diesem ›Verehrter Sohn‹-Quatsch herum. – Ja, ich weiß, es wäre angemessen und korrekt, Garad, aber dieser Mann kannte mich schon, als ich noch Sklave in den Minen von Pax Tarkas war. Jetzt macht schon, ihr alle«, scheuchte er die herumstehenden Kleriker. »Bringt alles herbei, was wir haben, um es unseren Gästen gemütlich zu machen.«

Sein Blick glitt hinüber zu dem Dunkelelfen, der auf einem Stuhl neben dem Feuer zusammengebrochen war, das in Elistans privatem Zimmer brannte. »Dalamar«, sagte Elistan sanft, »diese Reise war für dich bestimmt nicht angenehm. Ich bin dir zu großem Dank verpflichtet, daß du es auf dich genommen hast. Aber hier in meinen Räumen, glaube ich, kannst du dich entspannen. Was möchtest du trinken?«

»Wein«, quälte sich der Dunkelelf mit Lippen zu antworten, die steif und aschgrau waren. Tanis sah die Hände des Elfen auf der Stuhllehne zittern.

»Bringt Wein und Essen für unsere Gäste«, befahl Elistan den Klerikern, die nacheinander das Zimmer verließen, wobei einige dem schwarzgekleideten Magier mißbilligende Blicke zuwarfen. »Bringt Astinus sofort bei seiner Ankunft hierher, und dann kümmert euch darum, daß wir nicht gestört werden.«

»Astinus?« Tanis riß vor Erstaunen den Mund auf. »Astinus, der Chronist?«

»Ja, Halb-Elf.« Elistan lächelte wieder. »Das Sterben verleiht einem eine besondere Bedeutung. Die mich sonst keines Blickes gewürdigt haben, stehen jetzt Schlange, um mich zu sehen. Lautete so nicht das Gedicht des alten Mannes? Nun komm, Halb-Elf. Alles ist ausgesprochen. Ja, ich weiß, daß ich im Sterben liege. Ich weiß es seit langer Zeit. Meine Monate schrumpfen zu Wochen. Komm, Tanis. Du hast früher schon Menschen sterben sehen. Du hast mir doch selbst mal erzählt, was dir der Herr der Wälder im Düsterwald sagte: ›Wir betrauern nicht den Verlust derjenigen, deren Schicksal sich erfüllte.‹ Mein Leben hat sich erfüllt, Tanis – mehr, als ich mir jemals vorstellen konnte.« Elistan sah aus dem Fenster auf die weiten Rasenflächen, die blühenden Gärten und – weit in der Ferne – auf den dunklen Turm der Erzmagier.

»Es war mir gegeben, der Welt wieder die Hoffnung zurückzubringen, Halb-Elf«, sagte Elistan leise. »Hoffnung und Heilung. Welcher Mensch kann mehr von sich sagen? Ich gehe in dem Wissen, daß die Kirche wieder fest eingerichtet ist. Es gibt jetzt bei allen Rassen wieder Kleriker. Ja, sogar bei den Kendern.« Elistan fuhr lächelnd mit einer Hand über sein weißes Haar. »Ah«, seufzte er, »welch mühsame Zeit das für unseren Glauben war, Tanis! Und immer noch sind wir nicht in der Lage, genau festzuhalten, was alles fehlt. Aber es sind Leute mit gutem Herzen und guter Seele. Wann immer ich die Geduld zu verlieren begann, habe ich an Fizban gedacht – Paladin, wie er sich uns offenbart hat – und die besondere Liebe, die er für deinen kleinen Freund Tolpan hegte.«

Tanis' Gesicht verdunkelte sich beim Namen des Kenders, und es schien ihm, als ob Dalamar, der in die tänzelnden Flammen gestarrt hatte, ebenfalls kurz aufblickte. Aber Elistan bemerkte es nicht.

»Ich bedaure lediglich, daß ich von euch gehe, ohne einen wahrhaft fähigen Nachfolger zurückzulassen.« Elistan schüttelte den Kopf. »Garad ist ein guter Mann. Zu gut. Ich sehe, wie er sich zu einem weiteren Königspriester entwickelt. Aber er versteht noch nicht, daß das Gleichgewicht bewahrt werden muß, daß wir alle aufgerufen sind, diese Welt zu vervollständigen. Ist das nicht so, Dalamar?«

Zu Tanis' Überraschung nickte der Dunkelelf. Er hatte seine Kapuze zurückgezogen und hatte es geschafft, etwas Rotwein zu trinken, den die Kleriker ihm gebracht hatten. Die Farbe kehrte in sein Gesicht zurück, und seine Hände zitterten nicht mehr. »Du bist klug, Elistan«, sagte der Dunkelelf leise. »Ich wünschte, auch andere wären so verständig.«

»Vielleicht ist es nicht Klugheit, sondern eher die Fähigkeit, die Dinge von allen Seiten zu betrachten und nicht nur von einer.« Elistan wandte sich an Tanis. »Du, Tanis, mein Freund, hast du nicht den Anblick bemerkt und geschätzt, als du gekommen bist?« Er zeigte schwach zum Fenster, durch das der Turm der Erzmagier deutlich zu sehen war.

»Ich bin mir nicht sicher, was du meinst«, wich Tanis aus, nervös wie immer, wenn er seine Gefühle mitteilen sollte.

»Du weißt es auch, Halb-Elf«, drängte Elistan, der zu seiner alten Forschheit zurückkehrte. »Du hast auf den Turm gesehen und dann auf den Tempel und gedacht, daß es richtig und passend ist, daß sie so dicht nebeneinander stehen. Oh, es gab viele, die gegen diesen Standort des Tempels Einwände erhoben haben. Garad, und natürlich Crysania...«

Als dieser Name fiel, würgte Dalamar, hustete und setzte eilig sein Weinglas ab. Tanis erhob sich und begann unwillkürlich durch den Raum zu schreiten – wie es seine Angewohnheit war – und setzte sich plötzlich wieder hin, weil ihm der Gedanke kam, daß sein Herumlaufen den sterbenden Mann vielleicht stören könnte. Nervös bewegte er sich auf seinem Sitz.

»Gibt es Neuigkeiten über sie?« fragte er leise.

»Es tut mir leid, Tanis«, antwortete Elistan sanft. »Ich wollte dich nicht beunruhigen. Du mußt endlich aufhören, dir die Schuld zu geben. Was sie tat, entschied sie aus ihrem freien Willen heraus. Ich hätte mich auch nicht anders verhalten. Du hättest sie nicht aufhalten und nicht vor ihrem Schicksal bewahren können – welches auch immer es ist. Nein, es gibt keine Neuigkeiten über sie.«

»Doch«, widersprach Dalamar mit kalter, gefühlloser Stimme und zog sofort die Aufmerksamkeit beider Männer im Zimmer auf sich. »Das ist ein Grund, warum ich euch zusammenrief...«

»Du hast uns zusammengerufen?« wiederholte Tanis und erhob sich wieder. »Ich dachte, Elistan hätte uns hergebeten. Steckt dein Meister dahinter? Ist er für das Verschwinden der Frau verantwortlich?« Er trat einen Schritt vor, und sein Gesicht hinter dem rötlichen Bart lief rot an. Auch Dalamar stand jetzt auf. Seine Augen glitzerten gefährlich, und seine Hand glitt fast unmerklich in einen der Beutel, die er am Gürtel trug. »Bei den Göttern, falls er ihr etwas angetan hat, werde ich seinen goldenen Hals umdrehen...«

»Astinus von Palanthas«, verkündete ein Kleriker an der Tür.

Der Historiker stand im Türrahmen. Sein zeitloses Gesicht war bar jeden Ausdrucks, während seine grauen Augen durch den Raum fuhren und alles und jeden mit peinlich genauer Aufmerksamkeit bis ins kleinste Detail aufnahmen, damit sein Federhalter das alles später festhalten konnte. Sein Blick wanderte zu Tanis' gerötetem, zornigem Gesicht, zu den stolzen, trotzigen Zügen des Elfen und schließlich zu der erschöpften, geduldigen Miene des sterbenden Klerikers.

»Laßt mich raten«, sagte Astinus, trat gelassen ein und nahm Platz. Er legte ein riesiges Buch auf den Tisch und öffnete es bei einer leeren Seite, nahm dann einen Federhalter aus einer Holzschachtel, die er bei sich trug, untersuchte sorgfältig die Spitze und sah schließlich auf. »Tinte, Freund«, sagte er zu einem eingeschüchterten Kleriker, der – nach einem Nicken von Elistan – eilig das Zimmer verließ. Dann setzte der Historiker seinen Satz fort: »Laßt mich raten. Ihr habt über Raistlin Majere geredet.«

»Das stimmt«, sagte Dalamar. »Ich habe euch hergebeten.«

Der Dunkelelf nahm wieder seinen Platz am Feuer ein. Tanis, immer noch mit finsterem Blick, ging zu seinem Stuhl neben Elistan zurück. Der Kleriker Garad, der mit Tinte für Astinus zurückgekehrt war, fragte nach weiteren Wünschen. Nach einer abschlägigen Antwort verließ er das Zimmer, nachdem er streng darauf hingewiesen hatte, daß Elistan krank sei und nicht lange gestört werden dürfe und Rücksichtnahme auch im Interesse der Anwesenden sei.

»Ich habe euch hergebeten, euch alle«, wiederholte Dalamar, während sein Blick auf das Feuer gerichtet blieb. Dann hob er den Kopf und sah direkt Tanis an. »Dein Kommen war für dich eine kleine Unbequemlichkeit. Aber mein Kommen geschah in dem Wissen, daß ich die Qual meines ganzen Glaubens erleide, wenn ich mich auf diesen heiligen Boden begebe. Aber es ist unumgänglich, daß ich mit euch allen spreche, mit euch allen zusammen. Ich wußte, daß Elistan nicht zu mir kommen konnte. Ich wußte, daß Tanis, der Halb-Elf, nicht zu mir kommen würde. Und so blieb mir keine andere Wahl, als...«

»Fahr fort«, unterbrach Astinus mit seiner tiefen, sachlichen Stimme. »Die Welt geht weiter, während wir hier sitzen. Du hast uns alle zusammengerufen. Das ist geschehen. Aus welchem Grund?«

Dalamar schwieg einen Moment, und sein Blick glitt wieder zum Feuer. Als er wieder sprach, sah er nicht auf.

»Unsere schlimmsten Befürchtungen haben sich bestätigt«, sagte er leise. »Er war erfolgreich.«

8

»Komm nach Hause...«

Die Stimme drang aus seinen Erinnerungen herüber. Jemand kniete neben dem Weiher seines Geistes und ließ Worte auf die ruhige, klare Oberfläche fallen. Wellen der Bewußtheit störten ihn und weckten ihn aus einem friedlichen, erholsamen Schlaf.

»Komm nach Hause... Mein Sohn, komm nach Hause.«

Raistlin öffnete die Augen und sah das Gesicht seiner Mutter.

Lächelnd streckte sie die Hand aus und strich das dünne weiße Haar aus seiner Stirn zurück. »Mein armer Sohn«, murmelte sie, ihre dunklen Augen waren weich vor Trauer und Mitleid und Liebe. »Was sie dir angetan haben! Ich habe alles gesehen. Und ich habe geweint. Ja, mein Sohn, auch die Toten weinen. Das ist unser einziger Trost. Aber jetzt ist alles vorbei. Du bist bei mir. Hier kannst du dich ausruhen...«

Raistlin richtete sich mühsam auf. Als er an sich herunterschaute, sah er zu seinem Entsetzen, daß er mit Blut überströmt war. Dennoch empfand er keinen Schmerz und schien keine Verletzungen erlitten zu haben. Das Atmen fiel ihm schwer, und er rang nach Luft.

»Komm, ich helfe dir«, sagte seine Mutter. Sie begann die silberne Kordel zu lösen, die um seine Hüfte geschlungen war, jene Kordel, an der seine Beutel hingen, seine wertvollen Zauberutensilien. Instinktiv schob Raistlin ihre Hand beiseite. Sein Atem ging jetzt leichter. Er sah sich um.

»Was ist geschehen? Wo bin ich?« Er war ziemlich verwirrt. Erinnerungen aus seiner Kindheit stiegen hoch. Erinnerungen aus zwei Kindheiten! Aus seiner... und aus der von einer anderen Person! Er betrachtete seine Mutter, und sie war jemand, den er kannte, und gleichzeitig war sie eine Fremde. »Was ist geschehen?« wiederholte er gereizt und drängte die aufsteigenden Erinnerungen zurück, die sein Bewußtsein zu überwältigen drohten.

»Du bist gestorben, mein Sohn«, antwortete seine Mutter sanft. »Und jetzt bist du hier bei mir.«

»Gestorben!« wiederholte Raistlin entgeistert. Hektisch stöberte er in seinem Gedächtnis. Er erinnerte sich, kurz vor dem Sterben gewesen zu sein... Wie kam es, daß er wahrhaftig versagt hatte? Er führte seine Hand zur Stirn und spürte... Fleisch, Knochen, Wärme... Und dann wußte er es wieder...

Das Portal!

»Nein«, schrie er wütend und funkelte seine Mutter an. »Das ist unmöglich.«

»Du hast die Kontrolle über die Magie verloren, mein Sohn«, erwiderte seine Mutter und streckte wieder ihre Hand aus, um Raistlin zu berühren. Er zog sich von ihr fort. Mit einem leichten, traurigen Lächeln – jenem Lächeln, an das er sich so gut erinnerte – ließ sie ihre Hand wieder in ihren Schoß fallen. »Das Feld hat sich verschoben. Die Kräfte haben dich entzweigerissen. Es folgte eine schreckliche Explosion, die die Ebene von Dergod verwüstete. Die magische Festung Zaman ist in sich zusammengestürzt.« Die Stimme seiner Mutter bebte. »Der Anblick deines Leidens war mehr, als ich ertragen konnte.«

»Ich erinnere mich«, flüsterte Raistlin und legte beide Hände an den Kopf. »Ich erinnere mich an den Schmerz... aber...« Er erinnerte sich auch an etwas anderes: an strahlende Blitze aus vielfarbigen Lichtern, er erinnerte sich an das Gefühl des Frohlockens und der Ekstase, das in seiner Seele aufstieg, er erinnerte sich an die Drachenköpfe, die das Portal bewachten und vor Zorn aufschrien, er erinnerte sich, daß er seine Arme um Crysania gelegt hatte.

Raistlin erhob sich und schaute sich um. Er stand auf einem flachen, gleichförmigen Boden – in irgendeiner Wüste. In der Ferne konnte er ein Gebirge erkennen. Es sah vertraut aus – natürlich! Thorbadin! Das Zwergenkönigreich. Er wandte sich um. Dort lagen die Ruinen der Festung wie ein Schädel, der das Land in seinen ewig grinsenden Mund schlang. Er stand also auf der Ebene von Dergod. Er erkannte die Landschaft wieder. Aber obwohl er sie wiedererkannte, schien sie ihm seltsam fremd. Alles war mit einem Hauch Rot überzogen, als müßte er seine Umgebung durch blutverschwommene Augen betrachten. Und obwohl alles genauso aussah wie in seiner Erinnerung, kam es ihm gleichzeitig fremd vor.

Jenes Schädeldach hatte er schon während des Lanzenkrieges gesehen. Er erinnerte sich aber nicht, daß es auf diese widerliche Weise gegrinst hatte. Auch das Gebirge hob sich scharf und deutlich vom Himmel ab. Der Himmel! Raistlin hielt den Atem an. Er war leer! Schnell sah er sich in alle Richtungen um. Nein, die Sonne war nicht zu sehen, aber es war auch nicht

Nacht. Keine Monde, keine Sterne standen im Himmel, der in einer seltsamen Farbe glühte – einem gedämpften Rosaton, dem schwachen Abglanz eines Sonnenuntergangs.

Er sah zu der Frau hinab, die vor ihm auf dem Boden kniete. Raistlin lächelte, und seine dünnen Lippen preßten sich grimmig zusammen. »Nein«, sagte er, und dieses Mal war seine Stimme fest und zuversichtlich. »Nein, ich bin nicht gestorben! Es ist mir gelungen.« Er machte eine Armbewegung. »Das ist der Beweis meines Erfolgs. Ich erkenne diesen Ort wieder. Der Kender hat ihn mir beschrieben. Er sagte, es wäre ein Ort wie alle anderen, an denen er je gewesen ist. Hier habe ich das Portal durchschritten, und jetzt stehe ich in der Hölle.«

Raistlin bückte sich, ergriff die Frau am Arm und zog sie auf die Füße. »Dämon, Geist! Wo ist Crysania? Sag es mir, wer oder was du auch immer bist! Sag es mir, oder, bei den Göttern, ich werde...«

»Raistlin! Hör auf, du tust mir weh!«

Raistlin zuckte zusammen und riß die Augen auf. Es war Crysania, die da sprach, Crysania, deren Arm er festhielt! Erschüttert lockerte er seinen Griff, aber in Sekundenschnelle war er wieder Herr über sich selbst. Sie versuchte sich loszumachen, aber er verstärkte seinen Griff und zog sie zu sich. »Crysania?« fragte er und musterte sie aufmerksam.

Sie sah verwirrt zu ihm auf. »Ja«, stammelte sie. »Was ist los, Raistlin? Du redest so merkwürdig.«

Der Erzmagier packte fester zu. Crysania schrie auf. Ja, der Schmerz in ihren Augen war real, genau wie ihre Angst. Lächelnd, seufzend legte Raistlin seine Arme um sie und drückte sie eng an sich. Sie war Fleisch, Wärme, Duft, klopfendes Herz...

»O Raistlin!« Sie kuschelte sich an ihn. »Ich hatte solch eine Angst. Dieser schreckliche Ort. Ich war so allein.«

Seine Hand fuhr durch ihr schwarzes Haar. Ihr weicher und duftender Körper berauschte ihn und erfüllte ihn mit Wünschen. Sie rückte dichter zu ihm und warf ihren Kopf zurück. Ihre Lippen waren weich und voller Erwartung, und sie zitterte in seinen Armen. Raistlin sah auf sie herab – und starrte in flammende Augen.

»Du bist also schließlich doch nach Hause gekommen, mein Magier!«

Schwülstiges Gelächter brannte in seinem Hirn, während sich der geschmeidige Körper in seinen Armen wand und bog – er hielt den Hals eines fünfköpfigen Drachen umklammert... Säure tröpfelte aus den klaffenden Kiefern auf ihn herab... Feuer toste um ihn herum... Schwefelgerüche ließen ihn würgen. Der Kopf schlängelte sich nach unten...

Verzweifelt und zornig beschwor Raistlin seine Magie. Doch während er noch die Worte des Verteidigungszaubers in seinem Gedächtnis bildete, spürte er schon einen Hauch von Zweifel. Vielleicht funktionierte die Magie nicht! Ich bin geschwächt, vielleicht hat die Reise durch das Portal meine Kräfte aufgezehrt. Angst, so scharf und schlank wie die Klinge eines Dolches, bohrte sich durch seine Seele. Die Worte des Zaubers entglitten ihm, und Panik überschwemmte seinen Körper. Die Königin! Fs ist ihr Tun... Nein! Das stimmte nicht. Er hörte Gelächter, siegesgewisses Gelächter...

Leuchtendweißes Licht blendete ihn. Er fiel, fiel, fiel endlos wie in einer Spirale von der Dunkelheit in die Helligkeit des Tages.

Als Raistlin die Augen aufschlug, sah er in Crysanias Gesicht.

Ihr Gesicht, aber es war nicht das Gesicht, das er kannte. Es alterte, es starb, noch während er es ansah. In ihrer Hand hielt sie das Platinmedaillon von Paladin. Sein reiner weißer Glanz strahlte hell im unheimlich rosafarbenen Licht um sie herum. Raistlin schloß seine Augen, um den Anblick des alternden Gesichts der Klerikerin vertreiben zu können, rief Erinnerungen zurück, wie sie in der Vergangenheit ausgesehen hatte – zierlich, wunderschön, voller Liebe und Leidenschaft. Ihre Stimme drang zu ihm, kühl, fest.

»Ich habe dich fast verloren.«

Ohne seine Augen zu öffnen, ergriff er ihre Arme und hielt sie verzweifelt fest. »Wie sehe ich aus? Sag es mir! Habe ich mich verändert, oder nicht?«

»Du bist noch so wie damals, als ich dich in der Großen Bibliothek kennenlernte«, antwortete Crysania. Ihre Stimme war immer noch fest, zu fest – angespannt, nervös.

Ja, dachte Raistlin. Ich bin so, wie ich war. Und das bedeutet, daß ich in die Gegenwart zurückgekehrt bin. Er spürte seine alte Zerbrechlichkeit, die alte Schwäche, den brennenden Schmerz in seiner Brust und mit ihm die erstickende Heiserkeit seines Hustens, als ob in seinen Lungen Spinngewebe wüchsen. Er brauchte nur die Augen zu öffnen, das wußte er, und dann würde er die goldgefärbte Haut, das weiße Haar, die Stundenglasaugen sehen... Er schob Crysania von sich, rollte sich auf den Bauch, ballte vor Zorn seine Fäuste und schluchzte vor Wut und Angst.

»Raistlin!« Echtes Entsetzen lag jetzt in Crysanias Stimme. »Was ist los? Raistlin, wo sind wir? Was stimmt nur nicht?«

»Ich habe es geschafft«, stöhnte er. Er öffnete seine Augen und beobachtete ihr Gesicht, wie es weiter verfiel. »Ich habe es geschafft. Wir sind in der Hölle.«

Ihre Augen öffneten sich weit, und ihre Lippen teilten sich. Angst mischte sich mit Freude.

Raistlin lächelte bitter. »Und meine Magie ist verschwunden.«

Verblüfft starrte Crysania ihn an. »Ich verstehe nicht...«

Raistlin krümmte sich vor Qual und schrie sie an: »Meine Magie ist verschwunden! Ich bin schwach, hilflos – hier, in ihrem Reich!« Plötzlich besann er sich, daß *sie* vielleicht zuhören könnte, daß sie ihn beobachtete und seine Hilflosigkeit genoß, und er erstarrte. Er sah sich vorsichtig um.

»Aber nein, noch hast du mich nicht besiegt!« flüsterte er. Seine Hand schloß sich um den Stab des Magus, der an seiner Seite lag. Er stützte sich schwer auf ihn und zog sich auf die Füße. Crysania legte sanft ihren starken Arm um ihn und half ihm beim Aufstehen. »Nein«, murmelte er, starrte dabei in die Unermeßlichkeit der verlassenen Ebenen und in den rosafarbenen, leeren Himmel. »Ich weiß, wo du bist! Ich spüre es! Du bist in der Heimat der Götter. Ich aber weiß, wo das Land liegt. Ich weiß, wie ich mich bewegen muß. Der Kender lieferte mir in seinen Fieberträumen den Schlüssel. Das Land unten spiegelt das Land wider, das oben liegt. Ich werde dich finden, auch wenn die Reise lang und tückisch sein wird.

Ja« – er schaute sich noch einmal um – »ich spüre, wie du in mein Bewußtsein eindringst, wie du meine Gedanken liest und alles im voraus siehst, was ich sagen und machen werde. Du glaubst, es sei einfach, mich zu besiegen! Aber ich spüre auch deine Verwirrung. Denn jemand ist bei mir, dessen Bewußtsein du nicht berühren kannst! Crysania verteidigt und beschützt mich, nicht wahr?«

»Ja, Raistlin«, flüsterte Crysania, die den Erzmagier noch immer stützte.

Raistlin machte einen Schritt, einen zweiten und einen weiteren. Er lehnte sich an Crysania, er lehnte sich auf seinen Stab. Und immer noch bedeutete jeder Schritt eine Qual, jeder Atemzug brannte. Als er sich auf dieser Welt umschaute, sah er nur Leere.

Und auch in seinem Inneren war nur Leere. Seine Magie war verschwunden.

Raistlin taumelte. Crysania fing ihn auf und hielt ihn fest. Als sie ihn an sich drückte, liefen Tränen über ihre Wangen.

Er konnte Gelächter hören…

Vielleicht sollte ich jetzt aufgeben! dachte er in bitterster Verzweiflung. Ich bin so müde, so furchtbar müde. Und ohne meine Magie, was bleibt da von mir?

Nichts. Nichts als ein schwaches, erbärmliches Kind…

Nach den Worten Dalamars herrschte lange Zeit Schweigen im Zimmer. Dann wurde das Schweigen durch das Kratzen eines Federhalters unterbrochen. Astinus zeichnete die Worte des Dunkelelfen in seinem großen Buch auf.

»Möge Paladin Gnade walten lassen«, murmelte Elistan. »Ist sie bei ihm?«

»Natürlich«, schnappte Dalamar gereizt und enthüllte eine Nervosität, die er trotz aller Gefaßtheit nicht verbergen konnte. »Was denkst du denn, wie er sonst erfolgreich hätte sein können? Das Portal ist allen verschlossen außer den vereinigten Kräften eines schwarzgekleideten Zauberers mit einer Macht, wie er sie hat, und eines weißgekleideten Klerikers mit derart starkem Glauben, wie sie ihn bewiesen hat.«

Tanis sah verwirrt von einem zum anderen. »Hört mal«, erklärte er wütend, »ich verstehe überhaupt nichts. Was ist überhaupt los? Über wen sprecht ihr eigentlich? Raistlin? Was macht er? Hat es etwas mit Crysania zu tun? Und was ist mit Caramon? Er ist doch auch verschwunden. Zusammen mit Tolpan! Ich…«

»Beherrsche die menschliche Hälfte deines Wesens in ihrer Ungeduld, Halb-Elf«, bemerkte Astinus, der immer noch mit ruhigen schwarzen Federzügen schrieb. »Und du, Dunkelelf, beginn mit dem Anfang anstatt mit der Mitte.«

»Beziehungsweise mit dem Ende, wie es der Fall zu sein scheint«, warf Elistan mit leiser Stimme ein.

Dalamar befeuchtete seine Lippen mit Wein – sein Blick blieb starr aufs Feuer gerichtet – und erzählte die seltsame Geschichte, von der Tanis bis jetzt nur Teile kannte. Vieles hätte der Halb-Elf vermuten können, vieles erstaunte ihn, und vieles erfüllte ihn mit Entsetzen.

»Crysania war von Raistlin gefesselt. Und wenn die volle Wahrheit gesagt werden soll, so bin ich überzeugt, daß auch er von ihr angezogen war. Wer kann das bei ihm schon genau sagen? Eiswasser ist zu heiß für seine Adern. Wer weiß, wie lange er das geplant und davon geträumt hat? Aber schließlich war er bereit. Er plante eine Reise in die Vergangenheit, um etwas zu suchen, was ihm fehlte – das Wissen des größten Zauberers, der je gelebt hatte, das Wissen von Fistandantilus.

Er stellte Crysania eine Falle, weil er plante, sie zu sich in die Vergangenheit zu locken, so wie auch seinen Zwillingsbruder…«

»Caramon?« fragte Tanis erstaunt.

Dalamar ignorierte die Frage. »Aber etwas Unvorhergesehenes geschah. Die Halbschwester des Meisters Kitiara, eine Drachenfürstin…«

Das Blut pochte in Tanis' Kopf und ließ seine Sicht verschwimmen und sein Gehör verdunkeln. Er spürte, daß das Blut auch in seinem Gesicht pulsierte. Er glaubte, daß seine Haut bei einer Berührung aufflammen würde, so heiß war sie.

Kitiara!

Sie stand wieder vor ihm: Ihre dunklen Augen funkelten, dunkles Haar lockte sich um ihr Gesicht, und ihre Lippen teilten sich leicht zu diesem bezaubernden, verschmitzten Lächeln. Das Licht spiegelte sich in ihrer Rüstung...

Sie sah auf ihn herab vom Rücken ihres blauen Drachen, umgeben von ihren Lakaien, herrschaftlich und mächtig, stark und skrupellos...

Sie lag in seinen Armen, liebend, lachend....

Obwohl er ihn nicht sehen konnte, spürte Tanis Elistans mitfühlenden und mitleidigen Blick. Er zuckte vor dem strengen, wissenden Blick von Astinus zurück. Eingehüllt in seine eigene Schuld, seine eigene Schande, seine eigene Erbärmlichkeit bemerkte Tanis nicht, daß auch Dalamars Gesichtsfarbe sich geändert hatte, die jedoch eher blaß und nicht gerötet war. Er hörte auch nicht das Beben in der Stimme des Dunkelelfen, als er von Kitiara sprach.

Mühsam gewann Tanis seine Fassung wieder und hörte weiter zu. Aber er spürte wieder den alten Schmerz in seinem Herzen, einen Schmerz, von dem er dachte, er hätte ihn für immer verbannt. Er war glücklich mit Laurana. Er liebte sie tiefer und zärtlicher, als er gedacht hatte, daß ein Mann eine Frau lieben könnte. Er war mit sich im Frieden. Sein Leben war reich und erfüllt. Und jetzt mußte er verblüfft feststellen, daß diese Dunkelheit noch immer in ihm war, eine Dunkelheit, von der er dachte, er hätte sie für ewig vertrieben.

»Auf Kitiaras Befehl warf der tote Ritter Lord Soth einen Zauber auf Crysania, einen Zauber, der sie hätte töten müssen. Aber Paladin mischte sich ein. Er nahm ihre Seele zu sich und ließ nur ihre Körperschale zurück. Ich dachte, der Meister wäre besiegt. Aber keineswegs. Er münzte den Verrat seiner Schwester zu seinem Vorteil um. Sein Zwillingsbruder Caramon und der Kender Tolpan brachten Crysania zum Turm der Erzmagier nach Wayreth, weil sie hofften, daß die Magier sie heilen könnten. Es stand aber nicht in ihrer Macht, was Raistlin nur zu gut wußte. Sie konnten sie lediglich in die Vergangenheit zurückschicken, in eine Epoche der Geschichte von Krynn, in der ein Königspriester lebte, der mächtig genug war, Paladin aufzurufen, die Seele der Frau wieder ihrem Körper zurückzugeben. Das aber entsprach genau Raistlins Wünschen.«

Dalamar ballte seine Fäuste. »Ich hatte das den Magiern auch gesagt! Narren! Ich sagte ihnen, daß sie sie direkt in seine Hände spielen würden.«

»Du hast ihnen das gesagt?« Tanis fühlte sich wieder gefaßt genug, um diese Frage zu stellen. »Du hast ihn verraten, deinen Meister?« Er schnaubte ungläubig.

»Ich spiele ein gefährliches Spiel, Halb-Elf.« Dalamar sah ihn jetzt offen an, seine Augen leuchten von innen heraus, wie die glühende Kohle im Feuer. »Ich bin ein Spion, den die Versammlung der Magier ausgesandt hat, jeden Schritt von Raistlin zu beobachten. Ja, du kannst ruhig erstaunt sein. Sie fürchten ihn – alle Orden fürchten ihn, die Weißen, die Roten, sogar die Schwarzen. Besonders die Schwarzen, weil wir unser Schicksal kennen, falls er zur Macht gelangen sollte.«

Während Tanis ihn noch anstarrte, hob der Dunkelelf seine Hand und teilte langsam die vorderen Falten seiner schwarzen Robe und legte seine Brust frei. Fünf eiternde Wunden verunstalteten die Oberfläche seiner glatten Haut. »Das Zeichen seiner Hand«, erklärte Dalamar mit ausdrucksloser Stimme. »Die Belohnung für meinen Verrat.«

Tanis konnte Raistlin plötzlich sehen, wie er seine dünnen,

goldenen Finger auf die Brust des jungen Dunkelelfen legte, er konnte plötzlich Raistlins Gesicht sehen – ohne Gefühl, ohne Bösartigkeit, ohne Grausamkeit, ohne jeglichen Hauch von Menschlichkeit –, und er konnte diese Finger das Fleisch seines Opfers brandmarken sehen. Er schüttelte den Kopf, Übelkeit fühlte er in sich hochsteigen und sank auf seinen Stuhl zurück, den Blick auf den Boden gerichtet.

»Aber sie hörten mir nicht zu«, fuhr Dalamar fort. »Sie klammerten sich an einen Strohhalm. Wie Raistlin vorausgesehen hatte, lag ihre größte Hoffnung in ihrer größten Angst. Sie faßten den Entschluß, Crysania in die Vergangenheit zu schicken, angeblich, damit der Königspriester ihr helfen könne. Das erzählten sie Caramon, da sie wußten, daß er sich sonst verweigert hätte. Aber in Wirklichkeit schickten die Magier sie zum Sterben zurück oder daß sie zumindest verschwinden würde, so wie alle anderen Kleriker vor der Umwälzung verschwanden. Und sie hofften, daß Caramon in der Vergangenheit die Wahrheit über seinen Zwillingsbruder erfahren würde: daß Raistlin in Wirklichkeit Fistandantilus war. Und sie hofften, daß er gezwungen sein würde, seinen Bruder zu töten.«

»Caramon?« Tanis lachte bitter, und wieder verfinsterte sich sein Gesicht vor Zorn. »Wie konnten sie bloß so etwas denken? Der Mann ist krank! Das einzige, was Caramon noch töten kann, ist eine Flasche Zwergenspiritus! Raistlin hat ihn bereits zerstört. Warum haben sie nicht…«

Als Tanis Astinus' gereizten Blick bemerkte, verstummte er. Seine Gedanken wirbelten wild umher. Das alles ergab keinen Sinn! Er sah zu Elistan hinüber. Der Kleriker mußte bereits alles gewußt haben. Sein Gesicht zeigte weder Entsetzen noch Überraschung – selbst als er gehört hatte, daß die Magier Crysania zum Sterben in die Vergangenheit geschickt hatten. Aus seinem Gesicht sprach lediglich tiefer Kummer.

Dalamar erzählte weiter. »Aber der Kender, Tolpan Barfuß, verwirrte Par-Salians Zauber und reiste zufällig mit Caramon zurück in die Vergangenheit. Durch das Auftauchen eines Kenders im Fluß der Zeit wurde es möglich, die Zeit zu verändern. Über die Ereignisse in Istar können wir nur Vermutungen anstellen. Wir wissen aber, daß Crysania nicht starb. Caramon hat seinen Bruder nicht umgebracht. Und Raistlin war in seinem Bestreben erfolgreich, das Wissen von Fistandantilus zu erlangen. Er nahm Crysania und Caramon mit sich und bewegte sich nach vorne im Fluß der Zeit, dorthin, wo Crysania die einzig wahre Klerikerin im ganzen Lande sein würde. Er reiste in die Epoche unserer Geschichte, in der die Königin der Finsternis am verwundbarsten und unfähig war, ihn aufzuhalten.

So wie Fistandantilus vor ihm, ließ Raistlin den Zwergentorkrieg entbrennen und erhielt so Zutritt zum Portal, das zu jener Zeit in der magischen Festung Zaman stand. Wenn die Geschichte sich vollständig wiederholt hätte, wäre Raistlin in diesem Portal gestorben, denn dort fand Fistandantilus seinen Untergang.«

»Darauf hatten wir gebaut«, murmelte Elistan, und seine Hände zogen schwach an den Bettdecken, unter denen er lag. »Par-Salian war sich sicher, es bestehe keine Möglichkeit, daß Raistlin die Geschichte verändern könnte...«

»Dieser erbärmliche Kender!« knurrte Dalamar. »Par-Salian hätte es wissen müssen. Es hätte ihm klar sein müssen, daß diese elende Kreatur genau das tun würde, was er auch getan hatte – jede Gelegenheit ergreifen, ein neues Abenteuer zu erleben! Er hätte unseren Rat annehmen und diesen kleinen Bastard unschädlich machen müssen...«

»Sag mir rasch, was mit Tolpan und Caramon geschehen ist«, unterbrach ihn Tanis kalt. »Es interessiert mich nicht, was aus Raistlin geworden ist oder – entschuldige mich, Elistan – aus

Crysania. Sie war von ihrer eigenen Güte geblendet. Es tut mir leid für sie, aber sie weigerte sich, die Augen zu öffnen und die Wahrheit zu sehen. Meine Freunde interessieren mich. Was ist aus ihnen geworden?«

»Wir wissen es nicht«, antwortete Dalamar. Er zuckte die Achseln. »Aber an deiner Stelle würde ich die Hoffnung aufgeben, sie in diesem Leben wiederzusehen, Halb-Elf... Sie sind für den Meister von zu geringem Nutzen.«

»Dann hast du mir schon alles gesagt, was ich wissen muß«, entgegnete Tanis. Seine Stimme war vor Trauer und Zorn angespannt. Der Halb-Elf stand auf. »Das letzte, was ich je tun würde, wäre, Raistlin zu suchen, und ich...«

»Setz dich, Halb-Elf«, gebot ihm Dalamar. Er hatte seine Stimme nicht erhoben, aber in seinen Augen lag ein gefährliches Glitzern. Tanis griff nach dem Knauf seines Schwertes, nur um erinnert zu werden, daß er es nicht mehr trug, seit er den Tempel Paladins betreten hatte. Voll Zorn und unfähig zu sprechen verbeugte sich Tanis vor Elistan und auch vor Astinus und wollte zur Tür gehen.

»Es wird dich dennoch interessieren, was aus Raistlin geworden ist, Tanis, Halb-Elf«, wurde er von Dalamars gelassener Stimme aufgehalten, »weil es dich nämlich betrifft. Es betrifft uns alle. Ich sage doch die Wahrheit, Verehrter Sohn?«

»Er hat recht, Tanis«, sagte Elistan. »Ich verstehe deine Gefühle, aber du mußt sie jetzt vergessen!«

Astinus sagte nichts. Nur das Kratzen seines Federhalters war ein Zeichen für die Anwesenheit des Mannes im Zimmer. Tanis ballte die Fäuste, und mit einem bösartigen Fluch, der sogar Astinus aufblicken ließ, wandte sich der Halb-Elf an Dalamar. »Nun gut. Was könnte Raistlin möglicherweise noch anstellen, was weiterhin jene um ihn herum verletzt, sie quält und zerstört?«

»Ich sagte anfangs, daß sich unsere schlimmsten Befürchtungen bereits bestätigt haben«, erwiderte Dalamar, und seine schrägen Elfenaugen begegneten den leicht schrägen Augen des Halb-Elfen.

»Und?« schnappte Tanis ungeduldig, der immer noch stand.

Dalamar machte eine Pause. Astinus sah wieder auf und zog seine grauen Augenbrauen in wilder Verärgerung zusammen.

»Raistlin hat die Hölle betreten. Er und Crysania werden die Königin der Finsternis herausfordern.«

Tanis starrte Dalamar ungläubig an. Auf einmal brach er in wildes Gelächter aus. »Nun«, sagte er schulterzuckend, »mir scheint, daß ich mir deswegen keine Sorgen machen muß. Der Magier hat seinen eigenen Untergang bereits besiegelt.«

Aber Tanis' Gelächter fand keine Zustimmung. Dalamar musterte ihn mit kühler, zynischer Belustigung, als ob er diese lächerliche Reaktion von einem Halbmenschen erwartet hätte. Astinus schnaufte und schrieb weiter. Elistans zerbrechliche Schultern sackten zusammen. Er schloß die Augen und lehnte sich in seine Kissen zurück.

Tanis starrte sie alle verständnislos an. »Ihr könnt das doch nicht ernsthaft für eine Bedrohung halten!« herrschte er sie an. »Bei den Göttern, ich habe selbst vor der Königin der Finsternis gestanden! Ich habe ihre Macht gespürt und ihre Majestät... und das war zu einer Zeit, als sie nur teilweise auf dieser Existenzebene weilte.« Der Halb-Elf erschauerte unwillkürlich. »Ich kann mir einfach nicht vorstellen, wenn man sie auf ihrer eigenen... eigenen...«

»Du stehst damit nicht allein, Tanis«, murmelte Elistan erschöpft. »Auch ich hatte eine Begegnung mit der Dunklen Königin.« Er öffnete die Augen und lächelte matt. »Überrascht dich das? Auch ich hatte meine Prüfungen und Versuchungen. Wie jeder andere Mensch auch.«

»Nur einmal ist sie zu mir gekommen.« Dalamar erblaßte, und in seinen Augen lag Angst. Er befeuchtete die Lippen. »Und das war, um mir diese Botschaften zu überbringen.«

Astinus sagte nichts, aber er hatte mit dem Schreiben jetzt aufgehört. Gestein selbst verriet mehr als die Miene des Historikers.

Tanis schüttelte verwundert den Kopf. »Du hast die Königin getroffen, Elistan? Du erkennst ihre Macht an? Und trotzdem bist du überzeugt, daß ein zerbrechlicher und kränkelnder Zauberer und eine altjüngferliche Klerikerin ihr irgend etwas antun könnten?«

Elistans Augen blitzten auf, und seine Lippen zogen sich zusammen. Tanis wußte, daß er zu weit gegangen war. Er errötete, kratzte sich am Bart und wollte sich entschuldigen, doch dann schloß er dickköpfig den Mund. »Es ergibt keinen Sinn«, murmelte er, ging zurück und warf sich wieder auf seinen Stuhl.

»Also, wie in der Hölle können wir ihn aufhalten?« Als Tanis klar wurde, was er da gesagt hatte, lief er rot an. »Es tut mir leid«, murmelte er. »Ich wollte jetzt keinen Witz darüber machen. Alles, was ich sagen will, scheint falsch zu werden. Aber, verdammt, ich verstehe es nicht! Sollen wir Raistlin aufhalten oder ihn anspornen?«

»Du kannst ihn nicht aufhalten«, mischte sich Dalamar kühl ein, bevor Elistan etwas sagen konnte. »Das können nur wir Magier allein. Seitdem wir vor vielen Wochen von dieser Bedrohung erfahren haben, planen wir und bereiten uns vor. Verstehst du, Halb-Elf: Was du gesagt hast, ist teilweise korrekt. Raistlin weiß auch, was wir alle wissen, daß er die Königin der Finsternis nicht auf ihrer eigenen Existenzebene besiegen kann. Folglich plant er, sie hervorzulocken und sie durch das Portal hier in diese Welt zu bringen...«

Tanis hatte ein Gefühl, als hätte er einen harten Schlag in den

Magen erhalten. Einen Augenblick konnte er nicht atmen. »Das ist Wahnsinn«, gelang es ihm schließlich zu keuchen. Seine Hände klammerten sich um die Lehnen seines Stuhls, und seine Knöchel liefen vor Anspannung weiß an. »Wir haben sie in Neraka kaum besiegen können! Er will sie wirklich zurück in diese Welt bringen?«

»Falls wir ihn nicht aufhalten können«, fuhr Dalamar fort, »was meine Pflicht ist, wie ich gesagt habe.«

»Und was also sollen wir unternehmen?« verlangte Tanis zu wissen und beugte sich nach vorne. »Warum hast du uns hierher gerufen? Sollen wir herumsitzen und zuschauen...«

»Geduld, Tanis!« ermahnte ihn Elistan. »Du bist nervös und verängstigt. Wir alle teilen diese Gefühle.«

Mit Ausnahme dieses granitherzigen Historikers, dachte Tanis verbittert...

»Aber mit voreiligen Taten und wilden Worten werden wir nichts gewinnen.« Elistan sah hinüber zu dem Dunkelelfen, und seine Stimme wurde sanfter. »Ich glaube, das Schlimmste haben wir noch gar nicht erfahren, nicht wahr, Dalamar?«

»Ja, Verehrter Sohn«, antwortete Dalamar, und Tanis war überrascht, einen Hauch von Gefühlen in den schrägen Augen des Elfen flackern zu sehen. »Ich habe die Nachricht erhalten, daß die Drachenfürstin Kitiara...« Der Elf würgte leicht, räusperte sich und fuhr entschlossen fort: »Kitiara plant einen Großangriff auf Palanthas.«

Tanis sank auf seinen Stuhl zurück. Sein erster Gedanke war bittere, zynische Belustigung: Das habe ich dir gesagt, Herrscher Amothud. Ich habe es auch dir erklärt, Porthios. Ich sagte es euch allen, die ihr wieder in eure netten, warmen, kleinen Nester zurückkriechen wolltet und vorgabt, daß der Krieg sich niemals ereignet hätte. Tanis' nächste Gedanken waren nüchterner. Erinnerungen kehrten zurück – die Stadt Tarsis in Flammen, die Drachenarmeen, die Solace erobert hatten, der Schmerz, das Leiden... Tod.

Elistan sagte etwas, aber Tanis konnte ihn nicht verstehen. Er lehnte sich zurück, schloß seine Augen und versuchte zu denken. Er erinnerte sich daran, daß Dalamar etwas über Kitiara gesagt hatte, aber was war es gewesen? Es trieb an fernen Gestaden seines Bewußtseins. Er hatte über Kitiara nachgedacht. Er hatte nicht aufgepaßt.

»Wartet!« Tanis richtete sich auf, denn plötzlich erinnerte er sich wieder. »Du hast gesagt, Kitiara wäre voller Groll gegen Raistlin. Du hast gesagt, sie sei genauso verängstigt wie wir, daß die Königin wieder diese Welt betreten könnte. Das war der Grund, warum sie Soth befahl, Crysania zu töten. Wenn das aber stimmt, warum will sie dann Palanthas angreifen? Das ergibt keinen Sinn! Ihre Macht in Sanction wächst täglich. Alle bösen Drachen haben sich dort versammelt, und aus den Berichten geht hervor, daß die Drakonier, die nach dem Krieg überall verstreut waren, sich ebenfalls unter ihrem Kommando sammeln. Aber Sanction ist von Palanthas weit entfernt. Dazwischen liegt das Land der Ritter von Solamnia. Die guten Drachen werden aufstehen und kämpfen, wenn die Drachen des Bösen sich wieder am Himmel zeigen. Warum? Warum sollte sie alles aufs Spiel setzen, was sie gewonnen hat? Und wofür...«

»Du kennst doch Fürstin Kitiara, glaube ich, Halb-Elf?« unterbrach ihn Dalamar.

Tanis würgte, hustete und murmelte etwas Unverständliches.

»Wie bitte?«

»Ja, verdammt, ich kenne sie!« schnappte Tanis, erhaschte Elistans Blick und sank wieder auf seinen Stuhl zurück. Er spürte seine Haut brennen.

»Du hast recht«, sagte Dalamar ruhig, und ein Hauch von Belustigung lag in seinen hellen Elfenaugen. »Als Kitiara von Raistlins Plan erfuhr, war sie zunächst verängstigt. Natürlich nicht seinetwegen, sondern weil sie Angst hatte, daß er den Zorn der Dunklen Königin über sie bringen würde. Aber« – Dalamar zuckte die Achseln – »das war zu einer Zeit, als Kitiara glaubte, daß Raistlin verlieren würde. Jetzt scheint sie zu erwägen, daß er eine Chance hat zu gewinnen. Und sie versucht immer, auf der Gewinnerseite zu stehen. Sie plant, Palanthas zu erobern und damit bereit zu sein, den Zauberer zu begrüßen, wenn er durch das Portal kommt. Sie wird ihrem Bruder die Macht ihrer Soldaten zur Verfügung stellen. Wenn er stark genug ist – und zu der Zeit könnte das der Fall sein –, kann er problemlos die bösen Kreaturen der Dunklen Königin abspenstig machen, um ihre Ergebenheit seinem Zweck dienlich zu machen.«

»Kitiara?« Jetzt war Tanis an der Reihe, belustigt zu schauen. Dalamar knurrte leicht.

»O ja, Halb-Elf. Ich kenne Kitiara genauso gut wie du.«

Aber der sarkastische Ton in der Stimme des Dunkelelfen versagte und verkehrte sich unbewußt in Bitterkeit. Seine schlanken Hände ballten sich zusammen. Tanis nickte im plötzlichen Verstehen und empfand, merkwürdig genug, eine seltsame Sympathie für den jungen Elfen.

»Sie hat dich also auch verraten«, murmelte Tanis leise. »Sie hat dir Unterstützung gelobt. Sie sagte, sie würde da sein und an deiner Seite stehen. Falls Raistlin zurückkehrte, würde sie an deiner Seite kämpfen.«

Dalamar erhob sich, und seine schwarzen Roben raschelten um ihn. »Ich habe ihr niemals vertraut«, sagte er kalt, aber er drehte ihnen den Rücken zu und starrte angestrengt in die Flammen. Und er hielt sein Gesicht abgewendet. »Ich wußte, zu welchem Verrat sie fähig sein könnte. Das war für mich keine Überraschung.«

Aber Tanis bemerkte, daß die Hand, die sich an dem Kaminsims klammerte, weiß anlief.

»Wer hat dir das alles gesagt?« unterbrach Astinus abrupt. Tanis schreckte zusammen. Er hatte die Anwesenheit des Historikers beinahe vergessen. »Sicherlich nicht die Dunkle Königin. Es würde sie niemals interessieren.«

»Nein, nein.« Dalamar wirkte einen Augenblick verwirrt. Offensichtlich war er mit seinen Gedanken weit entfernt. Seufzend sah er wieder zu ihnen herüber. »Lord Soth, der tote Ritter, hat mir das gesagt.«

»Soth?« Tanis hatte das Gefühl, daß er langsam die Kontrolle über die Wirklichkeit verlor.

Hektisch suchten seine Gedanken einen Halt. Magier, die Magiern nachspionierten. Kleriker des Lichtes, die sich mit Zauberern der Dunkelheit zusammenschließen. Dunkelheit, die dem Licht vertraut, das sich gegen die Dunkelheit richtet. Licht, das sich der Dunkelheit zuwendet...

»Soth ist Kitiara treu ergeben!« murmelte Tanis verwirrt. »Warum sollte er sie verraten?«

Dalamar wandte sich vom Feuer ab und sah Tanis wieder in die Augen. Für den Augenblick eines Herzschlags war ein Band zwischen ihnen beiden, ein Band, geschmiedet durch geteiltes Verstehen, geteiltes Leid, geteilte Qual, geteilte Leidenschaft. Und plötzlich verstand Tanis alles, und seine Seele schrumpfte vor Entsetzen zusammen.

»Er will sie tot«, erwiderte Dalamar.

10

Der Junge lief durch die Straßen von Solace. Er war nicht attraktiv, und das wußte er – so wie er viel über sich wußte, was Kindern nicht häufig gegeben ist. Aber er verbrachte viel Zeit mit sich selbst.

Heute jedoch war er nicht allein. Sein Zwillingsbruder, Caramon, war bei ihm. Raistlin blickte finster. Er schlurfte durch die staubigen Dorfstraßen und beobachtete den Staub, wie er in Wolken um ihn aufwirbelte. Er lief dort zwar nicht allein, aber auf eine merkwürdige Art war er mit Caramon eher allein als ohne ihn. Viele Menschen riefen seinem liebenswürdigen, gutaussehenden Zwillingsbruder Grüße zu. Doch niemals galt ihm ein Wort. Alle riefen Caramon, er solle sich zu ihren Spielen gesellen. Niemand lud Raistlin ein. Die Mädchen sahen Caramon auf diese besondere Art aus den Augenwinkeln an, die Mädchen eben eigen ist. Mädchen bemerkten Raistlin niemals.

»He, Caramon, möchtest du König des Schlosses spielen?« gellte eine Stimme.

»Möchtest du, Raist?« fragte Caramon, und sein Gesicht strahlte erwartungsvoll auf. Kräftig und athletisch wie er war, genoß Caramon das rauhe, anstrengende Spiel. Aber Raistlin wußte, daß er sich bald schwach und schwindelig fühlen würde, wenn er sich auf ein Spiel einließ. Und er wußte vorher, daß die anderen Jungen sich streiten würden, welche Mannschaft ihn aufnehmen müßte.

»Nein, aber geh nur.«

Caramon machte ein langes Gesicht. Mit einem Schulterzukken sagte er dann: »Nein, ist schon in Ordnung, Raistlin. Ich bleibe lieber bei dir.«

Raistlin spürte, wie sich seine Kehle zusammenzog und wie sich sein Magen verkrampfte. »Nein, Caramon«, wiederholte er leise, »es ist in Ordnung. Mach schon und geh spielen.«

»Du siehst aus, als ob du dich nicht gut fühlst, Raist«, sagte Caramon. »Es ist nicht so wichtig. Wirklich. Komm schon, zeig mir den neuen Zaubertrick, den du gelernt hast – den mit den Münzen…«

»Behandel mich nicht so!« hörte Raistlin sich schreien. »Ich brauche dich nicht! Ich will dich nicht in meiner Nähe haben! Geh schon! Geh und spiel mit diesen Narren! Ihr alle zusammen seid ein Haufen Narren! Ich brauche keinen von euch!«

Caramons Gesicht fiel zusammen. Raistlin kam sich vor, als hätte er gerade einen Hund getreten. Dies Gefühl machte ihn nur noch zorniger. Er wandte sich ab.

»Sicher, Raist, wenn du es so möchtest«, murmelte Caramon.

Über seine Schulter sah Raistlin seinen Zwillingsbruder zu den anderen laufen. Mit einem Seufzer setzte er sich an einen schattigen Platz, zog eines seiner Zauberbücher aus seinem Beutel, versuchte, die Rufe, das Lachen und Grüßen zu überhören, und begann zu studieren. Bald schon zog ihn der Reiz der Magie vom Staub und dem Lachen und den verletzten Augen seines Bruders fort. Sie führte ihn in ein verzaubertes Land, in dem *er* die Elemente kommandierte, in dem *er* die Wirklichkeit kontrollierte...

Das Zauberbuch fiel aus seinen Händen und landete im Staub zu seinen Füßen. Raistlin sah erschreckt auf. Zwei Jungen hatten sich vor ihm aufgebaut. Einer hielt einen Stock in der Hand. Er stieß damit gegen das Buch, dann hob er den Stock und stieß Raistlin hart gegen die Brust.

Ihr seid Wanzen, teilte Raistlin den Jungen stumm mit. Insekten. Ihr bedeutet mir nichts. Weniger als nichts. Den Schmerz in seiner Brust überging er, das vor ihm stehende Insektenleben übersah er und streckte seine Hand nach dem Buch aus. Einer der Jungen trat auf seine Finger.

Noch ängstlich, wobei inzwischen bereits der Zorn überwog, erhob sich Raistlin. Seine Hände waren sein Lebensunterhalt. Mit ihnen konnte er mit den zerbrechlichen Zauberzutaten hantieren, mit ihnen zeichnete er die Linien der feinen, geheimnisvollen Symbole seiner Kunst in der Luft nach.

»Laßt mich in Ruhe«, sagte er kalt, und die Art, wie er sie anherrschte, und der Blick in seinen Augen ließ die zwei Jungen einen Augenblick verblüfft innehalten. Aber inzwischen hatte sich um sie eine Zuschauermenge geschart. Die anderen Jungen hatten ihr Spiel aufgegeben und traten nun hinzu, um sich den Spaß anzusehen. In dem Bewußtsein, daß die anderen ihn beobachteten, weigerte sich der Junge mit dem Stock, diesen mageren, winselnden, schleichenden Bücherwurm in Ruhe zu lassen.

»Was willst du denn mit mir machen?« höhnte der Junge. »Willst du mich etwa in einen Frosch verwandeln?«

Gelächter folgte. Die Worte eines Zaubers formten sich in

Raistlins Gedächtnis. Es war ein Zauberspruch, den er noch nicht gelernt haben durfte, es war ein Angriffszauber, ein verletzender Zauber, ein Zauber, der nur in echter Gefahr anzuwenden war. Sein Meister würde fuchsteufelswild werden. Raistlin lächelte mit schmalen Lippen. Angesichts dieses Lächelns und des Blicks in seinen Augen schreckte einer der Jungen zurück.

»Laß uns gehen«, murmelte er seinem Gefährten zu.

Aber der andere Junge blieb stehen. Hinter ihm konnte Raistlin seinen Bruder mit wütendem Gesicht in der Menge stehen sehen.

Raistlin begann die Worte zu sprechen, und dann erstarrte er. Nein! Irgend etwas stimmte nicht! Er hatte etwas vergessen! Seine Magie würde nicht funktionieren! Nicht hier! Seine Worte kamen als sinnloses Gestammel hervor. Sie ergaben keinen Sinn. Nichts geschah! Die Jungen lachten. Ein Junge hob seinen Stock und stieß ihn Raistlin in den Magen, schlug ihn zu Boden und trieb den Atem aus seinem Körper.

Er kauerte auf Händen und Knien und japste nach Luft. Jemand trat ihn. Ein Stock schlug über seinen Rücken. Ein anderer traf ihn. Er rollte jetzt auf dem Boden, würgte im Staub, und seine dünnen Arme versuchten verzweifelt, seinen Kopf zu schützen. Tritte und Schläge regneten auf ihn herab. »Caramon!« schrie er. »Caramon, hilf mir!«

Aber eine tiefe, strenge Stimme antwortete lediglich: »Du brauchst mich doch nicht, hast du das vergessen?«

Ein Stein traf ihn am Kopf und verletzte ihn schrecklich. Und er wußte, auch wenn er es nicht sehen konnte, daß Caramon ihn geworfen hatte. Er verlor das Bewußtsein. Hände zogen ihn auf der staubigen Straße entlang, sie zerrten ihn zu einer Grube von unermeßlicher Dunkelheit und Kälte, in Eiseskälte. Sie würden ihn in dieses Loch schleudern, und er würde fallen, endlos fallen, durch die Dunkelheit und die Kälte. Und niemals würde er auf dem Grund aufschlagen, denn es gab keinen Grund...

Crysania starrte um sich. Wo war sie? Wo war Raistlin? Kurz zuvor war er noch bei ihr gewesen und hatte sich geschwächt auf ihren Arm gestützt. Und auf einmal war er verschwunden, und sie hatte sich wiedergefunden, wie sie allein durch ein fremdes Dorf lief.

War es wirklich fremd? Sie glaubte sich zu erinnern, dort schon einmal gewesen zu sein, zumindest an einem ähnlichen Ort. Hohe Vallenholzbäume umgaben sie. Die Häuser im Dorf waren in diese Bäume gebaut. In einen Baum war ein Wirtshaus gebaut. Sie sah ein Schild.

Solace.

Wie seltsam, wunderte sie sich, als sie sich umschaute. Es war Solace, das stimmte. Sie war hier kürzlich mit Tanis, dem Halb-Elfen, gewesen, um Caramon zu suchen. Aber dieses Solace war anders. Alles war rot eingefärbt und ein klein wenig verzerrt. Sie wollte ihre Augen reiben, um besser sehen zu können.

»Raistlin!« schrie sie.

Es kam keine Antwort. Die Leute, die an ihr vorbeigingen, taten so, als ob sie sie weder hörten noch sähen. »Raistlin!« schrie sie und geriet in Panik. Was war mit ihm geschehen? Wohin war er gegangen? Hatte die Dunkle Königin...

Sie vernahm einen Aufruhr, Kinder schrien und kreischten, und über dem Lärm hörte sie einen dünnen, hohen Hilfeschrei.

Crysania wandte sich um und erblickte eine Gruppe von Kindern, die um eine zusammengekauerte Gestalt versammelt waren. Sie sah schlagende Fäuste und tretende Füße, sie sah einen Stock, der gehoben und mit voller Wucht niedergeschlagen wurde. Wieder hörte sie diesen hohen Schrei. Crysania beobachtete die Passanten um sich herum, aber die schienen nicht wahrzunehmen, daß etwas Ungewöhnliches geschah.

Crysania raffte ihre weißen Roben und lief zu den Kindern. Als sie sich näherte, sah sie, daß die Gestalt mitten im Kreis ein Kind war! Ein kleiner Junge! Sie töten ihn, erkannte sie in plötzlichem Entsetzen. Sie erreichte die Menge, packte ein Kind und riß es weg. Bei der Berührung ihrer Hand wirbelte das Kind herum, um sie anzusehen. Crysania wich beunruhigt zurück.

Das Gesicht des Kindes war weiß, leichenblaß, schädelgleich. Die Haut spannte sich straff über die Knochen, die Lippen waren lila gefärbt. Es zeigte ihr seine Zähne, und die Zähne waren schwarz und faulig. Das Kind schlug mit einer Hand nach ihr. Lange Fingernägel rissen an ihrer Haut und jagten einen stechenden, lähmenden Schmerz durch ihren Körper. Keuchend ließ sie los, und das Kind – mit einem Grinsen entstellter Freude auf dem Gesicht – wandte sich ab, um den Jungen auf dem Boden weiter zu quälen.

Crysania starrte benommen und geschwächt vom Schmerz auf die blutenden Wunden an ihrem Arm und hörte wieder den Jungen schreien. »Paladin, hilf mir«, betete sie. »Gib mir Kraft.«

Entschlossen ergriff sie eines der Dämonenkinder und schleuderte es beiseite, dann nahm sie sich das nächste vor. Es gelang ihr, das Kind auf dem Boden zu erreichen. Sie beschützte den blutenden, bewußtlosen Jungen mit ihrem Körper und versuchte verzweifelt, die Kinder zu vertreiben.

Immer wieder spürte sie, wie lange Fingernägel sich in ihre Haut gruben, und das Gift strömte durch ihren Körper. Aber schnell bemerkte sie auch, daß die Kinder sich schmerzerfüllt zurückzogen, sobald sie sie berührt hatten. Schließlich verschwanden sie alle mit düsteren Mienen in ihren Alptraumgesichtern und ließen sie – blutend und krank – mit ihrem Opfer allein zurück.

Sanft drehte sie den zerschlagenen Körper des Jungen zu sich herum. Sie strich sein braunes Haar zurück und sah in sein Gesicht. Ihre Hände begannen zu zittern. Es bestand kein Irrtum über diese feinen Gesichtszüge, die zerbrechlichen Knochen, das hervorstehende Kinn.

»Raistlin!« flüsterte sie und hielt seine kleine Hand in der ihren.

Der Junge öffnete die Augen...

Der Mann, in schwarze Roben gehüllt, richtete sich auf.

Crysania starrte ihn an, während er sich grimmig umschaute. »Was ist geschehen?« fragte sie bebend und spürte die Wirkungen des Giftes inzwischen im ganzen Körper.

Raistlin nickte bestätigend. »Auf diese Weise quält und foltert sie mich«, erklärte er leise. »Auf diese Weise kämpft sie gegen mich und schlägt bewußt dort auf mich ein, wo ich am schwächsten bin.« Die goldenen Stundenglasaugen wandten sich zu Crysania, und seine dünnen Lippen lächelten. »Du kämpfst für mich. Du hast sie besiegt.« Er zog sie an sich und hüllte sie in seine schwarzen Roben. Eng drückte er sie an sich. »Jetzt ruh dich aus. Der Schmerz wird vorbeigehen, und dann reisen wir weiter.«

Immer noch zitternd legte Crysania ihren Kopf an die Brust des Erzmagiers. Sie hörte seinen Atem in seinen Lungen zischen und rasseln, sie roch diesen süßen, schwachen Duft von Rosenblättern und Tod...

11

»Das kommt also bei seinen mutigen Worten und Versprechungen heraus«, sagte Kitiara mit leiser Stimme.

»Hast du wirklich etwas anderes erwartet?« fragte Lord Soth. Die Worte, begleitet von einem Schulterzucken der uralten Rüstung, klangen lässig und hohl. Aber es lag auch etwas in seinem Ton, das Kitiara zu einem scharfen Blick auf den toten Ritter veranlaßte.

Als sie sah, wie er sie anstarrte und seine orangefarbenen Augen in seltsamer Intensität brannten, errötete Kitiara. Die Erkenntnis, daß sie gerade mehr Gefühle offenbart hatte, als ihr lieb war, machte sie wütend, und ihr Gesicht lief noch dunkler an. Abrupt wandte sie sich von Soth ab.

Kitiara schritt durch das Zimmer, das mit einer merkwürdigen Mischung aus Rüstungen, Waffen, parfümierten Seidenlaken und dicken Fellteppichen eingerichtet war, und hielt mit zitternder Hand die Falten ihres hauchdünnen Nachthemdes an ihre Brust gedrückt. Es war eine Geste, die wenig Schamhaftigkeit bewies, und Kitiara war sich dessen bewußt, noch während sie sich fragte, warum sie es tat. Gewiß hatte sie sich zuvor noch niemals um Schamhaftigkeit Gedanken gemacht, schon gar nicht bei einem Wesen, das vor dreihundert Jahren zu einem Aschenhaufen zusammengefallen war. Aber plötzlich empfand sie Unbehagen unter diesen glühenden Augen, die sie aus einem Gesicht anstarrten, das es nicht geben durfte. Sie fühlte sich nackt und bloßgestellt.

»Nein, natürlich nicht«, erwiderte Kitiara kühl.

»Er ist immerhin ein Dunkelelf«, fuhr Soth gelangweilt im gleichen Ton fort. »Und er macht auch aus der Tatsache kein Geheimnis, daß er deinen Bruder mehr als den Tod fürchtet. Ist es also ein Wunder, daß er sich nun entschieden hat, auf Raistlins Seite zu kämpfen statt auf der Seite dieses Haufens von schwachen, alten Zauberern, die in ihren Stiefeln schlottern?«

»Aber er hätte soviel gewinnen können!« widerspach Kitiara und versuchte ihr Bestes, ihren Tonfall dem von Soth anzugleichen. Fröstelnd nahm sie einen Fellumhang, der am Ende ihres Bettes lag, und legte ihn über ihre Schultern. »Sie haben ihm die Führerschaft über die Schwarzen Roben versprochen. Er sollte Par-Salians Platz als Oberhaupt der Versammlung einnehmen – unbestrittener Meister der Magie auf Krynn.«

Und du wußtest auch noch von anderen Belohnungen, Dunkelelf, fügte Kitiara stumm hinzu und goß sich ein Glas Rotwein ein. Wenn einmal mein wahnsinniger Bruder besiegt wäre, hätte dich keiner mehr aufhalten können. Was ist denn mit unseren Plänen? Du würdest mit dem Stab und ich mit dem Schwert herrschen. Wir hätten die Ritter auf ihre Knie zwingen können! Die Elfen aus ihrer Heimat vertreiben können – aus deiner Heimat! Du hättest im Triumph zurückkehren können, mein Liebling, und ich hätte an deiner Seite gestanden!

Das Weinglas glitt aus ihrer Hand. Sie versuchte es aufzufangen – doch ihr Griff war zu hastig, ihr Druck zu stark. Das zierliche Glas zerbrach in ihrer Hand und schnitt in ihr Fleisch. Blut vermischte sich mit dem Wein, der auf den Teppich tropfte.

Narben aus Schlachten liefen über Kitiaras Körper wie die Hände ihrer Liebhaber. Sie hatte ihre Wunden ertragen, ohne auch nur zusammenzuzucken, die meisten ohne einen einzigen Laut. Jetzt aber füllten sich ihre Augen mit Tränen. Der Schmerz schien unerträglich.

Eine Waschschüssel stand in der Nähe. Kitiara tauchte ihre Hand in das kalte Wasser und biß sich auf die Lippe, um nicht aufzuschreien. Das Wasser färbte sich sofort rot.

»Hol einen der Kleriker!« knurrte sie Lord Soth an, der stehengeblieben war und sie mit seinen flackernden Augen anstarrte. Der tote Ritter ging zur Tür und rief einen Diener, der unverzüglich davoneilte. Leise fluchend blinzelte Kitiara ihre Tränen weg, ergriff ein Handtuch und band es sich um die Hand. Als der Kleriker erschien, wobei er in seiner Hast über die schwarzen Roben stolperte, war das Handtuch bereits blutdurchtränkt und Kitiaras Gesicht aschgrau unter ihrer sonnengebräunten Haut.

Das Medaillon des Fünfköpfigen Drachen strich gegen Kitiaras Hand, als der Kleriker sich über sie beugte und Gebete zur Königin der Finsternis murmelte. Bald schloß sich die Wunde, und die Blutung hörte auf.

»Die Schnitte waren nicht tief. Es dürfte kein dauernder Schaden zurückbleiben«, sagte der Kleriker beruhigend.

»Gut für dich!« schnappte Kitiara, immer noch die unvernünftige Schwäche bekämpfend, die sie fast übermannt hätte. »Das ist meine Schwerthand!«

»Du wirst mit deiner gewohnten Leichtigkeit und Geschicklichkeit die Klinge schwingen, das versichere ich dir, Fürstin«, erwiderte der Kleriker. »Wenn es noch...«

»Nein! Verschwinde!«

»Meine Fürstin.« Der Kleriker verbeugte sich. »Herr Ritter.« Hastig verließ er das Zimmer.

Nicht gewillt, noch einmal dem Blick von Soths flammenden Augen zu begegnen, hielt Kitiara den Kopf von dem toten Ritter abgewandt und warf den entschwindenden, flatternden Roben des Klerikers einen finsteren Blick nach. »Was für Narren! Ich verabscheue es, sie um mich herum zu haben. Aber offenbar sind sie zuweilen ganz praktisch.« Obgleich sie vollständig geheilt schien, schmerzte die Hand noch immer. Allein eine Sache des Bewußtseins, sagte sie sich bitter. »Nun, was schlägst du vor, was ich tun sollte... wegen des Dunkelelfen?« Bevor Soth jedoch antworten konnte, war Kitiara schon auf den Füßen und schrie nach dem Diener.

»Mach diesen Dreck weg. Und bring mir ein neues Glas.« Sie schlug dem unterwürfig gebeugten Mann übers Gesicht. »Dieses Mal nimm einen Goldkelch. Du weißt, daß ich diese zerbrechlichen Elfen-Dinger verabscheue! Entferne sie aus meinem Blickfeld! Wirf alle weg!«

»Sie wegwerfen!« wagte der Diener zu protestieren. »Aber sie sind wertvoll, Fürstin. Sie stammen vom Turm der Erzmagier in Palanthas, ein Geschenk von...«

»Ich sagte, entferne sie alle!« Kitiara packte die Gläser und schleuderte sie gegen die Wand ihres Zimmers. Der Diener krümmte und duckte sich, als das Glas über seinen Kopf flog und an der Steinwand zerschmetterte. Nachdem das letzte Glas aus ihren Fingern geflogen war, setzte sie sich auf einen Stuhl in eine Ecke und starrte geradeaus. Weder bewegte sie sich noch sagte sie etwas.

Der Diener fegte eilig die Scherben zusammen, leerte das blutige Wasser in der Waschschüssel und ging. Als er mit neuem Wein zurückkehrte, hatte sich Kitiara immer noch nicht gerührt. Und auch Lord Soth nicht. Der tote Ritter war mitten im Raum stehengeblieben, und seine Augen glühten in der zunehmenden Düsternis der Nacht.

»Soll ich die Kerzen anzünden, Fürstin?« fragte der Diener leise und setzte die Weinflasche und einen goldenen Kelch ab.

»Verschwinde«, murmelte Kitiara durch steife Lippen.

Der Diener verbeugte sich und verließ das Zimmer. Die Tür schloß sich hinter ihm.

Der tote Ritter bewegte sich mit lautlosen Schritten durch das Zimmer. Er trat zu der immer noch unbeweglichen und scheinbar blinden Kitiara und legte eine Hand auf ihre Schulter.

Sie zuckte bei der Berührung der unsichtbaren Finger zusammen, und Eiseskälte drang bis in ihr Herz. Aber sie zog sich nicht zurück. »Nun«, sagte sie wieder und starrte in das Zimmer, dessen einzige Lichtquelle von den flammenden Augen des toten Ritters herrührte. »Ich habe dir eine Frage gestellt. Was können wir tun, um Dalamar und meinen Bruder in diesem Wahnsinn aufzuhalten? Was unternehmen wir, bevor die Dunkle Königin uns alle zerstört?«

»Du mußt Palanthas angreifen«, sagte Lord Soth.

»Ich glaube, es kann gelingen!« murmelte Kitiara und schlug nachdenklich den Knauf ihres Dolches gegen den Oberschenkel.

»Wahrhaft genial, meine Fürstin«, sagte der Befehlshaber ihrer Streitkräfte mit unverhohlener, echter Bewunderung in der Stimme.

Der Befehlshaber – ein Mann von ungefähr vierzig Jahren – hatte sich seinen Weg durch die Ränge gekratzt und gekrallt und gemordet, um seine derzeitige Stellung als General der Drachenarmee zu erringen. Mit krummem Rücken und häßlich, entstellt von einer Narbe, die quer über sein Gesicht lief, hatte der Befehlshaber niemals Kitiaras Gunst genossen, wie so viele ihrer Generäle in der Vergangenheit. Aber er war nicht ohne Hoffnung. Als er ihr einen flüchtigen Blick zuwarf, sah er ihr Gesicht – ungewöhnlich kalt und ernst in den vergangenen Tagen –, das über sein Lob vor Freude aufstrahlte. Sie ließ sich sogar zu einem Lächeln herab – ihrem verschmitzten Lächeln, das sie so gut einzubringen wußte. Das Herz des Befehlshabers schlug schneller.

»Es ist gut zu sehen, daß du deinen Schwung nicht verloren hast«, sagte Lord Soth, und seine hohle Stimme echote durch den Kartenraum.

Der Befehlshaber erschauerte. Er hätte sich eigentlich an den toten Ritter gewöhnt haben müssen. Die Dunkle Königin wußte, daß er genügend Schlachten mit ihm und seiner Armee von Skelettkriegern ausgetragen hatte. Aber die Eiseskälte des Grabes umgab den Ritter, so wie sein schwarzer Umhang seine verkohlte und blutverschmierte Rüstung einhüllte.

Wie kann sie ihn ertragen? fragte sich der Befehlshaber. Man erzählte sich, daß er sogar ihr Schlafzimmer heimsuchte! Der Gedanke ließ das Herz des Befehlshabers rasch wieder normal schlagen. Vielleicht waren die Sklavinnen doch nicht so schlecht. Wenn man allein mit ihnen in der Dunkelheit war, dann war man allein in der Dunkelheit!

»Natürlich habe ich meinen Schwung nicht verloren!« gab Kitiara voll heftigem Zorn zurück, so daß ihr Befehlshaber sich unbehaglich umschaute und sich eilig eine Entschuldigung zum Verschwinden überlegte. Glücklicherweise bereitete sich die ganze Stadt Sanction auf den Krieg vor. Ausreden waren nicht schwer zu finden.

»Wenn Ihr mich mich nicht länger benötigt, meine Fürstin«, sagte er also und verbeugte sich, »ich muß die Arbeiten in der Waffenschmiede überprüfen. Es gibt viel zu tun, und die Zeit ist knapp.«

»Ja, geh schon«, murmelte Kitiara geistesabwesend. Ihre Augen waren auf die riesige Karte gerichtet, die vor ihren Füßen in die Kacheln des Bodens eingelegt war. Der Befehlshaber drehte sich um, um das Zimmer zu verlassen. Sein Breitschwert klirrte gegen seine Rüstung. An der Tür hielt ihn jedoch Kitiaras Stimme auf. »Befehlshaber?«

Er drehte sich um. »Meine Fürstin?«

Kitiara wollte etwas sagen, hielt inne, biß sich auf die Lippen und fuhr dann fort: »Ich... ich habe mich gefragt, ob du mir heute abend nicht Gesellschaft beim Essen leisten möchtest.« Sie zuckte die Achseln. »Aber für diese Frage ist es zu spät. Ich vermute, daß du schon Pläne gemacht hast.«

Der Befehlshaber zögerte verwirrt. Seine Handflächen begannen zu schwitzen. »Tatsache ist, Fürstin, daß ich schon eine Verabredung habe, aber das kann problemlos geändert werden...«

»Nein«, unterbrach ihn Kitiara, ein Ausdruck der Erleichterung flog über ihr Gesicht. »Nein, das ist nicht notwendig. An einem anderen Abend. Du bist entlassen.«

Der Befehlshaber, immer noch verwirrt, drehte sich langsam um und wollte wieder das Zimmer verlassen. Dabei streifte er mit einem flüchtigen Blick die orangenen, glühenden Augen des toten Ritters, die direkt durch ihn starrten.

Jetzt muß ich mich um eine Verabredung zum Abendessen kümmern, dachte er, während er durch den Korridor eilte. Leicht genug. Und er würde heute nacht eines der Sklavenmädchen kommen lassen – seine Lieblingssklavin...

»Du solltest dich entspannen. Gönne dir einen angenehmen

Abend«, schlug Lord Soth vor, als die Schritte des Befehlshabers im Korridor von Kitiaras Hauptquartier verhallt waren.

»Es gibt viel zu tun, und die Zeit ist knapp«, erwiderte Kitiara und gab vor, völlig in die Karte zu ihren Füßen vertieft zu sein. Sie stand auf der Stelle, die mit »Sanction« beschriftet war, und sah in die weit entlegene nordwestliche Ecke des Raumes, wo Palanthas lag, in die beschützenden Klüfte seines Gebirges gebettet.

Soth folgte ihrem Blick und schritt langsam durch den Raum. An dem einzigen Paß blieb er stehen, der durch das zerklüftete Gebirge verlief, an einer Stelle, die mit »Turm des Oberklerikers« beschriftet war.

»Die Ritter werden natürlich versuchen, dich hier aufzuhalten«, sagte Soth. »Wo sie dich ja auch während des vergangenen Krieges aufhielten.«

Kitiara grinste, schüttelte ihr lockiges Haar und ging auf Soth zu. Ihr Gang war wieder geschmeidig. »Nun, wäre das kein toller Anblick? All die hübschen Ritter, in einer Linie aufgestellt.« Plötzlich fühlte sie sich seit Monaten wieder besser und begann zu lachen. »Weißt du, der Ausdruck auf ihren Gesichtern, wenn sie sehen, was wir für sie auf Lager haben, wird schon fast diesen ganzen Feldzug wert sein.«

Sie stand jetzt auf dem Turm des Oberklerikers und zermalmte dort die Karte mit ihrem Absatz. Dann machte sie einige wenige Schritte, um sich neben Palanthas zu stellen.

»Endlich«, murmelte sie, »wird diese feine, prächtige Dame das Schwert des Krieges spüren, wie es ihr sanftes, reifes Fleisch aufschlitzt.« Lächelnd wandte sie sich wieder an Lord Soth. »Ich glaube, ich will doch diesen Befehlshaber zum Abendessen bei mir haben. Laß ihn zu mir schicken.« Soth verneigte sich ergeben, und seine orangefarbenen Augen flammten vor Belustigung auf. »Wir werden viele militärische Probleme zu besprechen haben.« Kitiara lachte wieder und begann, die Schnallen ihrer Rüstung zu lösen. »Probleme wie unbewachte Flanken, das Durchbrechen von Mauern, Vorstöße...«

»Nun, beruhige dich, Tanis«, sagte Fürst Gunther freundlich, »du bist erschöpft und nervös.«

Tanis, der Halb-Elf, murmelte etwas.

»Was hast du gesagt?« Gunther drehte sich um; in der Hand hielt er einen Krug seines besten Biers (gezapft von dem Faß in der dunklen Ecke unter den Kellerstufen). Er reichte Tanis den Krug.

»Ich sagte nur, daß du verdammt recht hast, ich bin erschöpft und nervös!« gab der Halb-Elf barsch zurück. Das hatte er zwar gar nicht gesagt, aber es war sicherlich angemessener, wenn man mit dem Großmeister der Ritter von Solamnia sprach, als das, was er tatsächlich vor sich hin geknurrt hatte.

Fürst Gunther Uth Wistan strich über seinen langen Schnurrbart – das jahrhundertealte Symbol der Ritter, das jetzt wieder in Mode kam –, um sein Lächeln zu verbergen. Natürlich hatte er Tanis' Gemurmel verstanden. Gunther schüttelte den Kopf. Warum war diese Angelegenheit nicht gleich dem Militär übergeben worden? Nun, außer daß man sich gegen diesen unbedeutenden Ausbruch zweifellos frustrierter Feinde rüsten mußte, hatte er es auch noch mit Lehrlingen schwarzgekleideter Zauberer, weißgekleideten Klerikern, nervösen Helden und einem Bibliothekar zu tun! Gunther seufzte und zupfte düster an seinem Schnurrbart. Jetzt fehlte ihm nur noch ein Kender...

»Tanis, mein Freund, setz dich. Wärme dich am Kamin. Du hast eine lange Reise hinter dir, und für den Spätfrühling ist es recht kalt. Die Seeleute reden von starken Winden und ähnlichem Unsinn. Ich hoffe, deine Reise ist gut verlaufen. Dir kann ich es ja ruhig sagen, aber ich ziehe Greife den Drachen vor...«

»Fürst Gunther«, unterbrach ihn Tanis angespannt. Er blieb stehen. »Ich bin nicht den ganzen Weg nach Sankrist geflogen, um über starke Winde oder die Vorteile von Greifen gegenüber Drachen zu diskutieren! Wir sind in Gefahr! Nicht nur Palanthas, sondern die ganze Welt! Wenn Raistlin erfolgreich...« Tanis ballte seine Fäuste zusammen. Ihm fehlten die Worte.

Gunther füllte sein eigenes Glas aus dem Krug, den Wills, sein alter Gefolgsmann, aus dem Keller geholt hatte, ging zu Tanis hinüber und stellte sich zu ihm. Er legte ihm eine Hand auf die Schulter und drehte den Mann zu sich, um ihm ins Gesicht sehen zu können.

»Sturm Feuerklinge hatte eine hohe Meinung von dir, Tanis. Du und Laurana, ihr wart seine engsten Freunde.«

Tanis senkte bei diesen Worten den Kopf. Selbst jetzt, mehr als zwei Jahre nach Sturms Tod, konnte er an den Verlust seines Freundes nicht ohne Kummer denken.

»Allein aufgrund dieser Empfehlung würde ich dich hochschätzen, denn ich liebte und achtete Sturm wie einen eigenen Sohn«, fuhr Fürst Gunther aufrichtig fort. »Aber im Laufe der Zeit bin ich auch ohne dies dazu gekommen, dich zu bewundern und gern zu haben, Tanis. Dein Mut in der Schlacht war unbestritten, deine Ehre, deine Würde gleicht der eines Ritters.« Tanis schüttelte gereizt den Kopf über dieses Gerede von Ehre und Würde, aber Gunther bemerkte es nicht. »Die Auszeichnungen, die dir nach Kriegsende verliehen worden sind, hast du mehr als verdient. Deine Arbeit seit dem Ende des Krieges ist hervorragend. Du hast mit Laurana Nationen zusammengeführt, die Jahrhunderte gespalten waren. Porthios hat den Vertrag unterzeichnet, und sobald die Zwerge von Thorbadin einen neuen König gewählt haben, werden auch sie unterzeichnen.«

»Ich danke dir, Fürst Gunther«, sagte Tanis. Den Krug mit

Bier hielt er unberührt in seiner Hand und starrte auf das Feuer. »Ich danke dir für dein Lob. Ich wünschte, ich könnte glauben, es verdient zu haben. Also, wenn du mir jetzt sagen würdest, wohin diese Zuckerspur verlaufen soll...«

»Ich sehe, deine menschliche Hälfte beherrscht noch immer deine Elfennatur«, sagte Gunther mit einem leichten Lächeln. »Na schön, Tanis. Ich will alle Elfenliebenswürdigkeiten beseite lassen und direkt zum Punkt kommen. Ich glaube, deine früheren Erlebnisse haben dich nervös gemacht – dich und auch Elistan. Laß uns ehrlich sein, mein Freund. Du bist kein Krieger. Du hast niemals eine entsprechende Ausbildung genossen. Du bist in den letzten Krieg zufällig hineingestolpert. Nun komm mit mir. Ich will dir etwas zeigen. Komm, komm...«

Tanis stellte den vollen Krug auf dem Kaminsims ab und ließ sich von Gunthers starker Hand führen. Sie gingen durch eine Raum, der mit soliden, schlichten, aber gemütlichen Möbeln eingerichtet war, wie es bei den Rittern beliebt war. Das war Gunthers Kriegszimmer. Schilde und Schwerter und die Banner der drei Ritterorden – die Rose, das Schwert und die Krone – waren an den Wänden angebracht. Trophäen aus Schlachten, die im Laufe der Jahre geschlagen worden waren, glänzten in den Glasschränken, wo sie sorgfältig aufbewahrt wurden. An einem Ehrenplatz, der die ganze Länge einer Wand einnahm, befand sich eine Drachenlanze – die erste, die Theros Eisenfeld geschmiedet hatte. Um sie herum hingen zahlreiche Goblinschwerter, eine Drakonierklinge mit Sägezähnen, ein riesiges zweischneidiges Ogerschwert und ein zerbrochenes Schwert, das einst dem unglücklichen Ritter Derek Kronenhüter gehört hatte.

Es war eine beeindruckende Sammlung, die ein Leben ehrenvollen Dienstes für die Ritterschaft bezeugte. Gunther ging jedoch an ihr vorbei, ohne sie eines Blickes zu würdigen, und steuerte auf eine Ecke im Zimmer zu, wo ein großer Tisch stand. Aufgerollte Karten steckten ordentlich in kleinen Fächern unter dem Tisch, und jedes Fach war beschriftet. Nachdem er sie eine Zeitlang studiert hatte, griff Gunther nach unten und zog eine Karte hervor. Sorgfältig breitete er sie auf dem Tisch aus. Dann winkte er Tanis zu sich. Der Halb-Elf trat näher, kratzte sich am Bart und bemühte sich, interessiert auszusehen.

Gunther rieb sich zufrieden die Hände. Er war jetzt in seinem Element. »Es ist einfach eine Angelegenheit der Logistik, Tanis. Einfach und klar. Schau, hier steht die Armee der Drachenfürstin, eingeschlossen in Sanction. Ich gebe zu, daß die Fürstin jetzt stark ist. Sie verfügt über eine riesige Anzahl von Drakoniern, Goblins und Menschen, denen nichts lieber wäre, als den Krieg wieder aufleben zu lassen. Außerdem muß ich zugeben, daß unsere Spione von vermehrten Aktivitäten in Sanction berichtet haben. Die Drachenfürstin plant etwas. Aber Palanthas angreifen! Im Namen der Hölle, Tanis, sieh dir doch das Gebiet an, durch das sie marschieren müßte! Und der größte Teil wird von den Rittern kontrolliert! Und selbst wenn sie das Menschenpotential hat, um sich durchzukämpfen, sieh nur, wie weit sie ihre Versorgungslinien ausdehnen muß! Es würde ihre gesamte Armee in Anspruch nehmen, allein ihre Linien zu bewachen! Wir könnten sie mühelos durchbrechen, egal, an wie vielen Stellen.«

Gunther zupfte wieder an seinem Schnurrbart. »Tanis, wenn ich je einen Drachenfürsten in dieser Armee respektiert habe, dann Kitiara. Sie ist skrupellos und ehrgeizig, aber auch intelligent, und sie nimmt gewiß keine unnötigen Risiken auf sich. Sie hat zwei Jahre gewartet, ihre Armee aufgebaut und sich an einem Ort eingeigelt, von dem sie weiß, daß wir ihn nicht anzugreifen wagen. Sie hat zuviel gewonnen, um es in solch einem wahnsinnigen Plan wegzuwerfen.«

»Angenommen, es ist gar nicht ihr Plan«, murmelte Tanis.

»Welchen anderen Plan könnte sie denn wohl haben?« fragte Gunther geduldig.

»Ich weiß es nicht«, schnappte Tanis. »Du sagst, du respektierst sie, aber respektierst du sie genug? Fürchtest du sie genug? Ich kenne sie, und ich habe das Gefühl, daß sie irgend etwas vorhat...« Seine Stimme brach ab, und er blickte mit finsterem Blick auf die Karte.

Gunther schwieg. Er hatte seltsame Gerüchte über Tanis, den Halb-Elfen, und Kitiara gehört. Er hatte sie natürlich nicht geglaubt, aber er hielt es für angebracht, nicht weiter zu ergründen, wie gut der Halb-Elf diese Frau kannte.

»Du glaubst das nicht, oder?« fragte Tanis abrupt. »Kein bißchen davon?«

Gunther bewegte sich unbehaglich, glättete seinen langen grauen Schnurrbart und beugte sich nach vorne. Erst einmal rollte er die Karte mit äußerster Sorgfalt zusammen. »Tanis, mein Sohn, du weißt, daß ich dich achte...«

»Das haben wir bereits abgehandelt.«

Gunther ignorierte die Unterbrechung. »Und du weißt, daß es auf der ganzen Welt keinen anderen gibt, den ich tiefer verehre als Elistan. Aber wenn ihr beide mir eine Geschichte erzählt, die von einer Schwarzen Robe stammt – und dazu noch von einem Dunkelelf –, eine Geschichte über diesen Zauberer, Raistlin, der die Hölle betreten und die Königin der Finsternis herausgefordert haben soll! Nun, es tut mir leid, Tanis. Ich bin kein junger Mann mehr. Ich habe in meinem Leben viele seltsame Dinge gesehen. Aber dies klingt wirklich wie eine Gutenachtgeschichte für Kinder!«

»So hat man auch schon einmal über Drachen geredet«, murmelte Tanis, und sein Gesicht lief unter seinem Bart rot an. Er stand einen Moment mit gebeugtem Kopf da, dann kratzte er sich am Bart und musterte Gunther aufmerksam. »Mein Fürst, ich kenne Raistlin seit seiner Kindheit. Ich bin mit ihm gereist, habe ihn in vielen Situationen erlebt, habe mit ihm und gegen ihn gekämpft. Ich weiß, wozu dieser Mann fähig ist!« Tanis ergriff Gunthers Arm. »Wenn du meinen Rat nicht akzeptierst, dann akzeptiere Elistans Rat! Wir brauchen dich, Fürst Gunther! Wir brauchen dich, wir brauchen die Ritter. Du mußt den Turm des Oberklerikers verstärken. Uns bleibt wenig Zeit. Dalamar hat uns gesagt, daß die Zeit auf den Existenzebenen der Dunklen Königin keine Bedeutung hat. Raistlin kann sie monatelang oder sogar jahrelang dort bekämpfen, aber für uns sind es nur Tage. Dalamar glaubt, daß die Rückkehr seines Herrn kurz bevorsteht. Ich glaube ihm, und auch Elistan tut das. Warum wir ihm glauben, Fürst Gunther? Weil Dalamar Angst hat. Er hat Angst – so wie wir alle... Deine Spione berichten doch auch von ungewöhnlichen Aktivitäten in Sanction. Ist das denn nicht Beweis genug? Glaub mir, Fürst Gunther, Kitiara wird ihrem Bruder zu Hilfe kommen. Sie weiß, er wird sie als Herrscherin auf dieser Welt einsetzen, wenn er erfolgreich ist. Und sie ist Spielerin genug, um für diese Chance alles auf eine Karte zu setzen! Bitte, Fürst Gunther, wenn du mir schon nicht glauben willst, dann komm wenigstens nach Palanthas! Sprich mit Elistan!«

Fürst Gunther musterte aufmerksam den Mann, der vor ihm stand. Er war in die Position eines Großmeisters der Ritter aufgestiegen, weil er ein gerechter, ehrlicher Mann war. Zudem war er ein guter Menschenkenner. Er mochte und bewunderte den Halb-Elfen, seitdem er ihn am Ende des Krieges kennengelernt hatte. Aber niemals war es ihm möglich gewesen, ihm näher zu kommen. Es war etwas um Tanis, ein reserviertes, in sich gekehrtes Auftreten, das nur wenigen erlaubte, die unsichtbaren Grenzen, die er errichtet hatte, zu durchdringen.

Als Gunther ihn nun musterte, fühlte er sich ihm näher als je zuvor. Er sah Weisheit in den leicht schrägen Augen, eine Weisheit, die ihm nicht mühelos zugeflogen war, eine Weisheit, die sich durch inneren Schmerz und Leiden entwickelt hatte. Er sah Angst, die Angst eines Mannes, dessen Mut einen so großen Teil seiner Persönlichkeit ausmachte, daß er bereitwillig seine Angst zugeben konnte. Er sah in ihm einen Führer. Keinen Führer, der einfach ein Schwert schwingt und eine Armee in die Schlacht führt, sondern einen Führer, der im stillen arbeitet, indem er das Beste aus seinen Leuten herausholt, indem er ihnen hilft, Leistungen zu erzielen, die sie sich selbst niemals zugetraut hätten.

Und schließlich verstand Gunther etwas, was er vorher niemals begreifen konnte. Er wußte nun, warum Sturm Feuerklinge, dessen Abstammungslinie sich makellos über Generationen zurückverfolgen ließ, sich entschieden hatte, diesem Mischling zu folgen, der – wenn die Gerüchte stimmten – einer brutalen Vergewaltigung entstammte. Er wußte nun, warum Laurana, eine Elfenprinzessin und eine der stärksten und schönsten Frauen, die er je kennengelernt hatte, alles – selbst ihr Leben – aus Liebe zu diesem Mann riskiert hatte.

»Na schön, Tanis.« Fürst Gunthers strenges Gesicht entspannte sich, und der kühle, höfliche Ton in seiner Stimme wurde herzlicher. »Ich werde mit dir nach Palanthas reisen. Ich werde die Ritter mobilisieren und unsere Verteidigung am Turm des Oberklerikers verstärken. Wie ich bereits erwähnte, haben unsere Spione uns über ungewöhnliche Aktivitäten in Sanction informiert. Es wird den Rittern nicht weh tun, wieder einmal anzutreten. Ist schon lange Zeit her, daß wir eine Feldübung hatten.«

Nach dieser Entscheidung ging Gunther unverzüglich daran, seinen Haushalt auf den Kopf zu stellen, rief nach Wills, seinem

Gefolgsmann, verlangte nach seiner Rüstung und befahl, daß sein Schwert geschärft und sein Greif bereitgestellt werden sollte. Bald eilten die Diener hin und her. Seine Gattin kam hinzu und bestand mit einem resignierten Blick darauf, daß er seinen schweren, fellumsäumten Umhang einpackte, auch wenn das Frühlingsfest kurz bevorstand.

In der allgemeinen Verwirrung wurde Tanis völlig vergessen. Der Halb-Elf ging zurück zum Kamin, nahm seinen Krug Bier und setzte sich, um zu trinken. Aber eigentlich schmeckte es ihm nicht. Er starrte in die Flammen und sah wieder und wieder ein bezauberndes, verschmitztes Lächeln, dunkles, lockiges Haar…

12

Crysania hatte keine Ahnung, wie lange sie und Raistlin schon durch das rotgefärbte, verzerrte Land der Hölle reisten. Die Zeit hatte jegliche Bedeutung oder Wichtigkeit verloren. Manchmal schienen sie hier nur wenige Sekunden verweilt zu haben, und manchmal wußte sie, daß sie ermüdende Jahre lang durch das seltsame, bewegliche Gebiet gewandert waren. Sie hatte sich selbst von dem Gift geheilt, aber sie fühlte sich schwach und ausgelaugt. Die Kratzer an ihren Armen schlossen sich nicht. Jeden Tag verband sie die Wunden neu. Doch am Abend waren die Verbände blutdurchnäßt.

Sie war hungrig, aber es war kein Hunger, der Nahrung erforderlich machte, um das Leben zu erhalten, sondern eher ein Appetit auf eine Erdbeere oder ein Stück warmes, frischgebakkenes Brot oder ein Zweiglein Minze. Sie verspürte auch keinen Durst, und dennoch träumte sie von klarem, sprudelndem Wasser und spritzigem Wein und dem scharfen, bitteren Geschmack tarbäischen Tees. In diesem Land war das Wasser überall rötlichbraun und schmeckte nach Blut.

Trotzdem kamen sie voran. Zumindest sagte das Raistlin. Er schien an Kraft zu gewinnen, während Crysania immer schwächer wurde. Jetzt war er derjenige, der ihr manchmal beim Gehen half. Er war es, der sie von einer Stadt zur nächsten weiterdrängte, ohne eine Rast einzulegen. Er wollte der Heimat der Götter immer näher kommen, so sagte er ihr. Das spiegelgleiche Bild der Dörfer, die unter diesem Land lagen, lief verschwommen in Crysanias Bewußtsein zusammen – Que-Shu, Xak Tsaroth. Sie überquerten das Neumeer der Hölle – eine fürchterliche Reise. Als Crysania in das Wasser schaute, sah sie die von Panik verzerrten Gesichter derjenigen, die während der Umwälzung gestorben waren und sie jetzt anstarrten.

Sie erreichten einen Ort, der Sanction hieß, wie Raistlin ihr sagte. Crysania fühlte sich hier am schwächsten, und Raistlin erklärte ihr, daß es das Zentrum der Anhänger der Dunklen Königin wäre. Ihre Tempel waren tief unter den Bergen gebaut, bekannt als die Stätten der Fürsten des Unheils. Hier, erzählte Raistlin, hatten sie während des Krieges verruchte Rituale ausgeführt, bei denen die ungeborenen Kinder guter Drachen in die mißgestalteten Drakonier verwandelt worden waren.

Eine Zeitlang – oder vielleicht war es auch nur eine Sekunde – geschah mit ihnen nichts weiter. Niemand warf Raistlin in seinen schwarzen Roben einen zweiten Blick zu, und Crysania wurde überhaupt nicht beachtet. Sie hätte genausogut unsichtbar sein können. Sie passierten problemlos Sanction, wobei Raistlin an Stärke und Zuversicht wuchs. Er erklärte Crysania, daß sie ihrem Ziel sehr nahe wären. Die Heimat der Götter lag irgendwo nördlich des Khalkistgebirges.

Wie er überhaupt eine Richtung in diesem unheimlichen und entsetzlichen Land ausmachen konnte, lag jenseits von Crysanias Vorstellungsvermögen – es gab überhaupt keine Orientierungspunkte, keine Sonne, keine Monde, keine Sterne. Es war niemals wirklich Nacht und niemals wirklich Tag, nur irgendein entsetzlicher, rötlicher Zustand dazwischen. Sie dachte darüber nach, während sie sich erschöpft neben Raistlin her schleppte, ohne zu sehen, wohin sie gingen, da alles irgendwie gleich aussah. Doch plötzlich blieb der Erzmagier stehen. Als sie sein heftiges Luftholen hörte und spürte, wie er sich versteifte, sah sie beunruhigt auf.

Ein Mann mittleren Alters und in die weißen Roben eines Lehrers gekleidet kam auf der Straße auf sie zu...

»Wiederholt meine Worte und denkt daran, sie richtig zu betonen.« Langsam sagte er die Worte auf. Langsam wurden sie von der Klasse wiederholt. Mit Ausnahme eines Schülers.

»Raistlin!«

Die Klasse verstummte.

»Meister?« Raistlin bemühte sich erst gar nicht, bei der Anrede den Hohn in seiner Stimme zu verbergen.

»Ich habe nicht gesehen, daß sich deine Lippen bewegt haben.«

»Vielleicht liegt es daran, daß sie sich nicht bewegt haben, Meister«, entgegnete Raistlin.

Wenn ein anderer in der Klasse der jungen Zauberkundigen solch eine Bemerkung von sich gegeben hätte, hätten die Schüler gekichert. Aber sie wußten, daß Raistlin die gleiche Verachtung für sie hegte wie für den Meister, und so warfen sie ihm finstere Blicke zu und rutschten unbehaglich herum.

»Du kennst den Zauberspruch, oder, Lehrling?«

»Gewiß kenne ich den Zauberspruch«, schnappte Raistlin.

»Ich kenne ihn seit meinem sechsten Lebensjahr! Wann hast du ihn gelernt, letzte Nacht?«

Der Meister funkelte ihn an, und sein Gesicht lief vor Zorn purpurrot an. »Dieses Mal bist du zu weit gegangen, Lehrling! Zu oft hast du mich schon beleidigt!«

Der Klassenraum verschwamm vor Raistlins Augen und löste sich auf. Nur der Meister blieb zurück, und während Raistlin hinsah, verwandelten sich die weißen Roben des alten Lehrers in schwarze! Das dümmliche, feiste Gesicht verzerrte sich zu einem feindseligen, verschlagenen Gesicht des Bösen. Ein Blutsteinanhänger tauchte auf, der an seinem Hals baumelte.

»Fistandantilus!« keuchte Raistlin.

»Wieder begegnen wir uns, Lehrling. Aber wo ist jetzt deine Magie?« Der Zauberer lachte. Er griff mit seiner verwelkten Hand zum Hals und berührte den Blutsteinanhänger.

Panik kroch über Raistlin. Wo war seine Magie? Verschwunden! Seine Hände zitterten. Die Zauberworte taumelten in seinem Gedächtnis umher, nur um zu entgleiten, bevor er sie ergreifen konnte. Eine Flammenkugel erschien in den Händen von Fistandantilus. Raistlin röchelte vor Angst. Der Stab! dachte er plötzlich Der Stab des Magus. Seine Magie ist bestimmt nicht beeinträchtigt! Er hob den Stab, hielt ihn vor sich und forderte ihn auf, ihn zu beschützen. Aber der Stab begann sich in Raistlins Hand zu verbiegen und zu drehen. »Nein!« schrie er vor Angst und Zorn. »Gehorche meinem Befehl! Gehorche!«

Der Stab schlängelte sich um seinen Arm und war kein Stab mehr, sondern eine riesige Schlange. Glitzernde Fänge gruben sich in sein Fleisch.

Schreiend fiel Raistlin auf die Knie und versuchte verzweifelt, sich von dem giftigen Biß des Stabes zu befreien. Aber im Kampf mit einem Feind vergaß er den anderen. Er hörte verschrobene Worte der Magie singen und sah ängstlich auf. Fistandantilus war verschwunden, aber an seiner Stelle stand ein Dunkelelf. Der Dunkelelf, gegen den Raistlin in der letzten Schlacht seiner Prüfungen gekämpft hatte. Und dann war der Dunkelelf Dalamar und schleuderte ihm eine Feuerkugel entgegen, und dann wurde aus der Feuerkugel ein Schwert, das von einem bartlosen Zwerg in sein Fleisch getrieben wurde.

Flammen umtosten ihn, Stahl drang in seinen Körper, Fänge gruben sich in seine Haut. Er sank und sank in die Schwärze, und dann wurde er in weißes Licht getaucht und in weiße Roben eingehüllt und an eine weiche, warme Brust gedrückt...

Und er lächelte, denn er wußte durch das Zusammenzucken des Körpers, der seinen beschützte, und durch die leisen, qualvollen Schreie, daß die Waffen auf sie einschlugen, nicht auf ihn.

13

»Fürst Gunther!« sagte Amothud, Herrscher von Palanthas, und erhob sich. »Welch unerwartete Freude. Und auch du, Tanis, Halb-Elf. Ich vermute, ihr seid beide gekommen, um die Siegesfeier mitzuplanen. Ich freue mich ja so. Jetzt können wir früh im Jahr damit beginnen. Ich, das heißt, das Komitee und ich glauben...«

»Unsinn«, unterbrach Fürst Gunther schneidend, ging durch das Empfangszimmer von Amothud und begutachtete es mit einem kritischen Auge. Offenbar kalkulierte er bereits, was zur Befestigung notwendig war. »Wir sind hier, um die Verteidigung der Stadt zu diskutieren.«

Herrscher Amothud blinzelte den Ritter an, der aus den Fenstern spähte und vor sich hin brummte. Einmal drehte er sich um und schnappte: »Zuviel Glas!« – eine Feststellung, die die Verwirrung des Herrschers dermaßen steigerte, daß er nur noch eine Entschuldigung stammeln konnte und dann hilflos mitten im Zimmer herumstand.

»Werden wir angegriffen?« wagte er zögernd zu fragen, nachdem Gunther weiterhin Untersuchungen anstellte.

Fürst Gunther warf Tanis einen scharfen Blick zu. Mit einem Seufzer erinnerte Tanis Herrscher Amothud höflich an die Warnung, die ihnen der Dunkelelf Dalamar übermittelt hatte – die Wahrscheinlichkeit, daß die Drachenfürstin Kitiara plane, in Palanthas einzumarschieren, um ihrem Bruder Raistlin, Herrn des Turms der Erzmagier, in seinem Kampf gegen die Königin der Finsternis beizustehen und ihn zu unterstützen.

»O ja!« Herrscher Amothuds Gesicht klärte sich wieder. Er schlenkerte mißbilligend eine zierliche Hand, als ob er Mücken vertreiben wollte. »Aber ich glaube nicht, daß du dir um Palanthas Sorgen machen mußt, Fürst Gunther. Der Turm des Oberklerikers...«

»...wird gerade bemannt. Ich habe die Stärke unserer Ritter verdoppelt. Dort wird natürlich der Hauptangriff erfolgen. Es gibt keinen anderen Weg nach Palanthas außer im Norden auf dem Seeweg. Aber über das Meer herrschen wir. Nein, sie werden auf dem Landweg kommen. Sollte trotzdem etwas schieflaufen, Amothud, will ich die Verteidigung von Palanthas vorbereitet wissen. Jetzt...«

Nachdem Gunther jetzt sozusagen das Pferd der Tat bestiegen hatte, stürmte er unverdrossen drauflos. Über Herrscher Amothuds gemurmelten Einspruch, daß man diese Angelegenheit vielleicht mit den Generälen erörtern sollte, fegte er gnadenlos hinweg, galoppierte weiter und ließ Amothud bald in einem Wust von Notwendigkeiten, wie Truppenauflockerung, Versorgungsbedarf, Waffenlager und dergleichen, würgend zurück. Amothud gab sich geschlagen. Er setzte sich, nahm einen Ausdruck höflichen Interesses an und begann unverzüglich über etwas anderes nachzudenken. Es war sowieso alles Unsinn. Palanthas war niemals von einer Schlacht berührt worden. Armeen mußten zuerst den Turm des Oberklerikers passieren, und niemand – nicht einmal die große Drachenarmee im vergangenen Krieg – war dazu in der Lage gewesen.

Tanis, der das alles beobachtete und nur zu gut wußte, was Amothud durch den Kopf ging, lächelte grimmig in sich hinein und wollte sich gerade fragen, wie er dem Angriff entkommen könnte, als an den riesigen, reichverzierten, vergoldeten Türen leise geklopft wurde. Amothud sprang mit einem Gesichtsausdruck auf, als ob er die Trompeten einer Rettungsdivision hören würde, aber bevor er noch ein Wort sagen konnte, öffneten sich die Türen, und ein älterer Diener trat ein.

Charles war seit mehr als einem halben Jahrhundert im Dienst des königlichen Hauses von Palanthas tätig. Man konnte ohne ihn nicht auskommen, und das war ihm auch bewußt. Er wußte alles – wieviel Weinflaschen im Keller lagerten, neben wem Elfen beim Abendessen am besten ihren Platz nehmen sollten, wann die Leinentücher zum letzten Mal gelüftet worden waren. Auf seinem Gesicht lag ein Ausdruck, der seine Erwartung verriet, daß im Falle seines Ablebens das königliche Haus über dem Scheitel seines Herrn einstürzen würde.

»Es tut mir leid, Euch zu stören, mein Herrscher...«, begann Charles.

»Es ist ganz recht!« rief Herrscher Amothud, vor Freude strahlend. »Es ist ganz recht. Bitte...«

»...aber ich habe eine dringende Botschaft für Tanis, den Halb-Elfen«, beendete Charles gelassen den Satz. Mit dem Anflug eines Tadels in der Stimme quittierte er, daß sein Herr ihn unterbrochen hatte.

»Oh.« Herrscher Amothud schaute verblüfft und äußerst enttäuscht drein. »Für Tanis, den Halb-Elfen?«

»Ja, mein Herrscher«, bestätigte Charles.

»Nicht für mich?« erlaubte sich Amothud zu fragen.

»Nein, mein Herrscher.«

Amothud seufzte. »Na schön. Danke, Charles. Tanis, vermutlich solltest du lieber...«

Aber Tanis hatte das Zimmer schon zur Hälfte durchquert. »Was ist es? Nicht von Laurana...«

»Hier entlang, bitte, mein Fürst«, sagte Charles und schob Tanis aus der Tür. Ein Blick von Charles erinnerte den Halb-Elfen gerade noch rechtzeitig daran, sich vor Amothud und Gunther zu verbeugen. Der Ritter lächelte und winkte. Herrscher Amothud konnte sich nicht verkneifen, Tanis einen neidischen Blick zuzuwerfen, dann sank er wieder zurück, um den Ausführungen über eine Ausrüstung für das Sieden von Öl zu lauschen.

Charles schloß sorgfältig und langsam die Türen hinter sich.

»Was ist es?« fragte Tanis und folgte dem Diener in den Korridor. »Hat der Bote sonst nichts gesagt?«

»Doch, mein Fürst.« Charles' Gesicht glättete sich in sanfter Trauer. »Ich sollte es Euch erst im Falle absoluter Notwendigkeit enthüllen, um Euch nicht von Euren Verpflichtungen zu entbinden. Der Verehrte Sohn Elistan liegt im Sterben. Er wird diese Nacht voraussichtlich nicht überleben.«

Die Rasenflächen des Tempels wirkten friedlich und feierlich im schwindenden Licht des Tages. Die Sonne ging unter, nicht in feuriger Pracht, sondern mit einer sanften, perlartigen Helligkeit, die den Himmel mit einem Regenbogen weicher Farben wie eine umgestülpte Muschel füllte. Tanis hatte überall Menschenansammlungen erwartet, die auf Neuigkeiten warteten, und weißgekleidete Kleriker, die kopflos hin und her irrten, und war nun verblüfft festzustellen, daß alles ruhig und friedlich war. Wie gewöhnlich ruhten sich Menschen auf dem Rasen aus, weißgekleidete Kleriker wandelten neben den Blumenbeeten und unterhielten sich leise oder schienen in stiller Meditation verloren, wenn sie allein waren.

Vielleicht hat sich der Bote geirrt oder war falsch informiert, dachte Tanis. Als er aber über das samtgrüne Gras eilte, kam er an einer jungen Klerikerin vorbei. Sie sah zu ihm auf, und ihre Augen waren vom Weinen rot und geschwollen. Trotzdem lächelte sie ihn an und wischte die Spuren der Trauer weg, als sie ihren Weg fortsetzte.

Und auf einmal fiel Tanis auf, daß weder Amothud, Herrscher von Palanthas, noch Fürst Gunther, Großmeister der Ritter von Solamnia, informiert worden waren. Der Halb-Elf lächelte traurig in plötzlichem Verstehen. Elistan starb so, wie er gelebt hatte – in stiller Würde.

Ein junger Meßdiener erwartete Tanis an der Tempeltür.

»Tritt ein und sei willkommen, Tanis, Halb-Elf«, grüßte der junge Mann leise. »Du wirst erwartet. Hier entlang.«

Tanis wurde von kühlen Schatten überflutet. Im Tempel selbst waren die Anzeichen der Trauer eindeutig. Ein Elfenharfenist spielte liebliche Musik, Kleriker standen zusammen, die Arme umeinandergelegt, um sich in der Stunde dieser schweren Prüfung gegenseitig Trost zu spenden. Tanis' Augen füllten sich mit Tränen.

»Wir sind dankbar, daß du rechtzeitig zurückgekehrt bist«, fuhr der Meßdiener fort, während er Tanis tiefer in die verborgenen Bereiche des stillen Tempels führte. »Wir hatten befürchtet, du könntest es nicht schaffen. Wir übersandten Botschaften, wohin wir nur konnten, aber nur an diejenigen, von denen wir wußten, daß sie das Geheimnis unseres tiefen Kummers für sich behalten. Es ist Elistans Wunsch, ruhig und friedlich zu sterben.«

Der Halb-Elf nickte kurz. Er war froh, daß sein Bart die Tränen verbarg. Nicht, daß er sich ihrer geschämt hätte. Die Elfen verehren das Leben über alles und halten es für das heiligste Geschenk der Götter. Elfen verbergen ihre Gefühle nicht, wie es bei Menschen der Fall ist. Aber Tanis fürchtete, daß der Anblick seiner Trauer Elistan aufregen könnte. Er wußte, daß der weise Mann zutiefst bedauerte, daß sein Tod den Zurückbleibenden bitteren Kummer bringen würde.

Tanis und sein Führer passierten eine geheime Kammer, in der Garad und andere Verehrte Söhne und Töchter standen, die einander tröstende Worte sagten. Hinter ihnen befand sich eine verschlossene Tür. Alle Blicke streiften diese Tür, und Tanis hatte keinen Zweifel, wer dahinter lag.

Als Garad Tanis kommen hörte, sah er auf und ging durch den Raum, um den Halb-Elfen zu begrüßen.

»Wir sind so froh, daß du kommen konntest«, sagte der ältere Elf herzlich. Er stammte aus Silvanesti, erkannte Tanis, und mußte unter den ersten Elfen gewesen sein, die zu der Religion übergetreten waren, die sie vor langer, langer Zeit vergessen hatten. »Wir haben schon befürchtet, daß du nicht rechtzeitig zurückkehren würdest.«

»Das ist aber überraschend eingetreten«, murmelte Tanis, dem unbehaglich bewußt wurde, daß sein Schwert – das er vergessen hatte abzulegen – in dieser friedlichen, kummererfüllten Umgebung laut klirrte. Er legte seine Hand darüber.

»Ja, er ist in der Nacht deines Aufbruches schwer erkrankt.« Garad seufzte. »Ich weiß nicht, was in jenem Raum gesagt wurde, aber der Schock muß groß gewesen sein. Er hatte schreckliche Schmerzen. All unsere Bemühungen waren erfolglos. Schließlich kam Dalamar, der Lehrling des Zauberers« – Garad konnte ein Stirnrunzeln nicht zurückhalten – »zum Tempel. Er brachte einen Arzneitrunk mit, der, wie er sagte, den Schmerz lindern würde. Wie er überhaupt davon erfahren hat, kann ich nicht einmal vermuten. Seltsame Dinge passieren an jenem Ort.« Er blickte aus dem Fenster in die Richtung, wo der Turm stand, ein dunkler Schatten, der das helle Licht der Sonne trotzig ablehnte.

»Hast du ihn eintreten lassen?« fragte Tanis erstaunt.

»Ich hätte es ihm verweigert«, antwortete Garad grimmig. »Aber Elistan gab Anweisung, daß ihm der Eintritt erlaubt werden sollte. Und ich muß zugeben, daß sein Heiltrunk gewirkt hat. Der Schmerz verließ unseren Herrn, und ihm ist die Gnade gewährt, in Frieden zu sterben.«

»Und Dalamar?«

»Er ist bei ihm. Seit seiner Ankunft hat er sich weder bewegt noch gesprochen, sondern sitzt stumm in einer Ecke. Aber seine Anwesenheit scheint Elistan zu trösten, und so haben wir ihm erlaubt, hier zu bleiben.«

Ich würde gerne erleben, wie ihr versucht, ihn zum Verschwinden zu veranlassen, dachte Tanis insgeheim, sagte aber nichts. Die Tür öffnete sich. Die Kleriker sahen ängtlich auf, aber es war nur der Meßgehilfe, der leise geklopft hatte und mit jemandem im angrenzenden Raum redete. Er wandte sich um und winkte Tanis zu sich.

Der Halb-Elf betrat das kleine, schlicht eingerichtete Zimmer und versuchte, sich so leise zu bewegen wie die Kleriker in ihren raschelnden Roben und wattierten Pantoffeln. Aber sein Schwert rasselte, seine Stiefel dröhnten, die Schnallen seiner Lederrüstung klapperten. Für seine Ohren klang es wie eine ganze Zwergenarmee. Sein Gesicht glühte, und er versuchte dem Krach abzuhelfen, indem er sich auf Zehenspitzen bewegte. Elistan, der seinen Kopf auf dem Kissen schwach zur Seite drehte, sah zu dem Halb-Elfen hinüber und begann zu lachen.

»Man könnte meinen, mein Freund, du bist gekommen, um mich auszurauben«, bemerkte Elistan, hob eine abgezehrte Hand und hielt sie Tanis entgegen.

Der Halb-Elf versuchte zu lächeln. Er hörte die Tür leise hinter sich schließen und wurde sich nun erst der dunklen Gestalt in einer Ecke des Zimmers bewußt. Aber er ignorierte alles. Er kniete sich ans Bett des Mannes, bei dessen Befreiung aus den Minen von Pax Tarkas er geholfen hatte und dessen sanfter Einfluß eine so wichtige Rolle in seinem und Lauranas Leben gespielt hatte, ergriff die Hand des sterbenden Freundes und hielt sie fest.

»Wäre es so, dann wäre ich auch in der Lage, diesen Feind für dich zu bekämpfen, Elistan«, sagte Tanis und sah auf die abgemagerten weiße Hand, die auf seiner sonnengebräunten Haut ruhte.

»Kein Feind, Tanis, kein Feind. Ein alter Freund kommt zu mir.« Er zog sanft seine Hand aus Tanis' Griff und tätschelte den Arm des Halb-Elfen. »Nein, du verstehst das nicht. Aber du wirst es eines Tages begreifen, das verspreche ich dir. Aber ich habe dich nicht zu mir gebeten, um dich mit Abschiedskummer zu belasten. Ich habe einen Auftrag für dich, mein Freund.« Er winkte, und der junge Meßgehilfe trat mit einer Holzschachtel heran und legte sie in Elistans Hände. Dann zog er sich wieder zurück und stellte sich schweigend neben die Tür.

Die dunkle Gestalt in der Ecke rührte sich nicht.

Elistan hob den Deckel der Schachtel und entnahm ihr einen gefalteten Bogen reinen weißen Pergaments. Er legte den Bogen in Tanis' Hand und schloß dessen Finger darüber.

»Gib das Crysania«, sagte er leise. »Falls sie überlebt, soll sie das nächste Oberhaupt der Kirche sein.« Als er den zweifelnden und mißbilligenden Ausdruck in Tanis' Gesicht sah, lächelte Elistan. »Mein Freund, du bist durch die Dunkelheit gegangen – niemand weiß das besser als ich. Beinahe hätten wir dich verloren. Aber du hat die Nacht ertragen, Tanis, und das Tageslicht erblickt, gestärkt durch das Wissen, das du gewonnen hast. Die gleiche Hoffnung hege ich für Crysania. Sie ist stark in ihrem Glauben, aber, wie du selbst bemerkt hast, es fehlt ihr an Wärme, Mitgefühl und Menschlichkeit. Sie mußte mit eigenen Augen die Prüfungen sehen, die uns das Schicksal des Königspriesters auferlegt hat. Sie mußte verletzt werden, Tanis, schwer verletzt, um überhaupt die Fähigkeit zu erlangen, angesichts von Verletzungen anderer mit Mitgefühl zu reagieren. Und vor allem, Tanis, mußte sie zur Liebe fähig werden.«

Elistan schloß seine Augen, und sein von Leiden angespanntes Gesicht verdunkelte sich vor Trauer. »Ich hätte es für sie anders entschieden, mein Freund, wenn ich in der Lage gewesen wäre. Ich sah die Straße, auf der sie ging. Aber wer stellt die Wege der Götter in Frage? Ich bestimmt nicht. Obwohl« – er öffnete seine Augen und sah Tanis an, und der Halb-Elf bemerkte ein zorniges Glitzern in ihnen – »ich gerne ein wenig mit ihnen streiten würde.«

Tanis hörte hinter sich die leisen Schritte des Meßgehilfen. Elistan nickte. »Ja, ich weiß. Sie fürchten, daß Gäste mich ermüden. Das tun sie auch, aber schon bald werde ich endgültig Ruhe finden.« Der Kleriker schloß seine Augen und lächelte. »Ja, ich werde mich ausruhen. Mein alter Freund kommt, um mich zu begleiten und meine schwachen Schritte zu führen.«

Tanis erhob sich und warf dem Meßgehilfen einen fragenden Blick zu, doch der schüttelte den Kopf.

»Wir wissen nicht, wen er meint«, murmelte der junge Kleriken. »Er hat sonst wenig über diesen alten Freund gesagt. Wir dachten, daß du es vielleicht bist...«

Aber Elistans Stimme ertönte klar von seinem Bett. »Leb wohl, Tanis, Halb-Elf. Richte Laurana meine Liebe aus. Garad und die anderen« – er nickte zur Tür – »kennen meine Wünsche hinsichtlich der Nachfolge. Sie wissen, was ich dir anvertraut habe. Sie werden dir alle helfen, soweit es in ihrer Macht liegt. Auf Wiedersehen, Tanis. Möge Paladins Segen mit dir sein.«

Tanis konnte nichts sagen. Er bückte sich, drückte die Hand des Klerikers und nickte. Vergeblich mühte er sich zu sprechen und gab es schließlich auf. Dann wandte er sich um, ging an der dunklen, stillen Gestalt in der Ecke vorbei und verließ das Zimmer. Seine Augen waren tränenblind.

Garad begleitete ihn zum Vordereingang des Tempels. »Ich weiß, was Elistan dir aufgetragen hat«, sagte der Kleriker, »und glaube mir, ich hoffe, daß seine Wünsche in Erfüllung gehen. Soweit ich verstanden habe, ist Crysania auf einer Art Pilgerfahrt, die sich als sehr gefährlich erweisen könnte?«

»Ja.« Das war alles, was Tanis antworten konnte.

Garad seufzte. »Möge Paladin bei ihr sein. Wir beten für sie. Sie ist eine starke Frau. Die Kirche benötigt Jugend und Stärke, wenn sie wachsen will. Wenn du Hilfe brauchst, Tanis, vergiß nicht, daß du auf uns zählen kannst.«

Der Halb-Elf konnte nur höflich eine zustimmende Antwort murmeln. Garad verbeugte sich und eilte zu seinem sterbenden Herrn zurück. Tanis hielt noch einen Moment in der Türöffnung inne, um die Kontrolle über sich zurückzugewinnen, bevor er hinaustrat. Als er dort stand und noch über Elistans Worte nachdachte, nahm er einen Streit wahr, der bei der Tempeltür ausgetragen wurde.

»Es tut mir leid, Herr, aber ich kann Euch keinen Einlaß in den Tempel gewähren«, sagte ein junger Meßdiener bestimmt.

»Aber ich sage dir, ich bin hier, um Elistan zu sehen«, gab eine quenglige, mürrische Stimme zurück.

Tanis schloß die Augen und lehnte sich gegen die Mauer. Er kannte die Stimme. Erinnerungen überschwemmten ihn mit einer Intensität, so schmerzvoll, daß er einen Moment weder sprechen noch sich bewegen konnte.

»Wenn Ihr mir Euren Namen nennen könntet«, sagte der Meßdiener geduldig, »dann könnte ich ihn fragen...«

»Ich bin... Mein Name ist...« Die Stimme zögerte und klang ein wenig verwirrt. Dann murmelte sie: »Gestern wußte ich es noch...«

Tanis hörte, wie ein Holzstab gereizt auf den Tempelstufen aufschlug. Die Stimme erhob sich jetzt schrill: »Ich bin eine sehr wichtige Person, junger Mann. Und ich bin es nicht gewohnt, mit solch einer Impertinenz behandelt zu werden. Jetzt geh mir aus dem Weg, bevor du mich zwingst, etwas zu tun, was ich bedauern müßte. Ich meine, was du bedauern müßtest. Na ja, einer von uns wird es bedauern.«

»Es tut mir schrecklich leid, Herr«, wiederholte der Meßdiener, und seine Geduld ließ offensichtlich nach, »aber ohne einen Namen kann ich nicht...«

Es folgte ein Schlurfen, dann war es ruhig, und plötzlich hörte Tanis ein wahrhaft unheilvolles Geräusch – das Geräusch von Seiten, die umgeblättert wurden. Unter Tränen lächelnd ging der Halb-Elf zur Tür. Er schaute hinaus und sah einen alten Zauberer auf den Tempelstufen stehen. In mausgraue Roben gekleidet, mit einem zerbeulten Zauberhut, der offensichtlich bereit war, bei der kleinsten Gelegenheit von seinem Kopf zu purzeln, bot der uralte Zauberer einen höchst anrüchigen Anblick. Er hatte seinen schlichten Holzstab gegen die Tempelmauer gelehnt und blätterte jetzt, ohne den erröteten und entrüsteten Meßdiener zu beachten, in den Seiten seines Zauberbuches. Dabei murmelte er: »Feuerkugel... Feuerkugel... Wie geht dieser verdammte Zauber denn?«

Sanft legte Tanis seine Hand auf die Schulter des Meßdieners. »Er ist wirklich eine wichtige Person«, erklärte der Halb-Elf leise. »Du kannst ihn hineinlassen. Ich werde die volle Verantwortung übernehmen.«

»Ist er das?« Der Meßdiener sah ihn zweifelnd an.

Beim Klang von Tanis' Stimme hob der Zauberer den Kopf und blickte sich um. »Häh? Wichtige Person? Wo?« Als er Tanis sah, zuckte er zusammen. »Nanu! Wie geht es dir?« Er wollte seine Hand ausstrecken, verhedderte sich in seinen Roben und ließ sein Zauberbuch zu Boden fallen. Er bückte sich, um es wieder aufzuheben, stieß dabei seinen Stab um und ließ ihn klappernd die Stufen hinunterrollen. In diesem Durcheinander flog auch sein Hut davon. Die Unterstützung von Tanis und dem Meßdiener war nötig, um den alten Mann wieder aufzurichten.

»Aua, mein Zeh! Verdammt! Hab' meinen Platz verloren. Dummer Stab! Wo ist mein Hut?«

Schließlich war die Ordnung mehr oder weniger wiederhergestellt. Der alte Zauberer stopfte sein Zauberbuch in einen Beutel zurück und stülpte seinen Hut fest auf den Kopf, nachdem er zuvor das umgekehrte Verfahren erfolglos ausprobiert hatte. Unglücklicherweise glitt der Hut sofort herab und bedeckte seine Augen.

»Von Blindheit geschlagen, bei den Göttern!« bemerkte der alte Zauberer ehrfürchtig und fuchtelte mit beiden Händen um sich.

Doch dieses Problem war schnell gelöst. Der Meßdiener – mit einem immer noch zweifelnden Blick auf Tanis – schob sanft den Hut auf den weißhaarigen Scheitel zurück. Der alte Zauberer funkelte den jungen Mann wütend an und wandte sich dann an Tanis. »Wichtige Person? Ja, das bist du… glaube ich. Sind wir uns schon einmal begegnet?«

»In der Tat, ja«, erwiderte Tanis. »Aber du bist die wichtige Person, von der ich gesprochen habe, Fizban.«

»Ich?« Der alte Zauberer schien einen Moment zu taumeln. Dann funkelte er mit einem »Hm« wieder den jungen Kleriker an. »Nun, natürlich. Sagte ich doch! Geh zur Seite, geh zur Seite«, befahl er dem Meßdiener gereizt.

Als er in der Tempeltür stand, wandte sich der alte Mann noch einmal um und sah Tanis unter der Krempe seines zerbeulten Hutes an. Er blieb stehen und legte eine Hand auf den Arm des Halb-Elfen. Der verwirrte Ausdruck verschwand aus seinem Gesicht, und er musterte Tanis aufmerksam.

»Du bist niemals einer dunkleren Stunde entgegengegangen, Halb-Elf«, sagte der alte Zauberer ernst. »Es besteht Hoffnung, aber die Liebe muß triumphieren.« Damit trottete er davon und stolperte schon im nächsten Augenblick gegen einen Schrank.

Zwei Kleriker kamen ihm zur Hilfe und führten ihn weiter.

»Wer ist er?« fragte der junge Meßdiener und starrte verwirrt dem alten Zauberer nach.

»Ein Freund von Elistan«, murmelte Tanis. »Ein sehr alter Freund.«

Als Tanis den Tempel verließ, hörte er noch eine ferne Stimme jammern: »Mein Hut!«

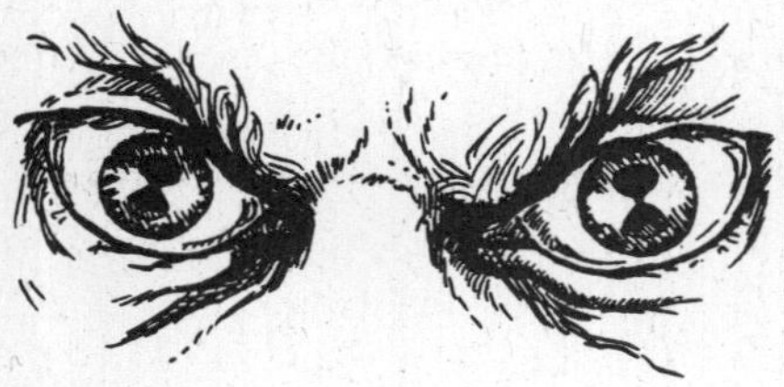

14

»Crysania...«

Er bekam keine Antwort, sondern hörte nur ein leises Stöhnen.

»Pst. Es ist alles gut. Du bist verletzt worden, aber der Feind ist verschwunden. Trink das, es wird den Schmerz lindern.«

Raistlin hatte aus einem Beutel einige Kräuter geholt und sie in einen Becher mit dampfendem Wasser geworfen. Jetzt hob er Crysania von ihrem Bett aus blutdurchtränkten Blättern hoch und hielt den Becher an ihre Lippen. Als sie trank, glättete sich ihr Gesicht, und sie öffnete ihre Augen.

»Ja«, murmelte sie und lehnte sich an ihn. »Es geht besser.«

»Jetzt«, fuhr Raistlin sanft fort, »mußt du zu Paladin beten, daß er dich heilt, Verehrte Tochter. Wir müssen weitergehen.«

»Ich... ich weiß nicht, Raistlin. Ich fühle mich so schwach und... und Paladin scheint so weit weg zu sein!«

»Zu Paladin beten?« fragte eine strenge Stimme. »Du begehst Gotteslästerung, Schwarze Robe!«

Stirnrunzelnd und verärgert sah Raistlin auf. Seine Augen weiteten sich. »Sturm!« keuchte er.

Aber der junge Ritter beachtete ihn nicht. Er starrte auf Crysania und beobachtete voller Furcht, wie sich die Wunden an ihrem Körper schlossen, auch wenn sie nicht völlig ausheilten. »Hexen!« schrie der Ritter und zog sein Schwert. »Hexen!«

»Hexe?« Crysania hob ihren Kopf. »Nein, Herr Ritter. Ich bin keine Hexe. Ich bin eine Klerikerin, eine Klerikerin von Paladin! Schau auf das Medaillon, das ich trage!«

»Du lügst!« rief Sturm heftig. »Es gibt keine Kleriker mehr! Sie sind während der Umwälzung verschwunden. Aber wenn du eine bist, was treibst du dann in der Gesellschaft dieses verruchten Schwarzen?«

»Sturm! Ich bin es doch, Raistlin!« Der Erzmagier erhob sich. »Sieh mich an! Erkennst du mich nicht wieder?«

Der junge Ritter richtete sein Schwert gegen den Magier, und dessen Spitze stieß an Raistlins Kehle. »Ich weiß nicht, auf welchen Zauberwegen du meinen Namen herbeigerufen hast, Schwarze Robe, aber sag ihn nicht noch einmal, sonst wird es dir schlecht ergehen. Wir in Solace machen mit Hexen und Zauberern kurzen Prozeß.«

»Da du ein mutiger und heiliger Ritter bist, gebunden an die Schwüre der Ritterlichkeit und des Gehorsams, bitte ich dich um Gerechtigkeit«, sagte Crysania, die sich mit Raistlins Hilfe langsam aufrichtete.

Das strenge Gesicht des jungen Mannes glättete sich. Er verneigte sich und steckte mit einem erneuten Seitenblick auf Raistlin sein Schwert wieder ein. »Du sprichst wahr, meine Dame. Ich bin an diese Schwüre gebunden, und Gerechtigkeit soll dir gewährt werden.«

Noch während er sprach, wurde aus dem Blätterbett ein Holzboden, die Bäume wurden Bänke, der Himmel eine Zimmerdecke und die Straße ein Gang zwischen den Bänken. Wir sind in der Halle der Gerechtigkeit, erkannte Raistlin, den ein Schwindel über diese plötzliche Veränderung erfaßte. Sein Arm lag noch immer um Crysania, und er half ihr, an einem kleinen Tisch mitten im Raum Platz zu nehmen. Vor ihnen tauchte ein Podest auf. Als Raistlin hinter sich schaute, bemerkte er, daß sich in dem Raum viele Leute drängten, die alle mit Interesse und Vergnügen zusahen.

Er machte große Augen. Er kannte diese Leute! Da war Otik, der Besitzer des Wirtshauses »Zur letzten Bleibe«, der einen Teller mit Würzkartoffeln verspeiste. Da war Tika, deren rote Locken auf und ab hüpften und die auf Crysania zeigte, etwas sagte und lachte. Und Kitiara! Sie stand an den Türrahmen gelehnt, von sie anhimmelnden jungen Männern umgeben, ihre Hand am Knauf ihres Schwertes, und winkte ihm zu.

Raistlin sah sich fieberhaft um. Sein Vater, ein armer Holzfäller, saß in einer Ecke, die Schultern gebeugt, diesen ständigen Blick voll Kummer und Sorge auf seinem Gesicht. Laurana saß abseits, ihre kühle Elfenschönheit glänzte wie ein strahlender Stern in der schwärzesten Nacht.

Neben ihm rief Crysania: »Elistan!« Sie erhob sich und streckte ihre Hand aus, aber der Kleriker sah sie nur traurig und ernst an und schüttelte den Kopf.

»Erhebt euch und erweist Ehre!« ertönte eine Stimme.

Mit viel Geschlurfe und Scharren erhoben sich alle aus den Bänken in der Halle der Gerechtigkeit. Ein respektvolles Schweigen senkte sich über die Menge, als der Richter eintrat. In die grauen Roben von Gilean, dem Herrn der Neutralität, gekleidet, nahm der Richter seinen Platz hinter dem Podium ein und wandte sein Gesicht den Angeklagten zu.

»Tanis!« rief Raistlin und tat einen Schritt nach vorne.

Aber der bärtige Halb-Elf runzelte nur die Stirn über dieses unschickliche Verhalten, während ein mürrischer alter Zwerg – der Gerichtsvollzieher – nach vorne stapfte und mit dem Endstück seiner Streitaxt Raistlin in die Seite stieß. »Setz dich, Hexer, und rede erst, wenn du angesprochen wirst.«

»Flint?« Raistlin packte den Zwerg am Arm. »Kennst du mich denn nicht?«

»Und faß den Gerichtsvollzieher nicht an!« brüllte Flint zornerregt und riß seinen Arm frei. »Pah«, grummelte er, als er zurückstolzierte, um seinen Platz neben dem Richter einzunehmen. »Kein Respekt vor meinem Alter oder meiner Position. Du glaubst wohl, ich bin ein Sack Mehl, den jeder anpakken kann...«

»Es reicht, Flint«, unterbrach Tanis und beäugte Raistlin und Crysania streng. »Also, wer erhebt Anklage gegen diese beiden?«

»Ich«, sagte ein Ritter in glänzender Rüstung und erhob sich.

»Sehr gut, Sturm Feuerklinge«, sagte Tanis, »du wirst Gelegenheit erhalten, deine Anschuldigungen vorzubringen. Und wer verteidigt diese beiden?«

Raistlin wollte aufstehen und antworten, aber er wurde unterbrochen.

»Ich! Hier, Tanis... Ich, hier vorne! Warte. Ich... ich scheine festzustecken...«

Gelächter dröhnte durch die Halle der Gerechtigkeit, die Menge drehte sich um und starrte auf einen Kender, der sich abmühte, mit einem riesigen Bücherstapel durch die Tür zu kommen. Mit einem spöttischen Lächeln streckte Kitiara ihre Hand aus, packte ihn an seinem Haarzopf, zog ihn durch die Tür und schleuderte ihn unsanft auf den Boden. Die Bücher flogen durch die Gegend, und die Menge brüllte vor Lachen. Völlig unberührt rappelte sich der Kender auf, staubte sich ab, stolperte über die Bücher und schaffte es schließlich, vorne anzulangen.

»Ich bin Tolpan Barfuß«, sagte der Kender und wollte Raistlin seine kleine Hand reichen. Der Erzmagier starrte Tolpan verwundert an und rührte sich nicht. Mit einem Schulterzucken schaute Tolpan auf seine Hand, seufzte, wandte sich um und ging zum Richter. »Hallo, mein Name ist Tolpan Barfuß...«

»Setz dich!« brüllte der Zwerg. »Dem Richter schüttelst du nicht die Hand, du Türknopf!«

»Na ja«, antwortete Tolpan beleidigt. »Ich denke, ich könnte, wenn ich wollte. Ich bin schließlich höflich, etwas, wovon ihr Zwerge keine Ahnung habt. Ich...«

»Setz dich und halt den Mund!« schrie der Zwerg und schlug mit dem Endstück seiner Axt auf den Boden.

Mit tanzendem Haarzopf wandte sich der Kender ab, ging gehorsam zurück und setzte sich neben Raistlin. Aber bevor er Platz nahm, sah er zu den Zuschauern hinüber und ahmte den mürrischen Blick des Zwergen so gut nach, daß die Menge vor Schadenfreude grölte, was den Zwerg noch zorniger machte. Aber jetzt mischte sich der Richter ein.

»Ruhe«, rief Tanis streng, und die Menge verstummte.

Tolpan ließ sich neben Raistlin plumpsen. Der Magier, der eine sanfte Berührung spürte, funkelte den Kender an und streckte seine Hand aus.

»Gib das zurück!« verlangte er.

»Was zurück? Oh, das? Gehört dir das? Du mußt es fallen gelassen haben«, erwiderte Tolpan unschuldig und reichte Raistlin einen seiner Beutel mit Zauberzutaten. »Ich fand ihn auf dem Boden...«

Raistlin riß dem Kender den Beutel aus der Hand und befestigte ihn wieder an der Kordel um seine Taille.

»Du könntest dich wenigstens bedanken«, bemerkte Tolpan mit schrillem Flüsterton. Doch dann verstummte er, als er den strengen Blick des Richters erhaschte.

»Wie lauten die Anklagen gegen diese beiden?« fragte Tanis.

Sturm Feuerklinge trat vor. Es gab vereinzelten Applaus. Der junge Ritter mit seinen hohen Wertmaßstäben und seiner melancholischen Miene war offensichtlich beliebt.

»Ich fand diese zwei in der Wildnis, Euer Ehren. Der Schwarzgekleidete nannte den Namen von Paladin« – aus der Menge kam wütendes Gemurmel – »und während ich noch zusah, braute er ein übles Getränk zusammen und gab es der Frau zu trinken. Sie war schwerverletzt. Blut bedeckte ihre Robe, und ihr Gesicht war verbrannt und vernarbt, als wäre sie einem Brand zum Opfer gefallen. Aber nachdem sie dieses Hexengebräu getrunken hatte, war sie geheilt!«

»Nein!« rief Crysania und erhob sich unsicher. »Das stimmt nicht. Jener Trank, den mir Raistlin gab, hat lediglich meinen Schmerz gelindert. Es waren meine Gebete, die mich heilten! Ich bin eine Klerikerin von Paladin...«

»Entschuldigt, Euer Ehren«, kreischte der Kender und sprang auf die Füße. »Meine Klientin gedachte nicht zu sagen, daß sie eine Klerikerin von Paladin ist. Eine Pantomime vorführen, das ist, was sie gemeint hat. Ja, das ist es.« Tolpan kicherte. »Nur ein wenig Spaß haben, um die Reise lustiger zu gestalten. Es ist ein Spiel, das alle ständig spielen. Ha, ha.« Er wandte sich an Crysania, runzelte die Stirn und flüsterte in einer Lautstärke, daß es alle im Saal hören konnten: »Was machst du denn? Wie soll ich dich hier überhaupt rausbekommen, wenn du herumläufst und die Wahrheit sagst! Ich würde das gar nicht erst zur Spache bringen!«

»Ruhe!« brüllte der Zwerg.

Der Kender wirbelte herum. »Und auch du fängst allmählich

an, mich zu langweilen, Flint!« schrie er. »Hör auf, mit dieser Axt auf dem Boden herumzuhämmern, oder ich binde sie dir um den Hals!«

Die Leute im Saal bogen sich vor Gelächter, und selbst der Richter lächelte.

Crysania sank zurück neben Raistlin. Ihr Gesicht war leichenblaß. »Was ist das für ein Possenspiel?« murmelte sie ängstlich.

»Ich weiß es auch nicht, aber ich werde dem ein Ende bereiten.« Raistlin erhob sich.

»Schweigt alle.« Seine sanfte, flüsternde Stimme ließ alle verstummen. »Die Dame ist eine heilige Klerikerin von Paladin! Ich bin ein Zauberer der Schwarzen Roben, geübt in den Künsten der Magie...«

»Oh, mach mal was Magisches!« schrie der Kender und sprang wieder auf die Füße. »Laß mich in einen Ententeich sausen...«

»Setz dich!« rief der Zwerg.

»Setzt seinen Bart in Brand!« Tolpan lachte.

Für diesen Vorschlag gab es wieder eine Beifallssalve.

»Ja, zeige uns ein wenig Magie, Zauberer«, rief Tanis laut über die Heiterkeit in der Halle.

Alle verstummten, und dann begann die Menge zu murmeln. »Ja, Zauberer, zeig uns ein wenig Magie. Zaubere ein wenig, Hexer!« Kitiaras Stimme ertönte laut über den anderen, stark und mächtig. »Vollführe ein wenig Magie, du zerbrechlicher und kränklicher Wicht, wenn du kannst!«

Raistlins Zunge klebte am Gaumen. Crysania starrte ihn mit Hoffnung und Entsetzen in ihrem Blick an. Seine Hände zitterten. Er nahm den Stab des Magus, der an seiner Seite stand, aber als er sich erinnerte, was dieser ihm zuvor angetan hatte, wagte er nicht, ihn zu gebrauchen.

Er zog sich am Tisch hoch und warf einen verächtlichen Blick auf die Menge. »Ha! Ich habe es nicht nötig, mich vor so einem Pack wie euch unter Beweis zu stellen...«

»Ich finde aber auch, das wäre wirklich eine gute Idee«, murmelte Tolpan und zupfte an Raistlins Robe.

»Seht ihr!« schrie Sturm. »Der Hexer kann es nicht! Ich verlange Gerechtigkeit!«

»Gerechtigkeit! Gerechtigkeit!« grölte die Menge. »Verbrennt die Hexen! Verbrennt ihre Körper! Rettet ihre Seelen!«

»Nun, Zauberer?« fragte Tanis streng. »Kannst du beweisen, was du behauptest zu können?«

Zauberworte entschlüpften ihm ohne Kontrolle. Crysanias Hände umklammerten ihn. Der Lärm betäubte ihn. Er konnte nicht denken! Er wollte allein sein, fort von diesen lachenden Mäulern und flehenden, angsterfüllten Augen. »Ich...«, stammelte er und senkte seinen Kopf.

»Verbrennt sie!«

Grobe Hände ergriffen Raistlin. Das Gericht verschwand vor seinen Augen. Er kämpfte, aber es war sinnlos. Der Mann, der ihn festhielt, war groß und stark, mit einem Gesicht, das einst vielleicht fröhlich gewesen war, aber jetzt ernst und gespannt dreinschaute.

»Caramon! Bruder!« schrie Raistlin und wand sich im Griff des großen Mannes.

Aber Caramon ignorierte ihn. Er packte Raistlin nur noch fester und zerrte den zerbrechlichen Magier einen Hügel hoch. Raistlin schaute sich um. Vor ihm erhoben sich auf dem Hügel zwei hohe Holzpfosten, die in den Boden getrieben waren. Am Fuß jedes Pfostens warfen die Stadtbewohner – seine Freunde, seine Nachbarn – schadenfroh riesige Mengen Trockenholz auf einen Haufen.

»Wo ist Crysania?« fragte er seinen Bruder und hoffte, sie wäre entkommen und könnte nun zurückkehren, um ihm zu helfen. Doch dann erhaschte Raistlin einen Blick auf weiße Roben. Elistan band Crysania gerade an einen Pfahl. Sie kämpfte und versuchte, seinem Griff zu entfliehen, aber sie war von ihrem Leiden geschwächt. Schließlich gab sie auf. Vor Angst und Verzweiflung weinend, sackte sie gegen den Pfahl zusammen, während ihre Hände nach hinten und ihre Füße am Pfahl gefesselt waren.

Ihr dunkles Haar fiel über ihre glatten, bloßen Schultern, die vor Weinen bebten. Ihre Wunden hatten sich geöffnet, und ihr Blut färbte ihre Roben rot. Raistlin meinte, sie einen Schrei zu Paladin ausstoßen zu hören, aber falls das stimmte, konnten ihre Worte über dem grölenden Mob nicht gehört werden. Ihr Glaube ließ im gleichen Maße nach, wie sie selbst schwächer wurde.

Tanis trat mit einer brennenden Fackel in seiner Hand heran. Er wandte sich an Raistlin. »Du wirst erst ihr Schicksal anschauen und dann dein eigenes erleben, Hexer!« rief er.

»Nein!« Raistlin kämpfte, aber Caramon hielt ihn fest.

Tanis bückte sich und warf die flammende Fackel in das öldurchtränkte, trockene Holz. Es fing sofort Feuer, das sich schnell ausbreitete und bald Crysanias weiße Roben verschlang. Raistlin hörte ihren qualvollen Schrei durch das tosende Feuer. Es gelang ihr, den Kopf zu heben, um einen letzten Blick zu Raistlin zu schicken.

Als Raistlin den Schmerz und die Angst in ihren Augen sah und auch ihre Liebe, brannte sein Herz in einem Feuer, das heißer war, als es ein Lebewesen erzeugen konnte. »Sie wollen Magie! Ich gebe ihnen Magie!« Und bevor er weiter nachdachte, schob er den verblüfften Caramon zur Seite, riß sich frei und streckte seine Arme dem Himmel entgegen.

In diesem Moment traten die Worte der Magie in seine Seele, um ihn nie wieder zu verlassen.

Blitze zuckten aus seinen Fingerspitzen und streiften die Wolken im rotgefärbten Himmel. Die Wolken antworteten mit Blitzen, die nach unten fuhren und in den Boden vor den Füßen des Magiers einschlugen.

Zornerfüllt wandte sich Raistlin der Menge zu – aber die Menschen waren verschwunden, wie aufgelöst, als ob sie niemals existiert hätten.

»Ah, meine Königin!« Ein Lachen perlte über seine Lippen. Freude jagte durch seine Seele, während die Ekstase seiner Magie in seinem Blut glühte. Und schließlich verstand er. Er verstand seine große Torheit, und er erkannte seine große Chance.

Er war getäuscht worden – von sich selbst! Tolpan hatte ihm in Zaman den Schlüssel gegeben, aber er hatte nicht weiter darüber nachgedacht. »Ich dachte manchmal an etwas«, hatte der Kender erzählt, »und da tauchte es auch auf! Wenn ich irgendwohin wollte, mußte ich nur daran denken, und entweder kam der Ort zu mir, oder ich ging dorthin, darüber bin ich mir nicht ganz sicher. Es waren alle Städte, in denen ich je gewesen war, und doch keine von ihnen.« So hatte der Kender erzählt.

Ich habe vermutet, die Hölle sei eine Widerspiegelung der Welt, erkannte Raistlin. Und so bin ich durch sie gereist. Aber das stimmt nicht. Sie ist nichts weiter als eine Widerspiegelung meines Geistes! Ich bin die ganze Zeit nur durch meinen eigenen Geist gereist!

Die Königin ist in der Heimat der Götter, weil ich glaubte, daß sie dort ist. Und die Heimat der Götter ist genauso weit entfernt oder in der Nähe, wie ich mich entscheide! Meine Magie hat nicht funktioniert, weil ich gezweifelt habe, und nicht weil mich etwas abhielt, sie anzuwenden. Ich war schon fast soweit, mich selbst zu besiegen! Ah, aber jetzt weiß ich Bescheid, meine Königin! Jetzt weiß ich Bescheid, und jetzt kann ich triumphieren! Denn die Heimat der Götter ist nur einen Schritt entfernt, und es ist nur ein weiterer Schritt zum Portal...

»Raistlin!«

Die Stimme klang leise, gequält, erschöpft und verbraucht. Raistlin wandte seinen Kopf um. Die Menge war verschwunden, weil sie niemals existiert hatte. Sie war seine Erfindung gewesen. Das Dorf, das Land, der Kontinent, alles, was er sich vorgestellt hatte, war verschwunden. Er befand sich in einem flachen, wellenförmigen Nichts. Himmel und Boden waren nicht zu unterscheiden, denn beide waren in den gleichen unheimlichen, brennenden Rosaton getaucht. Eine blasse Linie am Horizont schnitt sich wie ein Messer durch das Land.

Aber ein Gegenstand war nicht verschwunden – der Holzpfahl. Umgeben von angekohltem Holz, reckte er sich in den rosafarbenen Himmel und drängte sich von dem Nichts unter ihm nach oben. Eine Gestalt lag neben dem Pfahl. Sie hatte vielleicht einst weiße Roben getragen, aber jetzt waren sie schwarz verbrannt, und der Geruch verkohlten Fleisches war stark.

Raistlin trat näher. Er kniete sich auf die noch warme Asche und drehte die Gestalt auf die andere Seite. »Crysania«, murmelte er.

»Raistlin?« Ihr Gesicht war schrecklich verbrannt, und blinde Augen starrten ins Leere. Sie hielt ihm eine Hand entgegen, die nichts weiter war als eine geschwärzte Klaue. »Raistlin?« Sie stöhnte vor Qual.

Seine Hand schloß sich um ihre. »Ich kann nicht sehen!« wimmerte sie. »Alles ist dunkel! Bist du es?«

»Ja«, antwortete er.

»Raistlin, ich habe versagt...«

»Nein, Crysania, das hast du nicht«, antwortete er, und seine Stimme war kühl und gleichmäßig. »Ich bin unverletzt. Meine

Magie ist jetzt stark, stärker als je zuvor in allen Zeiten, in denen ich lebte. Ich werde jetzt weitergehen und die Dunkle Königin besiegen.«

Ihre gesprungenen und mit Blasen bedeckten Lippen teilten sich zu einem Lächeln. Die Hand, die Raistlin hielt, festigte ihren Griff. »Dann wurden meine Gebete erhört.« Sie würgte, und ein Schmerzenskrampf zuckte durch ihren Körper. Als sie dann wieder Atem schöpfen konnte, flüsterte sie etwas. Raistlin beugte sich näher zu ihr. »Ich sterbe, Raistlin. Ich bin unerträglich geschwächt. Bald wird Paladin mich zu sich nehmen. Bleib bei mir, Raistlin. Bleib bei mir, während ich sterbe...«

Raistlin sah auf die erbärmlichen Überreste der Frau hinab. Und als er ihre Hand hielt, kam ihm unvermittelt eine Vision, wie er sie im Wald in der Nähe von Kargod gesehen hatte, als er beinahe die Kontrolle über sich selbst verloren und sie genommen hätte – ihre weiße Haut, ihr seidenweiches Haar, ihre glänzenden Augen. Er erinnerte sich an die Liebe in ihren Augen, er erinnerte sich, wie eng er sie in seinen Armen gehalten hatte, er erinnerte sich, daß er ihre glatte Haut geküßt hatte...

Jede einzelne Erinnerung verbrannte Raistlin hintereinander in seinem Gedächtnis. Er setzte sie mit seiner Magie in Brand und sah zu, wie sie sich zu Asche verwandelten und vom Rauch weggeblasen wurden. Mit seiner anderen Hand befreite er sich aus ihrer Umklammerung.

»Raistlin!« schrie sie, und ihre Hand griff entsetzt ins Leere.

»Du hast meinem Zweck gut gedient, Verehrte Tochter«, sagte Raistlin, und seine Stimme klang so glatt und kalt wie die silberne Klinge des Dolches, den er an seinem Handgelenk trug. »Die Zeit drängt. Schon jetzt kommen jene dem Portal in Palanthas immer näher, um mir Einhalt zu gebieten. Ich muß jetzt die Königin herausfordern und meine letzte Schlacht mit ihren Lakaien austragen. Aber nach meinem Sieg muß ich zum Portal zurückkehren und es betreten, bevor es jemandem gelingt, mich aufzuhalten.«

»Raistlin, verlaß mich nicht! Bitte, laß mich nicht allein in der Dunkelheit!«

Raistlin stützte sich auf den Stab des Magus, der jetzt in einem hellen, leuchtenden Licht strahlte, und richtete sich auf. »Leb wohl, Verehrte Tochter«, sagte er mit einem sanften, zischenden Flüstern. »Ich brauche dich jetzt nicht mehr.«

Crysania hörte das Rascheln seiner schwarzen Roben, als er verschwand. Sie hörte den Stab des Magus nicht aufschlagen. Durch den erstickenden, beißenden Geruch von Rauch und verbranntem Fleisch konnte sie auch den schwachen Duft von Rosenblättern riechen...

Und dann herrschte vollkommene Stille. Sie wußte, daß er gegangen war.

Sie war allein, und ihr Leben strömte aus ihren Venen, so wie ihre Illusionen langsam verströmten.

»Wenn du wieder einmal deutlich sehen wirst, Crysania, wirst du von der Dunkelheit blind sein... von unendlicher Dunkelheit.«

So hatte ihr Loralon, der Elfenkleriker, vor dem Untergang Istars prophezeit. Crysania wollte weinen, aber das Feuer hatte die Quelle ihrer Tränen verbrannt.

»Jetzt sehe ich«, flüsterte sie in der Dunkelheit. »Ich sehe so deutlich! Ich habe mich selbst getäuscht! Ich habe ihm nichts bedeutet – ich war nur eine Spielfigur, die er auf dem Brett seines großen Spiels herumschiebt, so wie es ihm beliebt. Und selbst als er mich benutzt hat – habe doch ich ihn benutzt!« Sie stöhnte. »Ich benutzte ihn, um meinen Stolz, meinen Ehrgeiz zu befriedigen! Meine Dunkelheit hat seine eigene verstärkt! Er ist verloren, und ich habe ihn in seinen eigenen Untergang geführt! Denn wenn er jetzt die Dunkle Königin besiegt, dann nur, um ihren Platz einzunehmen!«

Sie starrte zum Himmel hoch, den sie nicht sehen konnte, und schrie auf vor Qual. »Das habe ich getan, Paladin! Ich habe dieses Übel über mich gebracht und über die Welt! Aber, o mein Gott, welch größeres Übel habe ich über *ihn* gebracht!«

Dort in der ewigen Dunkelheit weinte Crysanias Herz alle Tränen, die ihre Augen nicht mehr weinen konnten. »Ich liebe dich, Raistlin«, murmelte sie. »Ich konnte es dir niemals sagen. Ich konnte es mir selbst nicht eingestehen.« Sie warf ihren Kopf umher, ergriffen von einem Schmerz, der sie tiefer versengte als alle Flammen. »Aber was hätte es geändert, wenn ich es gesagt hätte?«

Der Schmerz ließ nach. Es schien ihr, als glitte sie weg. Und sie begann die Gewalt über ihr Bewußtsein zu verlieren.

Gut, dachte sie erschöpft. Ich sterbe. Laß den Tod schnell kommen und meine bittere Qual beenden.

Sie holte Atem. »Paladin, verzeih mir«, murmelte sie.

Noch ein Atemzug: »Raistlin...«

Ein weiterer, schwächerer Atemzug: »Verzeih...«

Tanis stand außerhalb des Tempels und dachte über die Worte des alten Zauberers nach. Dann räusperte er sich. Die Liebe muß triumphieren!

Er wischte seine Tränen weg und schüttelte verbittert den Kopf. Fizbans Magie würde dieses Mal nicht funktionieren. Die Liebe spielte in diesem Spiel nicht die allerkleinste Rolle. Raistlin hatte vor langer Zeit die Liebe seines Zwillingsbruders für seine eigenen Zwecke verzerrt und mißbraucht und Caramon schließlich als aufgedunsene Masse schwabbeligen Fleisches und Zwergenschnapses zurückgelassen. Marmor verfügte eher über die Fähigkeit zur Liebe als diese steinerne Jungfrau Crysania. Und was Kitiara betraf... Hatte sie jemals geliebt?

Tanis zog ein finsteres Gesicht. Eigentlich wollte er nicht an sie denken, nicht schon wieder. Aber jeder Versuch, die Erinnerungen an sie in den dunklen Verliesen seiner Seele zu verschließen, ließ das Licht nur noch heller über sie scheinen. Er ertappte sich dabei, daß er an die Zeit zurückdachte, als sie sich in der Nähe von Solace in der Wildnis kennengelernt hatten. Tanis hatte eine junge Frau entdeckt, die gegen Goblins um ihr Leben kämpfte, und war zu ihrer Rettung geeilt – nur um zu erfahren, daß sich die junge Frau im Zorn gegen ihn wandte und ihn beschuldigte, ihr den Spaß verdorben zu haben!

Tanis war von ihr gefesselt. Bis dahin hatte seine Liebe ausschließlich einem zierlichen Elfenmädchen, Laurana, gegolten. Aber das war eine kindliche Romanze gewesen. Er und Laurana waren zusammen aufgewachsen, denn ihr Vater hatte den Mischling aus Barmherzigkeit aufgenommen, als seine Mutter bei der Geburt gestorben war. Lauranas mädchenhafte Vernarrtheit in Tanis – eine Liebe, die ihr Vater niemals gebilligt hätte – war tatsächlich teilweise der Grund, daß der Halb-Elf seine Elfenheimat verlassen hatte und mit dem alten Flint, dem Zwergenschmied, durch die Welt gezogen war.

Tanis hatte zuvor niemals eine Frau wie Kitiara getroffen – kühn, mutig, schön und sinnlich. Sie machte kein Geheimnis aus der Tatsache, daß sie den Halb-Elfen bei ihrer ersten Begegnung attraktiv gefunden hatte. Eine verspielte Schlacht zwischen ihnen endete in einer leidenschaftlichen Nacht unter Kitiaras Felldecken. Danach waren die beiden oft zusammen und reisten gemeinsam oder in Begleitung ihres Freundes Sturm Feuerklinge und von Kitiaras Halbbrüdern Caramon und Raistlin.

Als Tanis sich selbst seufzen hörte, schüttelte er wütend den Kopf. Nein! Er nahm all diese Gedanken, schleuderte sie in die Dunkelheit zurück, verschloß und verriegelte die Tür. Kitiara hatte ihn niemals geliebt. Er hatte sie amüsiert, mehr nicht. Er hatte sie unterhalten. Als sich die Gelegenheit bot, das zu bekommen, was sie wirklich wollte – Macht –, hatte sie ihn verlassen, ohne noch einen Gedanken an ihn zu verlieren. Aber während er noch den Schlüssel zu den Verliesen seiner Seele umdrehte, hörte Tanis wieder Kitiaras Stimme. Er hörte die Worte, die sie in der Nacht des Niedergangs der Königin der Finsternis gesprochen hatte, der Nacht, in der Kitiara ihm und Laurana zur Flucht verholfen hatte.

»Leb wohl, Halb-Elf. Vergiß nicht, ich tue dies aus Liebe zu dir!«

Eine dunkle Gestalt, wie die Verkörperung seines eigenen Schattens, tauchte neben Tanis auf. Der Halb-Elf zuckte in einer plötzlichen, unvernünftigen Angst zusammen, daß er vielleicht ein Bild seines eigenen Unbewußten heraufbeschworen hatte. Aber die Gestalt grüßte ihn, und Tanis erkannte, daß sie aus Fleisch und Blut war. Er seufzte erleichtert auf und hoffte, daß dem Dunkelelfen nicht aufgefallen war, wie geistesabwesend er gewesen war. Tatsächlich hatte er Angst, daß Dalamar seine Gedanken geahnt haben könnte. Er räusperte sich mürrisch und sah den schwarzgekleideten Magier an.

»Ist Elistan...«

»Tot?« fragte Dalamar kalt. »Nein, noch nicht. Aber ich habe das Nahen einer Person gespürt, deren Anwesenheit ich recht unbehaglich finden würde, und da meine Dienste nicht länger erforderlich waren, bin ich gegangen.«

Tanis hielt auf dem Rasen ein und drehte sich, um dem Dunkelelfen ins Gesicht zu sehen. Dalamar hatte seine schwarze Kapuze nicht heruntergezogen, und seine Gesichtszüge waren im friedlichen Zwielicht deutlich sichtbar. »Warum hast du das getan?« wollte Tanis wissen.

Auch der Dunkelelf blieb stehen und betrachtete Tanis mit einem leichten Lächeln. »Was getan?«

»Daß du zu Elistan gegangen bist! Um seinen Schmerz zu lindern?« Tanis machte eine weite Handbewegung. »Wie ich beim letzten Mal erlebt habe, läßt dich das Betreten dieses Bodens die Qualen eines Verdammten erleiden.« Sein Gesicht wurde grimmig. »Ich kann mir nicht vorstellen, daß ein Schüler von Raistlin sich so sehr um jemanden sorgt.«

»Das ist wahr«, erwiderte Dalamar ruhig. »Raistlins Schüler gibt persönlich nicht die wertloseste Münze dafür, was aus dem Kleriker wird. Aber Raistlins Schüler ist rechtschaffen. Er wurde unterwiesen, seine Schulden zu zahlen, unterwiesen, niemandem verpflichtet zu sein. Steht das im Einklang mit dem, was du über meinen Meister weißt?«

»Ja«, gab Tanis widerwillig zu, »aber...«

»Ich habe eine Schuld zurückgezahlt, weiter nichts«, erklärte Dalamar. Als er seinen Weg über den Rasen fortsetzte, sah Tanis wieder den Ausdruck von Schmerzen auf seinem Gesicht. Der Dunkelelf wollte offensichtlich diesen Ort so schnell wie möglich verlassen. Tanis hatte Mühe, mit ihm Schritt zu halten. »Weißt du«, fuhr Dalamar fort, »Elistan ist einmal in den Turm der Erzmagier gekommen, um meinem Meister zu helfen.«

»Um Raistlin zu helfen?« Tanis hielt wieder an. Er war sprachlos. Dalamar blieb jedoch nicht stehen, und Tanis war gezwungen, ihm nachzueilen.

»Ja«, sagte der Dunkelelf, der sich wenig darum kümmerte, ob Tanis ihn hörte oder nicht, »niemand weiß davon, nicht einmal Raistlin selber. Der Meister wurde vor ungefähr einem Jahr krank, sehr krank. Ich war allein und verängstigt. Ich wußte nichts über Krankheiten. In meiner Verzweiflung bat ich Elistan zu kommen, und er kam.«

»Hat... hat er... Raistlin geheilt?« fragte Tanis staunend.

»Nein.« Dalamar schüttelte den Kopf. Sein langes schwarzes Haar fiel über seine Schultern. »Raistlins Krankheit ist jenseits aller Heilkünste, ein Opfer, das er für seine Magie gebracht hat. Aber Elistan war in der Lage, die Schmerzen des Meisters zu lindern und ihm Ruhe zu geben. Und darum habe ich nichts weiter getan, als meine Schuld zurückzuzahlen.«

»Sorgst... sorgst du dich um Raistlin so sehr?« fragte Tanis zögernd.

»Was soll dieses Gerede über Sorge, Halb-Elf?« murmelte Dalamar ungeduldig. Sie hatten fast den Rand des Rasens erreicht. Die Abendschatten breiteten sich über ihn wie besänftigende Finger und streckten sich sanft aus, um die Augen der Erschöpften zu schließen. »Wie Raistlin kümmert mich nur eine Sache – und das ist die Kunst und die Macht, die sie verleiht. Dafür habe ich mein Volk aufgegeben, meine Heimat, mein Erbe. Dafür werde ich in die Dunkelheit verbannt. Raistlin ist der Meister, mein Lehrer, mein Meister. Er ist in der Kunst geübt, einer der Geübtesten, die jemals gelebt haben. Als ich mich der Versammlung freiwillig zur Verfügung stellte, ihn auszuspionieren, wußte ich, daß ich mein Leben opfern würde. Aber wie gering ist der Preis für die Gelegenheit, bei einem so Begabten zu lernen! Wie konnte ich es mir leisten, ihn zu verlieren? Selbst jetzt, wenn ich daran denke, was ich ihm antun muß, und wenn ich an sein Wissen denke, das bei seinem Tod verloren geht, würde ich fast...«

»Fast was?« fragte Tanis scharf in plötzlicher Angst. »Ihn fast durch das Portal lassen? Kannst du ihn wirklich aufhalten, wenn er zurückkommt, Dalamar? Wirst du ihn aufhalten?«

Sie hatten die Grenze des Tempelanwesens erreicht. Sanfte Dunkelheit legte sich über das Land. Die Nacht war warm und mit den Düften neuen Lebens erfüllt. Hier und dort zwitscherte zwischen den Espen verschlafen ein Vogel. In der Stadt wurden brennende Kerzen in die Fenster gestellt, um die Lieben nach Hause zu führen. Solinari glimmerte am Horizont, als ob die Götter ihre eigene Kerze angezündet hätten, um die Nacht zu erhellen. Tanis' Augen wurden von dem Fleck eisiger Schwärze inmitten der warmen, duftenden Abendluft angezogen. Der Turm der Erzmagier erhob sich düster und unheilvoll. In seinen Fenstern flackerten keine Kerzen. Er fragte sich kurz, wer oder was in dieser Schwärze wartete, um den jungen Lehrling willkommen zu heißen.

»Ich erzähle dir von den Portalen, Halb-Elf«, erwiderte Dalamar. »Ich werde dir erzählen, was mein Meister mir erzählt hat.« Seine Augen folgten Tanis' Blick und glitten zum obersten Zimmer im Turm. Als er dann sprach, war seine Stimme leise: »Dort oben befindet sich in einer Ecke des Laboratoriums eine Tür, eine Tür ohne Schloß. Fünf Drachenköpfe aus Metall umgeben sie. Wenn du darauf siehst, wirst du nichts erkennen – einfach nichts. Die Drachenköpfe sind kalt und still. Das ist das Portal. Außer diesem existiert noch eins – es befindet sich im Turm der Erzmagier in Wayreth. Das einzige andere, soweit uns bekannt ist, war in Istar und wurde während der Umwälzung zerstört. Das Portal in Palanthas wurde damals aus Sicherheitsgründen zur magischen Festung Zaman gebracht, als der Mob des Königspriesters versuchte, den Turm zu übernehmen. Es kehrte wieder nach Palanthas zurück, als Fistandantilus Zaman zerstörte. Vor langer, langer Zeit von Magiern geschaffen, die schnellere Kommunikationswege untereinander wünschten, führten die Portale zu weit – sie führten sie zu anderen Ebenen.«

»In die Hölle«, murmelte Tanis.

»Ja. Zu spät erkannten die Magier, was für eine gefährliche Pforte sie ersonnen hatten. Denn wenn jemand von dieser Ebene die Hölle betritt und durch das Portal zurückkehrt, erhält die Königin der Finsternis Einlaß in diese Welt, was sie schon so lange begehrt. Folglich stellten die Magier mit Hilfe der heiligen Kleriker von Paladin sicher – so hofften sie zumindest –, daß niemand die Portale jemals zu benutzen vermag.

Nur ein Mensch von tiefgründiger Bösartigkeit, der seine Seele selbst der Dunkelheit verschrieben hat, könnte hoffen, das erforderliche Wissen zu erhalten, um diese schreckliche Tür zu öffnen. Und nur jemand mit Güte und Reinheit, mit völligem Vertrauen in jene Person auf dieser Welt, die niemals Vertrauen verdient hat, könnte die Tür offenhalten.«

»Raistlin und Crysania.«

Dalamar lächelte zynisch. »In ihrer unendlichen Weisheit haben diese vertrockneten alten Magier und Kleriker niemals vorausgesehen, daß die Liebe ihren großen Plan umwerfen könnte. Du siehst also, Halb-Elf, wenn Raistlin versucht, das Portal von der Hölle aus wieder zu durchschreiten, muß ich ihn aufhalten. Denn die Königin wird direkt hinter ihm stehen.«

Nichts an Dalamars Erklärung zerstreute Tanis' Zweifel. Gewiß schien sich der Dunkelelf der großen Gefahr bewußt zu sein. Gewiß wirkte er ruhig und zuversichtlich... »Aber kannst du ihn aufhalten?« drängte Tanis, und sein Blick fuhr – ohne es zu wollen – zur Brust des Dunkelelfen, wo er die fünf Löcher gesehen hatte, die in die glatte Haut gebrannt waren.

Dalamar bemerkte Tanis' Blick und bewegte seine Hand unwillkürlich an seine Brust. Seine Augen wurden dunkel und gehetzt. »Ich kenne meine Grenzen, Halb-Elf«, sagte er leise. Dann lächelte er und zuckte die Achseln. »Ich will offen zu dir sein. Falls mein Meister die volle Kraft seiner Macht erreicht haben sollte, wenn er versucht, wieder durch das Portal zu kommen, dann kann ich ihn nicht aufhalten. Niemand könnte das. Aber das wird nicht der Fall sein. Er wird bereits einen Großteil seiner Macht verbraucht haben, wenn die Lakaien der Königin vernichtet sind. Er wird geschwächt und verletzt sein. Seine einzige Hoffnung ist, die Dunkle Königin auf seine Ebene herauszulocken. Hier kann er seine Kraft wiedererlangen, hier wird sie die Schwächere sein. Und folglich, ja, weil er verletzt sein wird, kann ich ihn aufhalten. Und ja, ich werde ihn aufhalten!«

Als er den immer noch zweifelnden Blick Tanis' sah, verzerrte sich Dalamars Lächeln. »Verstehst du, Halb-Elf«, sagte er kühl. »Mir wurde genug angeboten, so daß es die Mühe wert ist.« Damit verbeugte er sich, murmelte einen Zauberspruch und verschwand.

Aber als er aufbrach, hörte Tanis Dalamars weiche Elfenstimme durch die Nacht tönen: »Du hast zum letzten Mal die Sonne gesehen, Halb-Elf. Raistlin und die Dunkle Königin haben sich getroffen. Takisis sammelt nun ihre Lakaien um sich. Die Schlacht beginnt. Morgen wird es keinen Sonnenaufgang geben.«

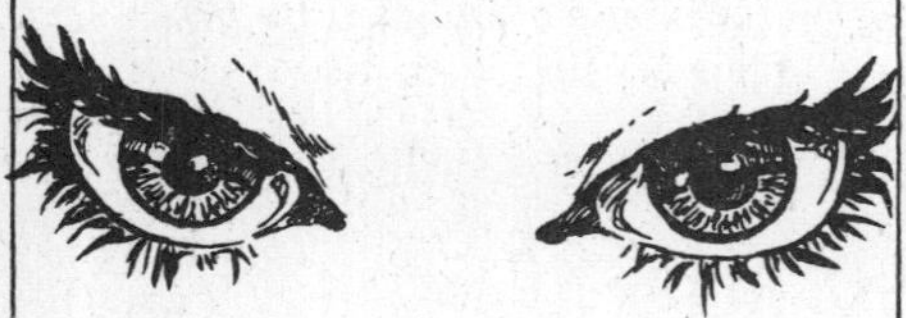

16

»Und so treffen wir uns wieder, Raistlin.«

»Meine Königin.«

»Du verneigst dich vor mir, Zauberer?«

»Dieses letzte Mal erweise ich Euch diese Ehre.«

»Und ich verneige mich vor dir, Raistlin.«

»Ihr gewährt mir zuviel Ehre, Majestät.«

»Im Gegenteil, ich habe dein Spiel mit äußerstem Vergnügen verfolgt. Zu jedem Zug von mir hast du einen Gegenzug gekannt. Mehr als einmal hast du alles in einem Zug aufs Spiel gesetzt, um zu gewinnen. Du hast dich als geschickter Spieler erwiesen, und unser Spiel hat mir sehr viel Vergnügen bereitet. Aber jetzt neigt es sich dem Ende zu, mein ebenbürtiger Gegner. Du hast nur noch eine Spielfigur auf dem Brett übriggelassen – dich selbst. Gegen dich ist die volle Macht meiner schwarzen Legionen aufgestellt. Aber weil ich Gefallen an dir gefunden habe, Raistlin, will ich dir eine Gunst gewähren... Kehre zu deiner Klerikerin zurück. Sie liegt im Sterben, allein, und erleidet solche Qualen an Geist und Körper, wie nur ich sie herbeiführen kann. Kehre zu ihr zurück. Knie dich neben sie. Nimm sie in deine Arme und halte sie eng an dich. Der Mantel des Todes wird über euch beide fallen. Sanft wird er euch bedecken und euch in die Dunkelheit treiben, wo ihr ewige Ruhe findet.«

»Meine Königin...«

»Du schüttelst den Kopf?«

»Takisis, Große Königin, ich danke Euch herzlich für dieses gnädige Angebot. Aber ich spiele dieses Spiel – wie Ihr es bezeichnet –, um zu gewinnen. Und ich werde es zu Ende spielen.«

»Und es wird ein bitteres Ende nehmen – für dich! Ich habe dir die Möglichkeit gegeben, die du aufgrund deiner Fähigkeit und deines Mutes verdient hast. Du verschmähst sie?«

»Eure Majestät, Ihr seid zu großzügig. Ich bin dieser Aufmerksamkeit nicht würdig.«

»Und jetzt verhöhnst du mich! Lächle dein verzerrtes Lächeln, solange du kannst, Magier. Denn wenn du stolperst, wenn du fällst, wenn du nur den kleinsten Fehler begehst – werde ich Hand an dich legen. Meine Nägel werden sich in dein Fleisch graben, und du wirst um den Tod betteln. Aber er wird nicht kommen. Die Tage sind hier äonenlang, Raistlin Majere. Und jeden Tag werde ich dich in deinem Gefängnis besuchen – dem Gefängnis deines Geistes. Und da du mich belustigt und unterhalten hast, wirst du mich auch weiterhin belustigen und unterhalten. Du wirst an Geist und Körper gefoltert werden. Und am Ende jeden Tages wirst du an deinen Schmerzen sterben. Und zu Beginn jeder Nacht werde ich dich zum Leben erwecken. Du wirst nicht schlafen können, sondern in bebender Vorerwartung, was der nächste Tag bringen wird, wach liegen. Und morgens wird dein erster Anblick mein Gesicht sein... Was? Du wirst blaß, Magier. Dein zerbrechlicher Körper zittert, deine Hände beben. Deine Augen werden groß vor Angst. Wirf dich mir zu Füßen! Bitte mich um Vergebung!«

»Meine Königin...«

»Was, immer noch nicht auf den Knien?«

»Meine Königin... es ist Euer Zug.«

»Verdammt bewölkt! Falls sich ein Gewitter zusammenbraut, wünsche ich, daß es kommt und damit auch erledigt ist«, murmelte Fürst Gunther.

Etwas viel Wind, dachte Tanis sarkastisch, aber er behielt seine Gedanken für sich. Er behielt auch Dalamars Worte für sich, da er wußte, daß Fürst Gunther ihnen sowieso keinen Glauben schenken würde. Der Halb-Elf war nervös und gereizt. Es fiel ihm schwer, dem anscheinend gelassenen Ritter gegenüber die Ruhe zu bewahren. Teilweise lag es an dem seltsam aussehenden Himmel. Wie Dalamar vorausgesagt hatte, war an diesem Morgen die Sonne nicht aufgegangen. Statt dessen hingen rötlichblaue, grün angehauchte Wolken brodelnd und schäumend am Himmel, zwischen denen schaurige vielfarbene Blitze zuckten. Es war völlig windstill. Kein Regen fiel. Der Tag wurde heiß und drückend. Die mit schweren Plattenpanzern gerüsteten Ritter, die auf den Zinnen des Turms des Oberklerikers ihre Rundgänge machten, wischten sich den Schweiß von der Stirn und murmelten etwas von Frühlingsstürmen.

Noch zwei Stunden zuvor war Tanis in Palanthas gewesen, hatte sich auf den Seidenlaken seines Bettes in Herrscher Amothuds Gästezimmer gedreht und gewälzt und über Dalamars rätselhafte letzte Worte gegrübelt. Der Halb-Elf hatte fast die ganze Nacht damit verbracht, über sie und auch über Elistan nachzudenken.

Kurz vor Mitternacht hatte die Nachricht den Palast erreicht, daß der Kleriker von Paladin aus dieser Welt in ein anderes, strahlenderes Reich getreten war. Er war friedlich gestorben, den Kopf in die Arme eines verwirrten, liebenswerten alten Zauberers gebettet, der auf mysteriöse Weise aufgetaucht und genauso mysteriös wieder verschwunden war. Voller Sorge um Dalamars Warnung, voller Trauer um Elistan, voller Gedanken darüber, daß er schon so viele sterben gesehen hatte, war Tanis gerade erschöpft in den Schlaf gefallen, als ein Bote für ihn ankam.

»Deine Anwesenheit unverzüglich erforderlich. Turm des Oberklerikers – Fürst Gunther Uth Wistan.«

Tanis erfrischte mit kaltem Wasser sein Gesicht, wies die Versuche eines Dieners des Herrschers Amothud ab, sich in seine Lederrüstung helfen zu lassen, zog sich an, lehnte auch Charles' Angebot zum Frühstück höflich ab und taumelte aus dem Palast. Draußen erwartete ihn ein junger bronzener Drache, der sich als Feuerblitz vorstellte, sein geheimer Name war Khirsah.

»Ich kenne zwei Freunde von dir, Tanis, Halb-Elf«, erzählte der junge Drache, während seine starken Flügel sie mühelos über die Mauern der schlafenden Stadt trugen. »Ich hatte die

Ehre, in der Schlacht am Vingaard-Gebirge zu kämpfen, und trug den Zwerg Flint Feuerschmied und den Kender Tolpan Barfuß in den Kampf.«

»Flint ist tot«, sagte Tanis mit schwerer Stimme und rieb sich die Augen. Zu viele hatte er sterben gesehen.

»Das habe ich gehört«, erwiderte der junge Drache respektvoll. »Und es hat mir leid getan. Aber er führte ein reiches, erfülltes Leben. Für solch einen kommt der Tod als letzte Ehre.«

Sicher, dachte Tanis müde. Und was ist mit Tolpan, dem glücklichen, gutmütigen, gutherzigen Kender, der vom Leben nichts weiter erwartete als Abenteuer und einen Beutel voller Wunder? Wenn es stimmte, daß Raistlin ihn getötet hatte, wie Dalamar andeutete – welche Ehre lag dann in seinem Tod? Und Caramon, armer, betrunkener Caramon – erlitt er den Tod durch die Hände seines Zwillingsbruders als letzte Ehre, oder war es der endgültige Messerhieb, um sein Elend zu beenden?

Grübelnd schlief Tanis auf dem Rücken des Drachen ein und wurde erst wach, als Khirsah am Turm des Oberklerikers landete. Als er sich grimmig umschaute, wurde Tanis' Laune auch nicht besser. Er war mit den Gedanken an Tod geritten, nur um auch hier auf Gedanken an den Tod zu treffen, denn hier war Sturm beerdigt – auch eine letzte Ehre.

Tanis war daher in düsterer Stimmung, als er in die Gemächer von Fürst Gunther geführt wurde, die sich hoch oben im Turm befanden. Sie boten einen hervorragenden Ausblick auf den Himmel und das Land. Als Tanis aus dem Fenster starrte und die Wolken ahnungsvoll als unheilvolles Omen beobachtete, wurde er sich nur allmählich bewußt, daß Fürst Gunther eingetreten war und ihn ansprach.

»Ich bitte um Verzeihung, Fürst«, murmelte er und drehte sich um.

»Tarbäischen Tee?« fragte Fürst Gunther und hielt einen

dampfenden Becher mit dem bitter schmeckenden Getränk hoch.

»Ja, danke.« Tanis nahm das Getränk an und schluckte es hinunter. Er begrüßte die Wärme, die sich in seinem Körper ausbreitete, und überging die Tatsache, daß er sich die Zunge verbrannt hatte.

Fürst Gunther hatte sich zu Tanis ans Fenster gestellt, starrte hinaus in den Sturm und nippte mit einer Ruhe an seinem Tee, die den Halb-Elfen zu dem geheimen Wunsch verleitete, den Schnurrbart des Ritters zu packen.

Warum hast du mich rufen lassen? kochte Tanis innerlich. Aber er wußte, daß der Ritter auf dem jahrhundertealten Ritual der Höflichkeit bestehen würde, bevor er zum Punkt kam.

»Hast du von Elistan gehört?« fragte Tanis schließlich.

Gunther nickte . »Ja, wir haben es heute früh erfahren. Die Ritter werden zu seinen Ehren eine Zeremonie hier im Turm abhalten... wenn es uns erlaubt ist.«

Tanis verschluckte sich am Tee. Nur ein Grund konnte die Ritter von einer Zeremonie zu Ehren eines Klerikers des Gottes Paladin abhalten – Krieg. »Erlaubt? Habt ihr Neuigkeiten erhalten? Neuigkeiten aus Sanction? Was ist mit den Spionen...«

»Unsere Spione wurden ermordet«, sagte Lord Gunther.

Tanis wandte sich vom Fenster ab. »Was? Wie...«

»Ihre verstümmelten Leichen wurden gestern abend von schwarzen Drachen zur Festung Solanthas gebracht und in den Hof geworfen. Dann kam dieser seltsame Sturm auf – perfekte Deckung für Drachen und...« Lord Gunther verstummte und starrte mit finsterem Blick aus dem Fenster.

»Drachen und was?« verlangte Tanis zu wissen. Eine Ahnung begann in seinem Geist Gestalt anzunehmen. Heißer Tee ergoß sich über seine zitternde Hand. Hastig stellte er den Becher auf die Fensterbank.

Gunther zog an seinem Schnurrbart, und sein Blick wurde finsterer. »Seltsame Berichte haben uns erreicht, zuerst aus Solanthas, dann aus Vingaard.«

»Was für Berichte. Hat man etwas gesehen? Was?«

»Sie haben nichts gesehen. Es geht darum, was sie gehört haben. Seltsame Geräusche aus den Wolken – oder vielleicht über den Wolken.«

Tanis' Gedanken glitten zu Flußwinds Beschreibung der Belagerung von Kalaman. »Drachen?«

Gunther schüttelte den Kopf. »Stimmen, Gelächter, Türen, die geöffnet und zugeschlagen werden, Gepolter, Knarren...«

»Ich wußte es!« Tanis' geballte Faust schlug auf das Fensterbrett. »Ich wußte, daß Kitiara einen Plan hat! Natürlich! Das muß es sein!« Düster starrte er auf die schäumenden Wolken. »Eine fliegende Zitadelle!«

Neben ihm seufzte Gunther schwer auf. »Ich habe dir gesagt, daß ich diese Drachenfürstin hoch schätze, Tanis. Offensichtlich habe ich sie nicht hoch genug eingeschätzt. Mit einem Schlag hat sie ihre Probleme mit Truppenbewegung und Logistik gelöst. An Versorgungslinien hat sie keinen Bedarf, sie führt den Nachschub mit sich. Der Turm des Oberklerikers wurde zur Verteidigung gegen Landangriffe gebaut. Ich habe keine Ahnung, wie lange wir uns gegen eine fliegende Zitadelle behaupten können. In Kalaman sind Drakonier von der Zitadelle gesprungen, auf ihren Flügeln herabgeschwebt und haben den Tod in die Straßen gebracht. Schwarzgekleidete Zauberkundige schleuderten Flammenkugeln hinab, und bei ihr sind natürlich die bösen Drachen.

Ich hege natürlich keinen Zweifel daran, daß die Ritter die Festung gegen die Zitadelle halten können«, fügte Gunther ernst hinzu. »Aber die Schlacht wird härter, als ich angenommen habe. Ich habe unsere Strategie korrigiert. Kalaman hat den Angriff der Zitadelle überlebt, weil sie abgewartet haben, bis die meisten Soldaten abgesprungen waren, und dann haben die guten Drachen bewaffnete Männer zur Zitadelle geflogen und sie in ihre Gewalt gebracht. Wir werden natürlich die meisten Ritter hier in der Festung lassen, um die Drakonier zu bekämpfen, die sich auf uns herabstürzen werden. Ungefähr hundert Männer mit bronzenen Drachen stehen bereit, um hochzufliegen und den Angriff auf die fliegende Zitadelle zu starten.«

Das war sinnvoll, gestand sich Tanis ein. Die Schlacht in Kalaman war ähnlich verlaufen, wie Flußwind ihm erzählt hatte. Aber Tanis wußte auch, daß sie dort keineswegs in der Lage gewesen waren, die Zitadelle zu halten. Man hatte sie nur vertreiben können. Kitiaras Soldaten hatten die Schlacht in Kalaman aufgegeben und ihre Zitadelle zurückerobert und wieder nach Sanction gebracht, wo Kitiara sie offensichtlich zum erneuten Einsatz in Gang gesetzt hatte.

Er wollte gerade darauf hinweisen, als er von Fürst Gunther unterbrochen wurde.

»Wir erwarten den Angriff der Zitadelle fast jeden Moment«, sagte Gunther, der immer noch ruhig aus dem Fenster blickte. »In der Tat...«

Tanis griff Gunther am Arm. »Dort!« Er wies in eine Richtung.

Gunther nickte. Er wandte sich zu einem Burschen an der Tür und befahl: »Gib Alarm!«

Trompeten schmetterten, Trommeln schlugen. Die Ritter nahmen ihre Stellungen auf den Zinnen zügig und ordnungsgemäß ein. »Wir sind schon fast die ganze Nacht in Alarmbereitschaft«, fügte Gunther unnötigerweise hinzu.

Die Ritter waren diszipliniert, so daß keiner sprach oder aufschrie, als die fliegende Festung die Deckung der Gewitterwolken verließ und in Sichtweite schwebte. Die Hauptleute machten ihre Runden und erteilten mit gedämpfter Stimme Befehle. Trompeten schmetterten trotzig und herausfordernd. Gelegentlich hörte Tanis das Klirren einer Rüstung, wenn sich hier und dort ein Ritter nervös an seinem Platz bewegte. Und dann hörte er hoch oben das Schlagen von Drachenflügeln, als Scharen von bronzenen Drachen – angeführt von Khirsah – sich vom Turm in den Himmel erhoben.

»Ich bin dankbar, daß du mich überredet hast, den Turm des Oberklerikers zu verstärken, Tanis«, sagte Gunther, der immer noch sorgsam um Gelassenheit bemüht war. »Wie die Dinge lagen, habe ich mich aber nur an Ritter wenden können, die praktisch sofort antreten konnten. Trotzdem stehen hier jetzt mehr als zweitausend zur Verfügung. Wir sind mit Proviant gut ausgerüstet. Ja«, wiederholte er nochmals, »wir können den Turm halten – sogar gegen eine Zitadelle, da habe ich keine Zweifel. Kitiara kann nicht mehr als tausend Soldaten in diesem Ding haben…«

Tanis wünschte sich verdrießlich, daß Gunther mit diesen Überlegungen aufhören würde. Es hörte sich an, als ob der Ritter versuchte, sich selbst zu überzeugen. Während er auf die Zitadelle starrte, die immer näher rückte, schrie eine innere Stimme ihn an und kreischte, daß irgend etwas nicht stimmte…

Und trotzdem konnte er sich nicht bewegen. Er konnte nicht denken. Die fliegende Zitadelle war jetzt deutlich sichtbar, war jetzt vollständig aus den Wolken hervorgetreten. Sie nahm seine ganze Aufmerksamkeit in Anspruch. Er erinnerte sich daran, wie er sie das erste Mal in Kalaman gesehen hatte, rief sich den fesselnden Schock ins Gedächtnis zurück, den der Anblick bei ihm ausgelöst hatte, gleichzeitig beängstigend und ehrfurchterregend. Wie zuvor konnte er nur dastehen und sie anstarren.

In den Tiefen der dunklen Tempel der Stadt Sanction war es schwarzgekleideten Magiern und dunklen Klerikern unter der Leitung von Lord Ariakas – dem Befehlshaber der Drachenarmee, dessen bösartige Genialität fast zum Sieg der Dunklen Königin geführt hatte – gelungen, auf magischem Weg ein Schloß aus seinen Grundmauern zu reißen und in den Himmel zu heben. Die fliegende Zitadelle hatte mehrere Städte während des Krieges angegriffen, ihr letztes Ziel war kurz vor Kriegsende Kalaman gewesen. Beinahe wäre die befestigte Stadt trotz guter Verstärkung und aller Vorbereitung auf einen Angriff besiegt worden.

Auf Wolken treibend, die mittels schwarzer Magie erzeugt wurden, beleuchtet von blendenden vielfarbigen Blitzen, schwebte die fliegende Zitadelle immer näher und näher. Tanis konnte die Lichter in den Fenstern ihrer drei Türme sehen, er konnte die Geräusche hören, die auf dem Land nicht ungewöhnlich gewesen wären, aber jetzt unheilvoll und erschrekkend schienen, wo sie vom Himmel kamen – die Geräusche von Stimmen, die Befehle riefen, von klirrenden Waffen. Er konnte weiterhin, so meinte er, die Gesänge von schwarzgekleideten Zauberkundigen hören, die ihre mächtigen Zaubersprüche vorbereiteten. Er konnte die bösen Drachen sehen, die gemächlich die Zitadelle umkreisten. Als die fliegende Zitadelle noch näher kam, konnte er an einer Seite einen zerfallenden Hof der Festung erkennen, und wo sie aus ihren Grundmauern gerissen wurde, lagen die zerstörten Mauern in Trümmern.

Tanis beobachtete das alles mit hilfloser Faszination, und immer noch schrie seine innere Stimme auf ihn ein. Zweitausend Ritter! Im letzten Moment zusammengerufen und so schlecht vorbereitet! Nur einige wenige Drachenscharen. Gewiß konnte sich der Turm des Oberklerikers behaupten, aber der Preis wäre sehr hoch. Aber sie mußten doch nur wenige Tage durchhalten. Dann würde Raistlin besiegt sein. Für Kitiara bestände nicht mehr die Notwendigkeit, Palanthas anzugreifen. Bis zu diesem Zeitpunkt hätten auch weitere Ritter und weitere gute Drachen den Turm des Oberklerikers erreicht. Vielleicht konnte Kitiara hier schließlich für alle Zeiten besiegt werden.

Sie hatte den unsicheren Waffenstillstand gebrochen, der zwischen der Drachenfürstin und den freien Völkern auf Ansalon existierte. Sie hatte den Zufluchtsort Sanction verlassen, sie war ins Freie getreten. Das war ihre Gelegenheit. Sie konnten sie besiegen und sie vielleicht auch gefangennehmen. Tanis' Kehle zog sich schmerzhaft zusammen. Würde sich Kitiara überhaupt lebend gefangennehmen lassen? Nein. Natürlich nicht. Seine Hand schloß sich um den Knauf seines Schwertes. Er würde dabei sein, wenn die Ritter antraten, die Zitadelle zu erobern. Vielleicht könnte *er* sie überreden, sich zu ergeben. Er würde sich darum kümmern, daß man ihr eine gerechte Behandlung zuteil werden ließ, wie es einem ehrenhaften Feind zustand...

Er konnte sie so deutlich vor seinem geistigen Auge sehen! Wie trotzig sie dastand, umzingelt von ihren Feinden, bereit, ihr Leben teuer zu verkaufen! Und dann würde sie sich umschauen und würde ihn sehen. Vielleicht würden diese glitzernden, harten, dunklen Augen doch weich werden, vielleicht würde sie ihr Schwert fallen lassen und ihre Hände emporrekken...

Was dachte er da eigentlich? Tanis schüttelte den Kopf. Er hatte Tagträume wie ein mondsüchtiger Junge. Dennoch würde er zusehen, daß er mit den Rittern...

Als Tanis die Unruhe auf den Zinnen wahrnahm, sah er schnell aus dem Fenster, obwohl er es schon wußte. Er wußte, was geschah – Drachenangst. Diese Angst, vernichtender als Pfeile, wurde von bösen Drachen ausgelöst, deren schwarze und blaue Flügel sich jetzt deutlich von den Wolken abzeichneten, und sie schlug auf die Ritter ein, die wartend auf den Zinnen standen. Ältere Ritter, Veteranen aus dem Lanzenkrieg, blieben standhaft stehen und hielten grimmig ihre Waffen umklammert. Tapfer bekämpften sie das Entsetzen, das in ihre Herzen kroch. Aber die jüngeren Ritter, die zum ersten Mal in einer Schlacht Drachen gegenüberstanden, schreckten zurück und krümmten sich. Einige waren schamerfüllt, weil sie aufschrien oder sich von diesem schrecklichen Anblick abwandten.

Angesichts der von Panik erfüllten jungen Ritter auf den Zinnen unter sich biß Tanis die Zähne zusammen. Auch er spürte, wie diese Angst über ihn fegte, spürte, wie sich sein Magen zusammenzog und Gallenflüssigkeit in seinen Mund stieg. Als er Fürst Gunther einen kurzen Blick zuwarf, sah er, daß sich der Gesichtsausdruck des Ritter verhärtet hatte, und wußte, daß es auch ihm nicht anders erging.

Tanis sah auf. Die bronzenen Drachen, die den Rittern von Solamnia dienten, flogen in Verbänden und warteten oberhalb des Turmes. Sie würden erst angreifen, wenn sie selbst angegriffen würden – das waren die Bedingungen des Waffenstillstandes, der zwischen den guten und den bösen Drachen nach Kriegsende ausgemacht worden war. Aber Tanis sah Khirsah, den Anführer, stolz seinen Kopf schütteln, und seine scharfen Krallen funkelten im widerspiegelnden Aufflackern der Blitze. Für diesen Drachen gab es zumindest keinen Zweifel, daß der Kampf bald aufgenommen werden würde.

Immer noch nagte die innere Stimme an Tanis. Es war alles zu einfach, schon allzu bekannt. Kitiara plante irgend etwas...

Die Zitadelle flog näher und näher. Sie sieht aus wie das Zuhause einer widerlichen Insektenkolonie, dachte Tanis grimmig. Sie wurde von Drakoniern buchstäblich überwuchert!

Sich an jedem verfügbaren Zentimeter Platz festklammernd, die kurzen, stummelartigen Flügel ausgebreitet, hingen sie an den Mauern und Befestigungsanlagen, hockten auf den Zinnen und baumelten an den Türmen. Ihre boshaften Reptiliengesichter waren in den Fenstern sichtbar und äugten aus Türöffnungen. Im Turm des Oberklerikers herrschte ein ehrfürchtiges Schweigen (abgesehen von dem gelegentlichen rauhen Weinen eines von Angst überwältigten Ritters), so daß man von der Zitadelle das Rascheln der Flügel der Kreaturen vernehmen konnte und darüber einen leisen Singsang – die Stimmen der Zauberer und Kleriker, deren bösartige Macht das entsetzliche Gefährt am Himmel hielt.

Immer näher und näher kam die Gefahr, und die Ritter spannten sich an. Gedämpfte Befehle ertönten, Schwerter glitten aus ihren Scheiden, Speere wurden gesetzt, und Bogenschützen legten ihre Pfeile auf. Wassereimer standen bereit, um Feuer zu löschen, Abteilungen versammelten sich im Hof, um die Drakonier zu bekämpfen, die herabspringen und vom Himmel aus angreifen würden.

Oben stellte Khirsah seine Drachen in Schlachtformation auf und teilte sie in Zweier- und Dreiergruppen ein. Sie hielten sich schwebend im Gleichgewicht.

»Ich werde unten gebraucht«, erklärte Gunther. Er nahm seinen Helm, setzte ihn auf und ging aus der Tür seines Hauptquartiers, um seinen Platz im Beobachtungsturm einzunehmen, von seinen Offizieren und Beratern begleitet.

Aber Tanis blieb stehen und beantwortete nicht einmal Gunthers verspätete Einladung, ihn zu begleiten. Diese innere Stimme wurde lauter und lauter. Er schloß die Augen und wandte sich vom Fenster ab. Die Drachenangst schwächte ihn, und er mußte den Anblick dieser grimmigen Todesfestung auslöschen, wollte er die inneren Warnungen verstehen.

Und schließlich hörte er es. »Im Namen der Götter, nein!« flüsterte er. »Wie dumm! Wie blind waren wir! Wir spielen direkt in ihre Hände!«

Plötzlich war Kitiaras Plan klar und deutlich. Als stände sie neben ihm und erklärte ihm jedes Detail. Seine Brust verkrampfte sich vor Angst, und er öffnete die Augen und sprang zum Fenster. Seine Faust schlug auf die in den Stein gemeißelte Fensterablage, daß er sich schnitt. Er stieß den Teebecher um, so daß der auf dem Boden zerbrach. Aber er bemerkte weder das Blut, das aus seiner verletzten Hand tröpfelte, noch den verschütteten Tee. Er starrte in den unheimlichen, wolkenverdunkelten Himmel und beobachtete die Zitadelle, die immer näher rückte.

Jetzt befand sie sich in Schußweite der Langbogen.

Jetzt befand sie sich in Schußweite der Speere.

Als er aufschaute, wurde er von den Blitzen fast geblendet. Trotzdem konnte Tanis alle Einzelheiten auf den Rüstungen der Drakonier erkennen, er konnte die grimmigen Gesichter der menschlichen Söldner sehen, die sich in den Reihen stritten, er konnte die glänzenden Schuppen der Drachen sehen, die über ihnen flogen.

Und dann war sie verschwunden.

Nicht ein Pfeil war abgeschossen, noch kein Zauber geworfen worden. Khirsah und die bronzenen Drachen kreisten nervös über dem Turm, beäugten zornig ihre bösen Verwandten, hielten sich dennoch zurück. Sie waren durch ihren Schwur gebunden, erst anzugreifen, wenn sie selbst angegriffen wurden. Die Ritter standen auf den Zinnen, verrenkten ihre Hälse, um diese gigantische, furchteinflößende Erfindung zu beobachten, die über ihnen flog. Als sie über die oberste Spitze des Turms des Oberklerikers hinwegglitt, ließ sie noch einige Steine hinunterpurzeln, die unten im Hof zerschmetterten.

Leise fluchend lief Tanis zur Tür und stieß mit Gunther zusammen, der gerade eintreten wollte. Seine Miene spiegelte Verwirrung.

»Ich verstehe es nicht«, sagte Gunther zu seinen Beratern. »Warum hat sie uns nicht angegriffen? Was hat sie vor?«

»Sie wird die Stadt direkt angreifen, Mann!« Tanis packte Gunther an den Armen und schüttelte ihn. »Das hat Dalamar auch die ganze Zeit gesagt! Kitiara plant, Palanthas anzugreifen! Sie wird ihre Zeit nicht mit uns vertrödeln, und sie hat es auch nicht nötig! Sie fliegt über den Turm des Oberklerikers!«

Gunthers Augen, unter den Schlitzen seines Helmes kaum sichtbar, verengten sich. »Das ist Wahnsinn«, entgegnete er kalt und zupfte an seinem Schnurrbart. Schließlich riß er sich gereizt den Helm vom Kopf. »Im Namen der Götter, Halb-Elf, was ist das für eine militärische Strategie? Sie läßt die Nachhut ihrer Armee unbeschützt zurück! Selbst wenn sie Palanthas einnimmt, verfügt sie nicht über genug Stärke, die Stadt zu halten. Sie wird zwischen den Stadtmauern und uns gefangen sein. Nein! Sie muß uns erst hier erledigen, dann die Stadt angreifen! Denn sonst werden wir sie ohne weiteres vernichten. Es gibt kein Entrinnen für sie!«

Gunther wandte sich an seine Berater. »Vielleicht ist das ein Täuschungsmanöver, um uns zu verunsichern. Wir sollten uns lieber gefaßt machen, daß die Zitadelle von der anderen Seite aus zuschlägt...«

»Hör mir zu!« tobte Tanis. »Das ist kein Täuschungsmanöver. Sie rückt gegen Palanthas vor! Und bevor du mit deinen Rittern die Stadt erreicht hast, wird ihr Bruder durch das Portal zurückgekehrt sein! Und mit der Stadt in ihrer Gewalt wird sie auf ihn warten!«

»Unsinn!« knurrte Gunther. »Sie kann Palanthas nicht so schnell einnehmen. Die guten Drachen werden sich zum Kampf erheben. – Verdammt, Tanis, selbst wenn die Palanthianer keine großartigen Soldaten sind, können sie sie schon allein aufgrund ihrer zahlenmäßigen Überlegenheit abwehren!« Er schnaufte. »Die Ritter können sich sofort in Marsch setzen. In vier Tagen sind wir da.«

»Du hast eine Sache vergessen«, knurrte Tanis und schob sich entschlossen, aber höflich an dem Ritter vorbei. In der Tür drehte er sich noch einmal um und rief: »Wir haben alle eine Sache vergessen – den Faktor, der diese Schlacht ausgleicht – Lord Soth!«

18

Seine kraftvollen Hinterbeine trieben ihn an, und so erhob sich Khirsah mit anmutiger Leichtigkeit in die Lüfte und schwebte über die Mauern des Turms des Oberklerikers. Schon bald holten der Drache und sein Reiter mit energischen Flügelschlägen die langsam dahingleitende Zitadelle ein. Und trotzdem, bemerkte Tanis grimmig, bewegte sich die Festung noch schnell genug, um bereits am nächsten Tag in der Dämmerung Palanthas zu erreichen.

»Nicht zu dicht«, warnte er Khirsah.

Ein schwarzer Drache flog näher, kreiste in großen, gemächlichen Spiralen über ihnen und hatte ein wachsames Auge auf sie. Andere schwarze Drachen hielten sich weiter entfernt, und jetzt, wo er sich auf gleicher Höhe mit der Zitadelle befand, konnte Tanis auch die blauen Drachen sehen, die um die grauen

Türme des schwebenden Schlosses flogen. In einem besonders großen blauen Drachen erkannte Tanis Kitiaras eigenes Reittier, Skie, wieder.

Aber wo ist Kitiara? fragte sich Tanis und versuchte erfolglos, in die Fenster zu spähen, die von einer wogenden Drakoniermenge bevölkert waren, die auf ihn zeigte und höhnisch grinste. Plötzliche Angst erfaßte ihn, daß sie ihn erkennen könnte, falls sie ihn beobachtete, und er zog die Kapuze seines Umhangs über seinen Kopf. Lächelnd kratzte er sich dann an seinem Bart. Auf diese Entfernung würde Kitiara nichts weiter ausmachen können als einen einzelner Reiter auf einem Drachen, der wahrscheinlich als Bote der Ritter abgesandt war.

Er konnte sich deutlich ausmalen, was in der Zitadelle vor sich ging.

»Wir könnten ihn vom Himmel abschießen, Fürstin Kitiara«, würde ein Befehlshaber vorschlagen.

Tanis konnte sogar Kitiaras Lachen hören. »Nein, laß ihn ruhig die Neuigkeiten nach Palanthas bringen und ihnen mitteilen, was ihnen bevorsteht. Gib ihnen Zeit zum Schwitzen.«

Zeit zum Schwitzen. Tanis wischte über sein Gesicht. Selbst in der eisigen Luft über dem Gebirge war sein Hemd unter der Ledertunika und der Rüstung feucht und klebrig. Er zitterte vor Kälte und zog seinen Umhang dichter um sich. Seine Muskeln schmerzten; denn er war gewohnt, in Kutschen zu reisen, nicht auf Drachen, und voller Sehnsucht dachte er kurz an sein warmes Gefährt. Dann schüttelte er den Kopf über sich selbst. Um klar denken zu können, zwang er sich, seine Gedanken von seinen Beschwerden abzuwenden, um sich auf dies kaum lösbare Problem, mit dem er konfrontiert war, zu konzentrieren.

Khirsah versuchte sein Bestes, den schwarzen Drachen zu ignorieren, der immer noch in ihrer Nähe flog. Der bronzene Drache beschleunigte sein Tempo, und schließlich drehte auch der schwarze ab, der lediglich zu ihrer Beobachtung geschickt worden war. Die Zitadelle blieb hinter ihnen zurück und glitt langsam und mühelos über Berggipfel, die jede Armee abrupt zum Stehenbleiben veranlaßt hätten.

Tanis versuchte Pläne zu schmieden, aber alles, woran er denken konnte, setzte wichtigere Dinge voraus, die er zuvor hätte erledigen müssen, bis er sich wie eine Maus in einem Laufrad vorkam, die trotz aller Hektik niemals von der Stelle kommt. Zumindest hatte Fürst Gunther tatsächlich die Generäle von Amothud (ein Ehrentitel in Palanthas, der für außerordentliche Dienste um das Gemeinwohl verliehen wurde, doch nicht ein einziger General hatte jemals an einer Schlacht teilgenommen) zusammengestaucht und ihnen zugesetzt, bis sie die ansässige Bürgerwehr zu mobilisieren versprachen. Unglücklicherweise wurde die Mobilisierung lediglich als Vorwand für einen Feiertag betrachtet.

Gunther und seine Ritter hatten dabeigestanden, gelacht und sich angestoßen, als sie die Bürger bei ihrer Wehrübung gesehen hatten. Danach hatte Herrscher Amothud eine zweistündige Ansprache gehalten, und die Bürgerwehr – stolz auf ihre Heldentaten – hatte sich sinnlos betrunken, und alle hatten sich gut amüsiert.

Als Tanis sich jetzt die rundlichen Tavernenbesitzer, die schwitzenden Händler, die adretten Schneider und tolpatschigen Schmiede wieder vorstellte, wie sie über ihre Waffen stolperten und sich gegenseitig anrempelten, Befehle befolgten, die niemals gegeben wurden, und jene, die gegeben wurden, ignorierten, hätte er aus Enttäuschung über die Sinnlosigkeit all ihrer Anstrengungen weinen können. Und diese Bürgerwehr, dachte er grimmig, wird morgen einem toten Ritter und seiner Armee von Skelettkriegern an den Toren von Palanthas gegenüberstehen.

»Wo ist Herrscher Amothud?« fragte Tanis und schob sich schon durch die riesigen Türen des Palastes, bevor sie noch ganz geöffnet waren. Fast stieß er einen erstaunten Lakaien um.

»Er schläft, Herr«, begann der Lakai, »es ist erst Vormittag…«

»Weck ihn. Wer hat das Kommando über die Ritter?«

Der Lakai stotterte, die Augen weit aufgerissen.

»Verdammt!« knurrte Tanis. »Wer ist der höchststehende Ritter, Blödmann?«

»Das müßte Sir Markham sein, Herr, Ritter der Rose«, antwortete Charles, der aus einer der Vorkammern erschienen war, mit seiner ruhigen, würdevollen Stimme. »Soll ich ihn rufen lassen?«

»Ja!« schrie Tanis. Als ihm dann bewußt wurde, daß ihn alle in der großen Eingangshalle des Palastes anstarrten, als wäre er wahnsinnig, und er sich erinnerte, daß in dieser Situation Panik auf keinen Fall angebracht war, legte der Halb-Elf seine Hand über die Augen, holte tief Luft und zwang sich, vernünftig zu denken.

»Ja«, wiederholte er in ruhigem Ton, »laß Sir Markham rufen und auch den Magier Dalamar.«

Die letzte Bitte schien selbst Charles durcheinanderzubringen. Er überlegte einen Moment mit angestrengtem Gesichtsausdruck, dann wagte er zu protestieren. »Es tut mir äußerst leid, mein Herr, aber ich habe keine Möglichkeit, eine Nachricht zum… zum Turm der Erzmagier bringen zu lassen. Kein Lebewesen kann seinen Fuß in diesen verfluchten Eichenwald setzen, nicht einmal ein Kender!«

»Verdammt!« Tanis kochte vor Wut. »Ich muß mit ihm sprechen!« Ideen tobten durch sein Gehirn. »Ihr habt doch im Gefängnis sicherlich Goblins? Einer von dieser Art könnte es durch den Wald schaffen. Hol eine dieser Kreaturen, versprich Freiheit, Geld, das halbe Königreich, Amothud persönlich, alles! Nur damit er in diesen verdammten Wald geht…«

»Das wird nicht nötig sein, Halb-Elf«, ertönte eine gelassene Stimme. Eine schwarzgekleidete Gestalt tauchte im Korridor des Palastes auf, überraschte Tanis, erschreckte den Lakaien zu Tode und ließ sogar Charles seine Augenbrauen hochziehen.

»Du bist mächtig«, bemerkte Tanis und trat dem Dunkelelfen entgegen. Charles erteilte verschiedenen Dienern Befehle, von denen einer Herrscher Amothud wecken und ein anderer Sir Markham ausfindig machen sollte. »Ich muß mit dir ungestört reden. Laß uns hineingehen.«

Während Dalamar Tanis folgte, lächelte er kühl. »Ich wünschte, ich könnte das Kompliment annehmen, Halb-Elf, aber ich habe durch Beobachtung deine Ankunft festgestellt und nicht durch magisches Gedankenlesen. Vom Laboratoriumsfenster aus habe ich den bronzenen Drachen im Palasthof landen gesehen. Ich sah dich absteigen und den Palast betreten. Ich muß dringend mit dir sprechen, so wie du mit mir. Folglich bin ich hier.«

Tanis schloß die Tür. »Schnell, bevor die anderen kommen. Du weißt, was sich in Richtung auf die Stadt bewegt?«

»Ich habe es in der vergangenen Nacht erfahren. Ich wollte dich benachrichtigen, aber du warst bereits aufgebrochen.« Dalamars Lächeln verzerrte sich. »Meine Spione fliegen auf schnellen Flügeln.«

»Falls sie überhaupt auf Flügeln fliegen«, murmelte Tanis. Mit einem Seufzer kratzte er sich am Bart, hob dann den Kopf und musterte Dalamar aufmerksam. Der Dunkelelf hatte seine Hände in den schwarzen Roben gefaltet und stand ruhig und beherrscht da. Der junge Elf wirkte auf alle Fälle wie einer, auf den man sich verlassen konnte, in einer angespannten Situation mit nüchternem Mut zu handeln. Aber für wen er handeln würde, war unglücklicherweise zweifelhaft.

Tanis rieb sich die Stirn. Wie verwirrend das war! Wieviel einfacher war es damals in den alten Zeiten – er hörte sich schon an wie ein Großvater! –, als das Gute und Böse klar definiert war und jeder wußte, auf welcher Seite jeder stand. Jetzt war er mit dem Bösen verbündet, um gegen das Böse zu kämpfen. Wie war das möglich? Das Böse wendet sich gegen sich selbst, das hatte Elistan den Scheiben der Mishakal entnommen. Er schüttelte wütend seinen Kopf und stellte fest, daß er Zeit verschwendete. Er mußte diesem Dalamar vertrauen – zumindest mußte er seinen Absichten trauen.

»Gibt es überhaupt eine Möglichkeit, Lord Soth aufzuhalten?«

Dalamar nickte langsam. »Du denkst schnell, Halb-Elf. Du glaubst also auch, daß der tote Ritter ebenfalls Palanthas angreifen wird?«

»Das ist doch offensichtlich, oder nicht?« rief Tanis ungeduldig. »Das muß Kitiaras Plan sein. Damit wird das Ungleichgewicht ausgeglichen.«

Der Dunkelelf zuckte die Achseln. »Um deine Frage zu beantworten: Nein, man kann dagegen nichts unternehmen. Jedenfalls nicht jetzt.«

»Und du? Kannst du ihn aufhalten?«

»Ich wage nicht, meinen Posten neben dem Portal zu verlassen. Ich bin jetzt gekommen, weil ich weiß, daß Raistlin noch weit entfernt ist. Aber jeder unserer Atemzüge bringt ihn näher. Das ist das letztemal, daß ich mich vom Turm entfernen kann. Darum kam ich, um mit dir zu sprechen – um dich zu warnen. Es bleibt nur wenig Zeit.«

»Er wird gewinnen?« Tanis starrte Dalamar ungläubig an.

»Du hast ihn immer unterschätzt«, antwortete Dalamar höhnisch. »Ich sagte dir, er ist jetzt sehr stark und mächtig, der größte Zauberer, der je gelebt hat. Natürlich wird er gewinnen! Aber zu welchem Preis... zu welch hohem Preis!«

Tanis runzelte die Stirn. Ihm mißfiel der stolze Ton, den er Dalamars Stimme entnommen hatte, als er über Raistlin gesprochen hatte.

»Aber, um auf Lord Soth zurückzukommen«, sagte Dalamar kühl, der mehr von Tanis' Gedanken in seinem Gesicht sah, als dem Halb-Elfen lieb war. »Als mir zum ersten Mal bewußt wurde, daß er diese Gelegenheit zweifellos nutzen würde, um seine eigene Rache an einer Stadt und einem Volk zu nehmen, das ihm seit langem verhaßt ist – wenn man den alten Legenden über seinen Sturz glaubt –, habe ich den Turm der Erzmagier im Wald von Wayreth kontaktiert...«

»Natürlich!« Erleichtert atmete Tanis auf. »Par-Salian! Die Versammlung. Sie könnten...«

»Auf meine Botschaft erfolgte keine Antwort«, fuhr Dalamar fort, ohne weiter auf die Unterbrechung einzugehen. »Etwas Seltsames geht dort vor sich. Ich weiß nicht was. Mein Bote fand den Weg versperrt vor, und für sein – sagen wir – leichtes und luftiges Wesen ist das nicht einfach.«

»Aber...«

»Oh« – Dalamar zuckte seine schwarzgekleideten Achseln – »ich werde es weiterhin versuchen. Aber wir können nicht auf sie zählen, und sie sind die einzigen ausreichend mächtigen Zauberkundigen, um einen toten Ritter aufzuhalten.«

»Die Kleriker von Paladin...«

»...sind frisch in ihrem Glauben. Es heißt, in Humas Zeiten konnten die wahrhaft mächtigen Kleriker Paladins Hilfe herbeirufen und gewisse heilige Worte gegen tote Ritter anwenden, aber falls das stimmt, lebt heutzutage keiner mehr auf Krynn, der über diese Macht verfügt.«

Tanis dachte einen Moment nach.

»Kitiaras Ziel wird der Turm der Erzmagier sein, weil sie dort ihren Bruder treffen und ihm helfen kann, nicht wahr?«

»Und sie kann versuchen, mich aufzuhalten«, ergänzte Dalamar mit angespannter Stimme, und sein Gesicht wurde blaß.

»Kann Kitiara denn durch den Eichenwald von Shoikan gelangen?«

Dalamar zuckte wieder die Achseln, aber trotz seiner kühlen Art wirkte er auf Tanis plötzlich angespannt und gezwungen. »Der Eichenwald untersteht seiner Kontrolle. Er hält alle Eindringlinge fern, lebend oder tot.« Dalamar lächelte wieder, aber dieses Mal ohne Freude. »Was deine Idee mit dem Goblin betrifft: Der hätte keine fünf Sekunden überlebt. Kitiara hat jedoch einen Zauber, den Raistlin ihr gegeben hat. Wenn sie ihn noch hat und dazu den Mut, ihn auch anzuwenden, und wenn Lord Soth bei ihr ist, ja, dann könnte sie es schaffen. Wenn sie im Innern ist, hat sie es jedoch auch noch mit den Wächtern des Turms zu tun, die nicht weniger mächtig sind als jene im Eichenwald. Aber das ist meine Sorge – nicht deine...«

»Zuviel ist deine Sorge!« schnappte Tanis. »Gib mir einen Zauber! Laß mich in den Turm! Ich kann mit ihr umgehen...«

»O ja«, gab Dalamar belustigt zurück. »Ich weiß, wie gut du in der Vergangenheit mit ihr umgehen konntest. Hör mir zu, Halb-Elf, du wirst ausreichend mit dem Versuch beschäftigt sein, die Macht über die Stadt zu behalten. Außerdem hast du eine Sache vergessen – Soths wahres Anliegen. Er will Kitiara tot. Er will sie für sich. Das sagte er mir jedenfalls. Natürlich muß er es gut aussehen lassen. Wenn er ihren Tod zustande gebracht hat und sich an Palanthas rächen kann, wird er sein Ziel erreicht haben. Er wird sich weniger um Raistlin kümmern.«

Tanis spürte eine plötzliche Eiseskälte in seiner Seele und konnte nicht antworten. Er hatte tatsächlich Soths Ziel vergessen. Der Halb-Elf erschauerte. Kitiara hatte viel Böses getan. Sturm war durch sie gestorben, Unzählige waren auf ihren Befehl hin gestorben, andere hatten gelitten und litten immer noch. Aber hatte sie das verdient? Ein ewiges Leben voll kalter und finsterer Qual, für ewig verbunden in einer unheiligen Ehe mit dieser Kreatur der Hölle?

Ein Vorhang von Dunkelheit legte sich über Tanis' Augen. Benommen und schwach sah er sich selbst am Rande eines gähnenden Abgrundes und spürte, wie er fiel...

Er hatte einen verschwommenen Eindruck, in weichen schwarzen Stoff eingehüllt zu werden, er spürte starke Hände, die ihn stützten, ihn führten...

Dann nichts mehr.

Der kühle, glatte Rand eines Glases berührte Tanis' Lippen, Brandy brannte auf seiner Zunge und wärmte seine Kehle. Benommen sah er zu Charles auf, dessen Gesicht über ihm schwebte.

»Du hattest einen weiten Ritt hinter dir, ohne zu essen und zu trinken, sagte mir Dalamar.« Hinter Charles tauchte das blasse, besorgte Gesicht von Herrscher Amothud auf. Eingewickelt in einen weißen Morgenmantel, sah er einem verwirrten Geist sehr ähnlich.

»Ja«, murmelte Tanis, schob das Glas von sich und versuchte aufzustehen. Als er jedoch den Raum unter seinen Füßen schwanken spürte, beschloß er, lieber sitzen zu bleiben. »Du hast recht – ich hätte etwas essen sollen.« Er sah sich nach dem Dunkelelfen um. »Wo ist Dalamar?«

Charles' Gesicht wurde ernst. »Wer weiß, mein Fürst? Vermutlich zurück zu seinem Wohnsitz geflohen. Er erklärte, daß seine Unterredung mit Euch abgeschlossen sei. Ich werde mit Eurer Erlaubnis, mein Fürst, den Koch Euer Frühstück bereiten lassen.« Charles verbeugte sich und zog sich zurück, aber zuvor trat er beiseite, um den jungen Sir Markham eintreten zu lassen.

»Hast du schon gefrühstückt, Sir Markham?« fragte Herrscher Amothud zögernd. Er war vollkommen verunsichert, was vor sich ging, und entschieden erregt über die Tatsache, daß ein zauberkundiger Dunkelelf sich frei fühlte, in seinem Haushalt einfach aufzutauchen und wieder zu verschwinden. »Nein? Dann werden wir zu dritt frühstücken. Wie möchtest du deine Eier?«

»Vielleicht sollten wir jetzt nicht über Eier diskutieren, mein Herrscher«, erwiderte Sir Markham und sah mit einem leichten Lächeln zu Tanis. Die Brauen des Halb-Elfs hatten sich beunruhigend zusammengezogen, und sein unordentliches und erschöpftes Aussehen zeigte, daß er einige unheilträchtige Neuigkeiten parat hatte.

Amothud seufzte, und Tanis wurde klar, daß der Herrscher lediglich versucht hatte, das Unvermeidliche hinauszuzögern.

»Ich bin heute morgen vom Turm des Oberklerikers zurückgekehrt...«, begann er.

»Ah«, unterbrach ihn Sir Markham, nahm lässig auf einem Stuhl Platz und schenkte sich ein Glas Brandy ein. »Ich habe vor kurzem eine Botschaft von Fürst Gunther erhalten, daß er davon ausgeht, heute morgen den Feind anzugreifen. Wie läuft die Schlacht?« Markham war ein wohlhabender junger Edelmann, gutaussehend, gutmütig, sorgenfrei und unbeschwert. Er hatte sich im Lanzenkrieg ausgezeichnet, wo er unter Lauranas Kommando kämpfte, und war zum Ritter der Rose geschlagen worden. Aber Tanis erinnerte sich an Lauranas Worte, daß die Haltung des jungen Mannes sehr lässig sei – fast gleichgültig – und daß er daher auch unzuverlässig sei. (»Ich hatte immer den Eindruck«, hatte Laurana nachdenklich gesagt, »daß er in der

Schlacht einfach deswegen kämpft, weil es im Moment nichts Interessanteres zu tun gibt.«)

Tanis erinnerte sich an Lauranas Einschätzung des jungen Ritters, als er dessen fröhlichen, unbesorgten Ton hörte, und runzelte die Stirn. »Es gab keine«, sagte er. Ein fast komischer Ausdruck von Hoffnung und Erleichterung strahlte in Herrscher Amothuds Gesicht auf. Tanis mußte darüber fast lachen, aber weil er fürchtete, daß es ein hysterisches Lachen sein könnte, gelang es ihm, sich zu beherrschen. Er sah zu Sir Markham, der eine Braue hochzog.

»Keine Schlacht? Dann ist der Feind nicht erschienen...«

»Oh, erschienen ist er allerdings«, unterbrach Tanis ihn bitter, »er kam und ging. Einfach so.« Er machte in der Luft eine Geste. »Zisch.«

»Zisch?« Amothud erblaßte. »Ich verstehe nichts mehr.«

»Eine fliegende Zitadelle.«

»Im Namen der Hölle!« Sir Markham pfiff leise. »Eine fliegende Zitadelle.« Er wurde nachdenklich, und seine Hand glättete geistesabwesend seine elegante Reitkleidung. »Sie haben den Turm des Oberklerikers nicht angegriffen. Sie fliegen über das Gebirge. Das bedeutet...«

»Sie planen, alles, was sie haben, gegen Palanthas einzusetzen«, beendete Tanis den Satz.

»Aber ich verstehe das nicht!« Herrscher Amothud schaute verwirrt drein. »Die Ritter haben sie nicht aufgehalten?«

»Das wäre unmöglich gewesen, mein Herrscher«, erklärte Sir Markham mit einem lässigen Schulterzucken. »Die einzige Chance, eine fliegende Zitadelle erfolgreich anzugreifen, wäre ein Vorstoß mit Drachenscharen.«

»Und gemäß den Bedingungen des Kapitulationsvertrages dürfen die guten Drachen erst angreifen, wenn sie selbst angegriffen werden. Im Turm des Oberklerikers verfügen wir lediglich über eine kleine Schar von bronzenen Drachen. Eine weit größere Anzahl ist erforderlich – auch silberne und goldene Drachen –, um die Zitadelle aufzuhalten«, ergänzte Tanis erschöpft.

Sir Markham lehnte sich auf seinem Stuhl zurück und grübelte. »Es gibt hier ein paar silberne Drachen in der Gegend, die sich natürlich sofort erheben, wenn die bösen Drachen gesichtet werden. Aber es sind nicht viele. Vielleicht könnte man nach weiteren schicken...«

»Die Zitadelle ist aber nicht einmal unsere schlimmste Bedrohung«, sagte Tanis. Er schloß die Augen und versuchte, das herumwirbelnde Zimmer festzuhalten. Was ist nur mit mir los? Vermutlich werde ich alt. Zu alt für solche Geschichten.

»Nicht?« Herrscher Amothud wirkte nach diesem zusätzlichen Schlag, als stehe er am Rande eines Zusammenbruchs, aber – Ehrenmann, der er nun einmal war – er tat sein Bestes, um seine angeschlagene Haltung wiederzufinden.

»Mit großer Wahrscheinlichkeit rückt Lord Soth mit der Drachenfürstin Kitiara an.«

»Ein toter Ritter!« murmelte Sir Markham mit einem leichten Lächeln.

Herrscher Amothud erblaßte so heftig, daß Charles, der gerade mit dem Frühstück zurückkehrte, dieses sofort abstellte und an die Seite seines Herrn eilte.

»Danke, Charles«, murmelte Amothud mit steifer, unnatürlicher Stimme. »Vielleicht ein kleiner Brandy.«

»Eine Menge Brandy wäre angebracht«, sagte Sir Markham vergnügt und leerte sein Glas. »Es ist jetzt nämlich genauso gut, sturzbetrunken zu sein. Genauer: Es ist ziemlich zwecklos, nüchtern zu bleiben. Nicht bei einem toten Ritter und seinen Legionen...« Die Stimme des jungen Ritters brach ab.

»Die Herren sollten jetzt essen«, sagte Charles bestimmt,

nachdem er seinen Herrn versorgt hatte. Ein Schluck Brandy brachte etwas Farbe in Amothuds Gesicht zurück. Der Geruch des Essens ließ Tanis spüren, wie hungrig er war, und so erhob er keine Einwände, als Charles zügig hin und her eilte, einen Tisch herbeitrug und das Essen servierte.

»Wa... was bedeutet das alles?« stammelte Herrscher Amothud und legte automatisch seine Serviette auf seinen Schoß. »Ich... ich habe zuvor von diesem Ritter gehört. Mein Ururgroßvater war einer der Edelleute, die Soths Verhandlung in Palanthas beigewohnt haben. Dieser Soth war doch derjenige, der Laurana entführt hatte, nicht wahr, Tanis?«

Das Gesicht des Halb-Elfen verfinsterte sich. Er antwortete nicht.

Amothud hob flehend die Hände. »Aber was kann er gegen eine Stadt ausrichten?«

Es antwortete ihm immer noch keiner. Es bestand jedoch auch keine Notwendigkeit. Amothud sah von dem grimmigen, erschöpften Gesicht des Halb-Elfen zu dem jungen Ritter, der bitter lächelte, während er mit seinem Messer methodisch winzige Löcher in das Spitzentischtuch stach. Der Herrscher erhielt kurz seine Antwort.

Herrscher Amothud erhob sich. Sein Frühstück ließ er unberührt, und seine Serviette glitt unbemerkt von seinem Schoß auf den Boden. Dann ging er durch den prächtig eingerichteten Raum und stellte sich vor ein hohes Fenster aus handgeschnittenem Glas, das in einem komplizierten Muster gestaltet war. Eine große ovale Scheibe in der Mitte rahmte eine Ansicht auf die wunderschöne Stadt Palanthas ein. Der Himmel über der Stadt war dunkel und mit seltsamen, schäumenden Wolken überzogen. Aber der Sturm schien nur die Schönheit und offenkundige Gelassenheit der Stadt hervorzuheben.

Herrscher Amothud stand dort, seine Hand ruhte an einem

Satinvorhang, und er sah hinaus auf die Stadt. Es war Markttag. Die Leute gingen auf ihrem Weg zum Marktplatz am Palast vorbei, plauderten über den unheilverkündenden Himmel, schleppten ihre Taschen und Körbe und wiesen ihre spielenden Kinder zurecht.

»Ich weiß, was du denkst, Tanis«, sagte Amothud schließlich, und seine Stimme schlug um. »Du denkst an Tarsis und Solace und Silvanesti und Kalaman. Du denkst an deinen Freund, der im Turm des Oberklerikers gestorben ist. Du denkst an all jene, die im vergangenen Krieg gestorben sind und gelitten haben, während wir in Palanthas unberührt blieben und in unserem angenehmen Leben nicht beeinträchtigt wurden.«

Tanis antwortete immer noch nicht. Er aß schweigend weiter.

»Und du, Sir Markham...« Amothud seufzte. »Neulich hörte ich dich und deine Ritter lachen. Ich hörte deine Bemerkungen über die Bewohner von Palanthas, daß sie ihre Geldbeutel mit in die Schlacht tragen und die Niederlage des Feindes planen, indem sie Münzen werfen und schreien: ›Verschwindet! Verschwindet!‹ «

»Gegen Lord Soth wird das genauso viel nützen wie Schwerter!« Mit einem Schulterzucken und einem kurzen, spöttischen Lachen hielt Sir Markham Charles seinen Brandyschwenker zum Nachfüllen hin.

Amothud lehnte den Kopf gegen die Fensterscheibe. »Wir haben niemals gedacht, daß der Krieg über uns kommen wird! Es war nie der Fall gewesen! Durch all die Jahrhunderte blieb Palanthas eine Stadt des Friedens, eine Stadt der Schönheit und des Lichtes. Die Götter haben uns verschont, selbst während der Umwälzung. Und jetzt, jetzt, wo überall auf der Welt Frieden herrscht, kommt dies zu uns!« Er drehte sich um. Sein blasses Gesicht war angespannt und gequält. »Warum? Ich verstehe das einfach nicht!«

Tanis schob seinen Teller beiseite. Er lehnte sich zurück, streckte sich und versuchte die Krämpfe in seinen Muskeln zu lindern. Ich werde alt, dachte er, alt und weich. Ich vermisse meinen nächtlichen Schlaf. Ich verpasse eine Mahlzeit und werde ohnmächtig. Ich vermisse Zeiten, die längst vorbei sind. Ich vermisse Freunde, die längst tot sind. Und mir wird übel, und ich bin müde, Leute in einem dummen, sinnlosen Krieg sterben zu sehen! Er seufzte schwer, rieb über seine trüben Augen, stützte dann die Ellbogen auf den Tisch und ließ den Kopf in die Hände sinken.

»Du redest von Frieden. Was für ein Friede?« fragte er. »Wir benehmen uns wie Kinder in einem Haus, wo Mutter und Vater sich tagelang ständig gestritten haben, bis sie schließlich ruhig und höflich sind. Wir lächeln viel und versuchen glücklich zu sein, essen unser Gemüse und bewegen uns auf Zehenspitzen. Wir haben Angst davor, ein Geräusch von uns zu geben. Weil wir wissen, wenn wir das tun, wird der Kampf sofort wieder ausbrechen. Und das nennen wir dann Frieden!« Tanis lachte verbittert. »Sag ein falsches Wort, mein Herrscher, und Porthios' Elfen werden dir an den Hals gehen. Streiche auf eine falsche Weise über deinen Bart, und die Zwerge werden wieder die Tore zum Gebirge verschließen.«

Als er einen flüchtigen Blick auf Herrscher Amothud warf, sah Tanis, daß der Mann seinen Kopf gesenkt hielt. Er sah die zierliche Hand über die Augen streichen und seine Schultern zusammensacken. Tanis' Zorn verflog. Auf was war er überhaupt zornig? Auf das Schicksal? Die Götter?

Tanis erhob sich müde und ging zum Fenster. Auch er sah auf die friedliche, wunderschöne, zum Untergang verurteilte Stadt hinunter. »Ich habe darauf keine Antwort, mein Herrscher«, sagte er ruhig. »Wenn ich sie hätte, würde ich mir einen Tempel errichten lassen und mich mit einem ganzen Haufen von Klerikern umgeben, glaube ich. Ich weiß lediglich, daß wir nicht zurückstecken dürfen. Wir müssen es versuchen.«

»Noch einen Brandy, Charles«, sagte Sir Markham und hielt wieder sein Glas hin. »Laßt uns darauf trinken, meine Herren.« Er hob sein Glas: »Niemals zurückstecken – drauf reimt sich ›verrecken‹!«

An der Tür klopfte es leise. Tanis, der in seine Arbeit vertieft war, schreckte zusammen. »Ja, wer ist da?« rief er.

Die Tür wurde geöffnet. »Ich bin es, Charles, mein Fürst. Ihr hattet darum gebeten, daß ich während der Wachablösung zu Euch kommen soll.«

Tanis wandte den Kopf zum Fenster und sah hinaus. Er hatte es geöffnet, um Luft hereinzulassen. Aber die Frühlingsnacht war noch immer warm, und kein Windchen regte sich. Der Himmel war dunkel, außer wenn wieder die unheimlichen rosafarbenen Blitze von einer Wolke zur anderen zuckten. Jetzt, wo seine Aufmerksamkeit geweckt war, hörte er die Glocken läuten, die zur Nachtwache ertönten. Er konnte die Stimmen der Wachen hören, die gerade zum Dienst antraten, er konnte die Schritte jener hören, die sich zur Ruhe begaben.

Ihre Ruhe würde nur kurz sein.

»Danke, Charles«, sagte Tanis. »Komm herein, ja?«

»Gewiß, mein Fürst.«

Der Diener trat in das Zimmer und schloß die Tür leise hinter sich. Tanis starrte noch einen Augenblick auf den Bogen Papier auf seinem Schreibtisch. Dann zogen sich seine Lippen entschlossen zusammen, und er schrieb noch zwei weitere Zeilen in sicherer Elfenhandschrift. Er streute Sand zum Trocknen der Tinte darüber und las den Brief nochmals sorgfältig durch. Aber seine Augen trübten sich, und die Buchstaben verschwammen. Schließlich gab er auf, unterzeichnete mit seinem Namen, rollte den Pergamentbogen zusammen und saß mit der Rolle in seiner Hand stumm da.

»Herr«, sagte Charles, »geht es Euch nicht gut?«

»Charles...«, begann Tanis und drehte an einem Ring aus Stahl und Gold, den er an einem Finger trug. Seine Stimme brach ab.

»Mein Fürst?« hakte Charles nach.

»Das ist ein Brief an meine Frau, Charles«, fuhr Tanis mit leiser Stimme fort, ohne den Diener anzusehen. »Sie ist in Silvanesti. Er muß noch heute verschickt werden, bevor...«

»Ich verstehe, Herr«, unterbrach Charles, trat nach vorne und nahm den Brief an sich.

Tanis errötete vor Schuldgefühl. »Ich weiß, es gibt sehr viel wichtigere Dokumente, die verschickt werden müßten – Mitteilungen an die Ritter und dergleichen... aber...«

»Ich habe in diesem Fall aber auch einen Boten zur Stelle, mein Fürst. Es ist ein Elf, auch aus Silvanesti. Er ist loyal, aber um aufrichtig zu sein, Herr, er wird trotzdem mehr als erfreut sein, die Stadt wegen einer solch achtbaren Aufgabe zu verlassen.«

»Danke, Charles.« Tanis seufzte und fuhr mit der Hand

durch sein Haar. »Wenn etwas passieren sollte, möchte ich, daß sie erfährt...«

»Natürlich, mein Fürst. Völlig verständlich. Macht Euch keine weiteren Gedanken. Vielleicht noch Euer Siegel?«

»O ja, sicherlich.« Tanis zog den Ring ab und drückte ihn in das heiße Wachs, das Charles bereits auf das Papier getröpfelt hatte. Das Bild eines Espenblattes prägte sich in das Siegelwachs.

»Fürst Gunther ist angekommen, mein Fürst. Er hat gerade eine Besprechung mit Sir Markham.«

»Fürst Gunther!« Tanis' Braue glättete sich. »Hervorragend. Kann ich...«

»Sie haben darum gebeten, daß Ihr Euch zu ihnen gesellt, wenn es Euch paßt, mein Fürst«, unterbrach Charles gelassen.

»Oh, es paßt mir jetzt gut«, antwortete Tanis und erhob sich. »Vermutlich gibt es noch keine Zeichen von der Zita...«

»Noch nicht, mein Fürst. Ihr werdet die Herren im Sommerfrühstückssalon finden – offiziell jetzt das Kriegszimmer.«

»Danke, Charles«, sagte Tanis und staunte, daß es ihm schließlich doch noch gelungen war, einen Satz zu Ende zu bringen.

»Ist sonst noch irgend etwas, mein Fürst?«

»Nein, danke. Ich kenne den...«

»Sehr gut, mein Fürst.« Charles verbeugte sich mit dem Brief in der Hand, hielt die Tür für Tanis auf und schloß sie hinter ihm. Er wartete noch einen Moment ab, ob Tanis vielleicht doch noch einen Wunsch hatte, dann verbeugte er sich wieder und verschwand.

Mit seinen Gedanken immer noch bei dem Brief, stand Tanis allein da und genoß die schattige Stille des schwach beleuchteten Korridors. Dann holte er zitternd Luft und machte sich entschlossen auf die Suche nach dem Kriegszimmer.

Tanis legte seine Hand auf den Türgriff und wollte gerade den Raum betreten, als er aus den Augenwinkeln eine flüchtige Bewegung wahrnahm. Er wandte sich um und sah eine dunkle Gestalt, die aus dem Nichts aufgetaucht war.

»Dalamar?« fragte Tanis verblüfft, ließ die Tür zum Kriegszimmer ungeöffnet und ging in dem Korridor auf den Dunkelelfen zu. »Ich dachte...«

»Tanis. Du bist es, den ich suche.«

»Hast du Neuigkeiten?«

»Keine, die du gerne hören wirst«, erwiderte Dalamar schulterzuckend. »Ich kann nicht lange bleiben, unser Schicksal steht auf des Messers Schneide. Aber ich habe dir dies mitgebracht.« Er griff in einen schwarzen Samtbeutel, der an seiner Seite hing, holte ein silbernes Armband heraus und streckte es Tanis entgegen.

Tanis nahm das Armband und untersuchte es neugierig. Es war ungefähr zehn Zentimeter breit und aus solidem Silber. Aus der Breite und dem Gewicht schloß Tanis, daß es für das Handgelenk eines Mannes bestimmt war. Das Silber war leicht angelaufen und mit schwarzen Steinen besetzt, deren polierte Oberflächen im flackernden Fackellicht des Korridors glänzten. Und es kam vom Turm der Erzmagier.

Tanis hielt es vorsichtig hoch. »Ist es...« Er zögerte, nicht sicher, was er eigentlich wissen wollte.

»Magisch? Ja«, half Dalamar nach.

»Gehört es Raistlin?« Tanis runzelte die Stirn.

»Nein.« Dalamar lächelte spöttisch. »Der Meister benötigt solche magischen Verteidigungsgegenstände nicht. Es gehört zur Sammlung im Turm. Es ist sehr alt, zweifellos noch aus Humas Zeit.«

»Wozu ist es denn gut?« Tanis betrachtete voller Zweifel das Armband. Seine Stirn war immer noch gerunzelt.

»Es macht seinen Träger widerstandsfähig gegen Magie.«

Tanis hob seinen Kopf. »Gegen Lord Soths Magie?«

»Gegen jede Magie. Aber ja, es beschützt den Träger vor Worten der Macht des toten Ritters, wie ›Tod‹, ›Betäubung‹, ›Blindheit‹. Es hält den Träger ab, die Wirkungen jener Angst zu fühlen, die er erzeugt. Und es beschützt den Träger vor seinem Feuer- und Eiszauber.«

Tanis sah Dalamar nachdenklich an. »Das ist wahrhaftig ein wertvolles Geschenk! Damit haben wir eine Chance.«

»Der Träger kann mir danken, wenn und falls er lebend zurückkehrt!« Dalamar faltete seine Hände in seinen Ärmeln. »Selbst ohne seine Magie ist Lord Soth ein mächtiger Gegner, ganz zu schweigen von seinen Anhängern, die ihm den Dienst mit Eiden geschworen haben, die selbst der Tod nicht auslöschen konnte. Ja, Halb-Elf, danke mir, wenn du zurückkehrst.«

»Ich?« fragte Tanis erstaunt. »Aber... ich habe seit über zwei Jahren kein Schwert mehr geschwungen!« Er starrte Dalamar scharf an. Sein Argwohn regte sich plötzlich wieder. »Warum ich?«

Dalamars Lächeln wurde breiter. Die schrägen Augen funkelten belustigt. »Dann gib es einem der Ritter, Halb-Elf. Soll es einer von ihnen tragen. Du wirst später alles verstehen. Vergiß nicht – es kommt aus der Dunkelheit. Es kennt seinesgleichen.«

»Warte!« Als Tanis sah, daß der Dunkelelf schon wieder aufbrechen wollte, hielt er ihn am Ärmel fest. »Warte noch eine Sekunde. Du hast gesagt, du hättest Neuigkeiten...«

»Das ist nicht deine Sorge.«

»Sag es mir.«

Dalamar hielt inne, und seine Augen zogen sich verärgert über diese Verzögerung zusammen. Tanis spürte, daß sich der Arm des jungen Elfen anspannte. Er hat Angst, dachte er. Aber noch während dieser Gedanke in ihm aufblitzte, hatte Dalamar die Beherrschung wiedererlangt. Seine Gesichtszüge wurden ruhig und ausdruckslos.

»Die Klerikerin Crysania wurde tödlich verwundet. Es gelang ihr jedoch, Raistlin zu beschützen. Er ist unverletzt und auf der Suche nach der Königin. So hat es mir Ihre Dunkle Majestät berichtet.«

Tanis spürte einen Druck in seiner Brust. »Was ist mit Crysania?« fragte er barsch. »Hat er sie einfach zum Sterben zurückgelassen?«

»Natürlich.« Dalamar schien leicht überrascht über diese Frage. »Sie kann ihm jetzt nicht mehr nützen.«

Tanis sah auf das Armband in seiner Hand und spürte den dringlichen Wunsch, es in die glänzenden Zähne des Dunkelelfen zu schleudern. Er erinnerte sich aber noch rechtzeitig, daß er sich den Luxus eines Zornausbruchs nicht erlauben konnte. Was für eine wahnsinnige, verzerrte Situation! Dann fiel ihm außerdem noch ein, daß Elistan zum Turm gegangen war, um dem Erzmagier zu helfen...

Tanis drehte sich auf dem Absatz um und stolzierte wütend von dannen. Aber das Armband hielt er fest in seiner Hand.

»Seine Magie beginnt zu wirken, sobald du es anlegst«, schwebte Dalamars weiche Stimme durch Tanis' Zornesnebel. Er hätte schwören können, daß der Dunkelelf lachte.

»Was ist los, Tanis?« fragte Fürst Gunther, als der Halb-Elf das Kriegszimmer betrat. »Mein lieber Junge, du bist blaß wie der Tod...«

»Nichts. Ich... ich habe nur beunruhigende Nachrichten gehört. Mir geht es bald wieder gut.« Tanis holte tief Luft, dann sah er die Ritter an. »Ihr seht auch nicht gerade gut aus.«

»Noch ein Trinkspruch?« Sir Markham hob sein Glas.

Fürst Gunther warf ihm einen strengen, mißbilligenden Blick zu, den der junge Ritter jedoch ignorierte, während er lässig das Glas in einem Zug leerte.

»Die Zitadelle wurde gesichtet. Sie hat das Gebirge überquert. In der Morgendämmerung wird sie hier sein.«

Tanis nickte. »Wie ich vermutet habe.« Er kratzte sich am Bart, dann rieb er sich erschöpft die Augen. Er warf einen Blick auf die Brandyflasche, dann schüttelte er den Kopf. Nein, dann würde er wahrscheinlich sofort einschlafen.

»Was hast du denn da in der Hand?« fragte Gunther und griff mit einer Hand nach dem Armband. »Irgendeinen Glückszauber der Elfen?«

»Ich würde es nicht berühren...«, begann Tanis.

»Verdammt!« keuchte Gunther und zog seine Hand zurück. Das Armband fiel zu Boden und landete auf einem Teppich. Der Ritter bewegte voll Schmerz seine Hand.

Tanis bückte sich und hob das Armband auf. Gunther beobachtete ihn mit ungläubigen Augen. Sir Markham hielt mühsam das Lachen zurück.

»Der Magier Dalamar hat es uns gebracht. Es stammt vom Turm der Erzmagier«, erklärte Tanis, ohne auf Fürst Gunthers finsteren Blick zu achten. »Es beschützt seinen Träger vor den Wirkungen der Magie – dadurch wird es einem von uns überhaupt möglich, in die Nähe von Lord Soth zu kommen.«

»Einem von uns!« wiederholte Gunther. Er starrte auf seine Hand. An den Stellen, wo er das Armband berührt hatte, war sie verbrannt. »Nicht nur das, es hat einen Schock durch mich gejagt, der fast mein Herz zum Stillstand gebracht hätte! Wer im Namen der Hölle kann so ein Ding denn tragen?«

»Ich beispielsweise«, gab Tanis zurück. »Es hat wohl etwas mit euch Rittern und euren heiligen Schwüren zu Paladin zu tun«, murmelte er und merkte, daß er errötete.

»Vergrab es!« knurrte Fürst Gunther. »Wir brauchen keine Hilfsmittel von den Schwarzen Roben!«

»Mir scheint aber, wir können jede Hilfe brauchen, die wir bekommen können, mein Fürst«, gab Tanis heftig zurück. »Ich möchte dich auch daran erinnern, merkwürdig wie es sein mag, daß wir alle auf der gleichen Seite stehen! Und jetzt, Sir Markham, wie sieht es mit den Plänen für die Verteidigung der Stadt aus?«

Tanis ließ das Armband in einen Beutel gleiten, gab vor, Fürst Gunthers finsteren Blick nicht zu bemerken, und wandte sich an Sir Markham, der zwar etwas verblüfft über diese plötzliche Anrede wirkte, aber schnell mit seinem Bericht begann.

Die Ritter von Solamnia waren vom Turm des Oberklerikers abmarschiert. Es würde aber Tage dauern, bis sie Palanthas erreichten. Er hatte einen Boten ausgeschickt, um die guten Drachen zu mobilisieren, aber ihre rechtzeitige Ankunft in Palanthas schien unwahrscheinlich.

Die Stadt selbst befand sich in Alarmbereitschaft. In einer kurzen, knappen Ansprache hatte Herrscher Amothud den Bürgern mitgeteilt, was ihnen bevorstand. Es war jedoch keine Panik ausgebrochen, eine Tatsache, die Gunther nur schwer hatte glauben können. Oh, einige reiche Bürger hatten versucht, Schiffskapitäne zu bestechen, aber angesichts dieser unheilverkündenden Gewitterwolken hatten die Kapitäne sich alle geweigert, aufs Meer zu segeln. Die Tore der Altstadt waren geöffnet. Jenen, die aus der Stadt fliehen wollten und das Risiko auf sich nahmen, in die Wildnis zu gehen, wurde es natürlich erlaubt. Aber nicht viele hatten von dieser Gelegenheit Gebrauch gemacht. Innerhalb von Palanthas boten zumindest die Stadtmauern und die Ritter Schutz.

Insgeheim dachte Tanis, daß die Bürger von dieser Gelegenheit Gebrauch machen würden, wenn sie wirklich von dem Entsetzen wüßten, das ihnen bevorstand. So aber hatten die Frauen ihre prächtigen Kleider abgelegt und begonnen, jeden verfügbaren Behälter mit Wasser zu füllen, um Feuer zu löschen. Die Bewohner der Neustadt, die nicht von Mauern umgeben war, hatten sich in die Altstadt zurückgezogen, da deren Mauern in der kurzen Zeit, so gut es ging, befestigt worden waren. Kinder waren in Weinkellern und Schutzräumen untergebracht. Die Händler hielten ihre Geschäfte geöffnet und teilten die notwendigen Vorräte aus. Waffenmeister verteilten Waffen, und alle Schmiede arbeiteten spät in der Nacht immer noch, um Schwerter, Schilde und Rüstungen instand zu setzen.

Als Tanis über die Stadt schaute, sah er Lichter in den meisten Häusern – die Menschen bereiteten sich auf einen Morgen vor, von dem er aus Erfahrung wußte, daß man sich darauf nicht vorbereiten konnte.

Mit einem Seufzer dachte er an seinen Brief an Laurana und fällte eine bittere Entscheidung. Er wußte schon, daß Einwände folgen würden. Aber erst mußte er das Fundament legen. Er unterbrach Markham. »Was vermutest du, wie sieht ihr Angriffsplan aus?« fragte er Fürst Gunther.

»Ich denke, der ist recht einfach.« Gunther zupfte an seinem Schnurrbart. »Sie machen es so wie in Kalaman. Bringen die Zitadelle so dicht wie möglich heran. In Kalaman konnten sie nicht nah genug kommen. Die Drachen hielten sie zurück. Aber« – er zuckte die Achseln – »wir verfügen nicht annähernd über die Anzahl der Drachen wie sie damals. Wenn die Zitadelle erst über den Mauern ist, werden die Drakonier abspringen und versuchen, die Stadt von innen einzunehmen. Die bösen Drachen werden angreifen...«

»... und Lord Soth wird durch die Tore fegen«, beendete Tanis den Satz.

»Die Ritter sollten trotzdem rechtzeitig hier sein, um ihn abzuhalten, die Leichen zu plündern«, bemerkte Sir Markham, der schon wieder einen Schwenker leerte.

»Und Kitiara«, überlegte Tanis, »wird versuchen, den Turm der Erzmagier zu erreichen. Laut Dalamar kann kein Lebewesen den Eichenwald von Shoikan passieren, aber er sagte auch, daß Kitiara von Raistlin einen Zauber erhalten hat. Sie kann auf Soth warten, bevor sie geht. Denn sie kann davon ausgehen, daß er ihr behilflich ist.«

»Wenn der Turm ihr Ziel ist«, sagte Gunther. Es war offensichtlich, daß er die Berichte über Raistlin immer noch nicht glaubte. »Meine Vermutung geht dahin, daß sie die Schlacht als Deckung benutzt, um mit ihrem Drachen über die Mauern zu fliegen und dann so dicht wie möglich am Turm zu landen. Vielleicht können wir Ritter um den Wald postieren, die sie aufhalten...«

»Sie können nicht dicht genug herankommen«, unterbrach Sir Markham und fügte ein verspätetes »mein Fürst« hinzu. »Der Eichenwald hat auf Meilen im Umkreis eine zermürbende Wirkung auf jeden, der sich ihm nähert.«

»Außerdem brauchen wir die Ritter, um mit Soths Kriegern fertigzuwerden«, sagte Tanis. Er holte tief Luft. »... ich habe einen Plan. Wenn ich den jetzt vorlegen dürfte?«

»Auf jeden Fall, Halb-Elf.«

»Du glaubst, daß die Zitadelle von oben angreifen wird und daß Lord Soth durch die Haupttore kommt und für Ablenkung sorgen will, so daß Kitiara ihre Chance erhält, den Turm zu erreichen. Stimmt das?«

Gunther nickte.

»Nun, dann sollten so viele Ritter wie möglich auf den bronzenen Drachen reiten. Gib mir Feuerblitz. Da mir das Armband den besten Schutz gegen Soth verleiht, werde ich mich um den kümmern. Die anderen Ritter können sich auf seine Anhänger konzentrieren. Ich habe sowieso eine private Rechnung mit Soth zu begleichen«, fügte Tanis hinzu, weil Gunther bereits seinen Kopf schüttelte.

»Absolut nein. Du hast dich im letzten Krieg sehr bewährt, aber du hast niemals eine Ausbildung genossen! Gegen einen Ritter von Solamnia anzutreten...«

»Selbst gegen einen toten Ritter von Solamnia!« mischte sich Sir Markham mit einem betrunkenen Kichern ein.

Gunthers Schnurrbart zitterte vor Zorn, aber er riß sich zusammen und fuhr kalt fort: »...einen ausgebildeten Ritter wie Soth, da kannst du nur versagen – Armband oder nicht.«

»Ohne Armband jedoch, mein Fürst, wird die Ausbildung in der Schwertkunst auch nichts ausrichten«, gab Sir Markham zu bedenken. »Ein Bursche, der nur auf dich zu zeigen und ›Tod‹ zu sagen braucht, genießt einen entschiedenen Vorteil.«

»Bitte, Herr«, setzte Tanis erneut an, »ich gebe zu, daß meine formale Ausbildung begrenzt ist, aber die Jahre, in denen ich ein Schwert getragen habe, übertreffen deine, mein Fürst, im Verhältnis von ungefähr zwei zu eins. Mein Elfenblut...«

»Zur Hölle mit deinem Elfenblut«, brummte Gunther und funkelte Sir Markham an, der entschlossen die Blicke seines Vorgesetzten ignorierte und schon wieder zur Brandyflasche griff.

»Ich werde mich, falls ich dazu gezwungen bin, auf meinen Rang beziehen, mein Fürst«, erklärte Tanis ruhig.

Gunthers Gesicht lief rot an. »Verdammt, der wurde doch ehrenhalber verliehen!«

Tanis lächelte. »Der Kodex kennt diese Unterscheidung nicht. Ehrenhalber oder nicht, ich bin ein Ritter der Rose, und mein Alter – nun gut über hundert, mein Fürst – gibt mir Vorrang.«

Sir Markham lachte. »Oh, um der Götter willen, Gunther, gib ihm die Erlaubnis zu sterben. Was macht das überhaupt für einen Unterschied?«

»Er ist betrunken«, murmelte Gunther und warf einen vernichtenden Blick auf Sir Markham.

»Er ist jung«, lächelte Tanis. »Nun, mein Fürst?«

Fürst Gunthers Augen blitzten vor Zorn auf. Als er den Halb-Elf anfunkelte, lagen ihm scharfe Worte der Mißbilligung auf den Lippen. Aber sie wurden niemals ausgesprochen. Gunther wußte – keiner besser als er –, daß derjenige, der Soth gegenübertrat, sich selbst übergroßer Gefahr aussetzte zu sterben – ob mit magischem Armband oder ohne es. Er hatte zuerst angenommen, daß Tanis entweder zu naiv oder zu dumm war, um das zu erkennen. Aber als er in die dunklen Augen des Halb-Elfen sah, begriff er wieder einmal, daß er ihn falsch beurteilt hatte.

Fürst Gunther schluckte seine Worte mit einem mürrischen Husten hinunter und machte eine Handbewegung zu Sir Markham. »Sieh zu, daß du ihn wieder ausnüchtern kannst, Halb-Elf. Und dann solltest du dich selbst aufpolieren. Die Ritter werden auf euch warten.«

»Danke, mein Fürst«, murmelte Tanis.

»Und mögen die Götter bei dir sein«, fügte Gunther mit leiser, erstickter Stimme hinzu. Er ergriff Tanis' Hand, dann drehte er sich um und verließ das Zimmer.

Tanis sah kurz zu Sir Markham hinüber, der mit einem sarkastischen Lächeln aufmerksam auf die leere Brandyflasche starrte. Er ist nicht so betrunken, wie er vorgibt, fand Tanis, oder wie er es gerne wäre.

Der Halb-Elf wandte sich von dem jungen Ritter ab und ging zum Fenster. Er sah hinaus und wartete auf die Dämmerung.

»Laurana, meine geliebte Frau, als wir uns vor einer Woche trennten, hatten wir keine Ahnung, daß es eine Trennung für eine lange, lange Zeit sein könnte.

Wir wurden die meiste Zeit unseres Lebens voneinander getrennt. Aber zugegeben, ich kann nicht trauern, daß wir jetzt getrennt sind. Es tröstet mich, zu wissen, daß du dich in Sicherheit befindest, auch wenn ich fürchten muß, daß es auf Krynn nirgendwo mehr einen sicheren Hafen gibt, falls Raistlin mit seinen Plänen erfolgreich ist.

Ich muß aufrichtig sein, Liebste.

Ich sehe wenig Hoffnung, daß überhaupt jemand überlebt. Ich stehe ohne Angst dem Wissen gegenüber, daß ich wahrscheinlich sterben werde – ich glaube, das kann ich dir aufrichtig mitteilen. Aber ich kann diesem Schicksal nicht ohne bitteren Zorn gegenüberstehen. Im letzten Krieg konnte ich mir Mut erlauben. Da ich nichts hatte, konnte ich auch nichts verlieren. Aber niemals wollte ich so sehr leben wie jetzt. Ich bin wie ein Geizhals, gierig nach der Freude und dem Glück, das wir gefunden haben. Ich bin einer, der das nur widerwillig aufgibt. Ich denke an unsere Pläne, die Kinder, auf die wir hofften. Ich denke an dich, meine Geliebte, und welche Trauer mein Tod dir bringen muß.

Ich kann dich nur bitten, nimm es als Trost auf, so wie es mein Trost ist – diese Trennung wird unsere letzte sein. Die Welt wird uns niemals wieder trennen können.

Ich werde auf dich warten, Laurana, in dem Reich, wo selbst die Zeit stirbt.

Und eines Abends, in jenem Reich des ewigen Frühlings, des ewigen Zwielichts, werde ich auf den Weg schauen und dich sehen, wie du auf mich zukommst. Ich kann dich so deutlich sehen, Geliebte.

Die letzten Strahlen der untergehenden Sonne glänzen auf

deinem goldenen Haar, deine Augen strahlen in der Liebe, die mein Herz erfüllt.

Du wirst zu mir kommen.

Ich werde dich in meinen Armen halten.

Wir werden die Augen schließen und anfangen, unseren immerwährenden Traum zu träumen.«